ハヤカワ文庫JA

〈JA1228〉

オービタル・クラウド

〔上〕

藤井太洋

早川書房

7774

目次

プロローグ　二〇一五年　八月十五日（月）　テヘラン郊外　7

第一部　SAFIR3　R／B

1　奇妙なデブリ　19
2　声明　71
3　打ち上げ　111
4　待機　160
5　逃走　189
6　発見―追跡　211

第二部　スペース・テザー

7　戦争　255
8　チーム　277

用語解説　313

下巻目次

第二部　スペース・テザー（承前）
9　大跳躍《グレート・リープ》
10　暴　動
11　結　集
12　ホウセンカ
第三部　オービタル・クラウド
13　三十七番埠頭
14　チーム・シアトル
15　メテオ
エピローグ　二〇二二年　十二月二十五日　シアトル〈ウェスターン・デイズ〉
解説／大森　望

オービタル・クラウド

〔上〕

登場人物

木村和海《きむらかずみ》……………………………フリーランスのWeb制作者
沼田明利《ぬまたあかり》……………………………フリーランスのＩＴエンジニア

黒崎大毅《くろさきだいき》
関口 誠《せきぐちまこと》
……………………………ＪＡＸＡ職員

ジャムシェド・ジャハンシャ博士……テヘラン工科大学宇宙工学科助教授
アレフ・カディバ…………………………ジャムシェドの友人。テヘラン工科大学法学部助教授

白石蝶羽《しらいしあげは》……………………………元ＪＡＸＡ職員
パク・チャンス………………………………北朝鮮の契約工作員《コントラクター》

ロニー・スマーク…………………………投資家。プロジェクト・ワイバーンの経営者
ジュディ・スマーク………………………ジャーナリスト。ロニーの娘

オジー・カニンガム………………………アマチュア天文写真家
フライデー………………………………オジーのスタッフ

クロード・リンツ大佐……………………北米航空宇宙防衛司令部《NORAD》軌道監視室長
スターツ・フェルナンデス少佐………北米航空宇宙防衛司令部《NORAD》軌道監視室所属
ダレル・フリーマン軍曹…………………北米航空宇宙防衛司令部《NORAD》軌道監視室所属
ジャスミン・ハリソン大尉………………北米航空宇宙防衛司令部《NORAD》軌道監視室長補佐官

クリス・ファーガソン
ブルース・カーペンター
……………ＣＩＡ局員

リッキー・マギリス大尉
マドゥ・アボット少尉
……………北米航空団所属

プロローグ　二〇一五年　八月十五日（月）　テヘラン郊外

石ころが散らばる荒れ野に、幹線道路を外れて走ってきた赤いワゴン車が停まった。ドアの横に塗られた白い〝〒〟マークが車の来歴を物語る。色あせた車体のそこかしこには錆が浮き、銀色のダクトテープが大きな穴を塞いでいた。

運転席に座る人影は、窓とドアの隙間から舞い込む砂煙に軽く咳きこんだ。目深《まぶか》に被《かぶ》った野球帽にサングラスのせいで表情はわからない。薄い口髭の浮かぶ滑らかな頬は、彼がまだ三十歳前であることを示していた。

首に巻いていたスカーフを鼻まで引き上げた青年は助手席の軍用無線機の電源を入れ、レシーバーを耳に押しあてた。ひとしきり聞くとレシーバーを放り出し、おどけた口調でつぶやく。

「同胞の皆さんこんにちは《アッサラーム・アライクム》。天気予報の時間です。忌まわしき〈暗剣《アンジアン》〉部隊は、テヘランから西へ向かっています。進路上にお住まいの方は頭上の二〇ミリ砲とロケット弾にご注意ください」

スカーフの下でくぐもった笑い声をあげる。

青年が聞いていたのは反政府組織が流している〝放送〟だった。大統領選挙の日程を発表した政府は、中国から購入したばかりの無人機〈暗剣〉で反政府組織と見なされる集団を排除し続けている。戦果は毎日のように報道されていたが、その何割かが活動と関係のない一般人だという噂は、青年の耳にも届いていた。

テヘランから西に五十キロ、人気《ひとけ》のない荒れ野の真ん中で電波を発する怪しげな機器を扱う姿が、無人機の粗悪なカメラ越しにどう見えるのか、青年は充分に理解していた。市内のどこかにある地下施設で目を血走らせて戦果を求めるオペレーターは、躊躇《ちゅうちょ》なくロケット弾を撃ち込んでくるだろう。

「間に合うかな……」

青年は上げたばかりのスカーフを首元にずり下げて口髭を撫でる。無人機のカメラで顔を確認できるわけもないが、顔を隠していることならばわかる。青年はサングラスを外し、鳶《とび》色の瞳をテヘラン市街の上に漂うスモッグに、そしてその上に広がる雲一つない青空へ向けた。輝く点は見えず、エンジンの音も聞こえてこない。判断材料としては心許《こころもと》ない。

「頼むぜ《インシャラー》。ほんの一時間だ、間に合ってくれ」

ゆっくりと車外に足を踏み出した青年は、そのままワゴンの後ろに回り込んだ。荷室のドアをはね上げ、丸められた大きな帆布を地面に転がす。舞い上がる砂煙に顔をしかめ、下ろしたばかりのスカーフを鼻の上まで引き上げた。

帆布を車の後ろで広げようとした青年は、布に挟まった木の枝を引き抜いた。オリーブの小枝だ。

「アレフの野郎……。何かと思ったら収穫に使いやがったのか」

青年は丸まった帆布を広げ、惨状に肩を落とす。五メートル四方に広げられた布にはオリーブの枝と葉っぱが散乱し、潰れた実のカスがこびりついていた。資産家の父を持つ友人、アレフ・カディバがピクニックに行くというので貸したのだが、オリーブの実を集めていたとは思いもよらなかった。

青年は膝をついてゴミを一つ一つ取り除いていく。動くたびに流れ落ちる汗が帆布に斑点を作るが、強烈な日光と乾いた風に晒《さら》された汗の染みはすぐに乾いていく。黙々と作業を続け、ゴミを布の外に投げ出していく。

「これで、気球が破れたら弁償してもらうからな」

ゴミを取り除いた青年は荷室から石灰の袋を取り出して、中身を帆布の上にスコップで撒《ま》き、手で均《なら》す。気球が布に貼りつくのを防ぐためだった。舞い上がる石灰で腕と服を真っ白にしながら作業を進める動きは徐々に軽やかになっていった。

次に、折りたたまれた大きなビニールの膜を帆布の上に丁寧に広げていく。高高度気象観測用の機器を上げるための気球。その根元は荷室から伸びたチューブに繋がれていた。青年は広げられた気球の上にも石灰の粉を撒いた。

「どうか、穴が開いていませんように！」

青年は石灰が汗でへばりついた両手の指を揃えて伸ばし、天に向けて頭《こうべ》を垂れながら祈りの声をあげる。神がその玉座を侵す試みをどう思うかは知らないが、祈りは無償《タダ》だ。

荷室に寝かされたヘリウムボンベのバルブを開くと、チューブが、続いて気球が蠢《うごめ》いた。石灰の粉が気球の表面を流れ落ちていく。青年は腰を屈めて耳を澄ませ、大きな漏れがないことを確認する。

腰を伸ばした青年はカーゴパンツから傷だらけのスマートフォンを取り出し、ホームボタンを長押しして「二十分たったら教えて」と音声で設定した。

『二十分のアラームをセットしました』

見事なペルシャ語がスマートフォンから流れ出す。

「これで、電話ができりゃ完璧なんだが……」

友人のアレフに調達してもらった外国人ビジネスマン向けのスマートフォンも、青年の契約ではデータ通信にしか使えない。それも、政府が認めたサービスプロバイダーとの通信に限られていた。音声入力を解析するサーバーが許容されているだけでも感謝するべきなのだろう。

　青年は荷室の奥に身体を伸ばし、工具ケースとラジカセを引き寄せた。

「頼むぜ、三百ユーロもしたんだ。今日も仕事してくれよ」

　工具ケースには、丸められた針金と食品を密封保存するためのタッパーが二つ収められていた。蓋には油性ペンで〝実験機＃42〟と書かれている。青年は、タッパーと針金を注意深く取り出して、膨らみはじめた気球の脇に並べた。そのまま針金のもつれをほぐしていく。針金の両方の端は二つのタッパーに手作業で開けられたいびつな穴に入り込んでいた。

　青年は片方のタッパーを取り上げて蓋を開いた。塩化ビニールのケースには赤と青のケーブルが空中配線された、手製の電子回路がテープで貼り付けられている。電源とラジオ、そしてジャイロセンサーの入ったこちらが制御装置だ。もう一方のタッパーには、なけなしの金をはたいて買った電子銃が仕込まれている。回路の端へ単三電池を押し込んでラジカセの電源を入れると、周波数をセットされたラジカセがピッ、ピッというクリアな電子音を発しはじめた。

　動いた、とつぶやくと、荷台に腰を下ろして太腿のポケットから刻み煙草の袋を取り出す。

「四十三号には、スイッチぐらい付けとくか……」

ひとつまみの煙草をしわくちゃになった紙で巻きながら、次の実験機について考えを巡らせる。自由になる研究予算は何ヶ月も前に使い果たしていた。今回の打ち上げも食費まで切り詰めて蓄えた金で行っている。本来ならば気球も、折りたたむのが面倒で重いビニール製ではなく先進国の連中が使うゴム製がいい。軽いゴムの気球ならば四十、いや五十キロメートルまで実験機を持ち上げられるはずだ。

青年は、アラームのカウントダウンが表示されるスマートフォンを裏返し、ケースのエッジに刻まれたダイアモンドカットをなぞる。一億台も生産されたというこのスマートフォンのケースは、アルミニウムの塊から一台一台レーザーで切り出されているという。大量生産に向かないはずの設計を実現できるのは、工学者が尊敬されている証《あかし》だ。こんなものが作れる国ならば、宇宙機の推進システムをやっているだけの自分でも売り込む先があるだろう。だが、この国では無理だ。予算を獲得するには指導教官のハメッド教授にわかる具体的な応用実験を行わなければならない。何がいいだろう。監視衛星？　無理だ。今の設計ではカメラが載らない。位置情報衛星に使うような原子時計ユニットも手に入らない。他には何があるだろう。軌道上を自由に動く小さな人工衛星でできることは——。

手の中でスマートフォンが震え、アラームが鳴った。顔を上げる。自動車の倍ほどのサイズに膨れあがった気球が風に揺れていた。ヘリウムは半分も入っていないように見えるが、気圧の低い上空でははち切れんばかりに膨れあがる。穴はあいていない。

「いいぞ。助かったな、アレフ」

青年は荷室のボンベに手を伸ばし、バルブを締めた。

「四十二回目の実証試験打ち上げ。カウントダウン、十、九、八――」

数字を数え上げながら、帆布の上に置いたタッパーの片方を気球の根元に引っかける。そのタッパーから伸びる針金をばらりと帆布の上に広げ、もう一方のタッパーを脚で踏みつけた。

「四、三、二――」

気球の根元からチューブを取り外すと、泡のようにひと震えした気球が空に浮き上がった。根元に取り付けられたタッパーから針金が勢いよく繰り出されていく。

「一」

気球の根元から二十メートルほど針金が青年の足下まで一直線に伸びた。足裏にタッパーが浮かび上がろうとする力が感じられる。

針金で地面につなぎ止められた気球がクラゲのように揺れた。

「ゼロ。リリース」

青年は足を持ち上げた。地面に押さえ込まれていたタッパーが待ちかねたように飛び上がり、目の前を通り過ぎていく。真っ青な空に浮かんだ気球は、もう一度身もだえしてから高度を上げていった。

後部座席のラジカセから流れていた電子音のトーンが変わった。青年はカセットテープが巻き戻っていることを確認してから録音ボタンを押し込む。両手の指を拡げた青年は、八ビットに符号化された電子音を、指を折って数えていく。

「高度が百……百五十八メートル、速度は三メートル毎秒だな。打ち上げは成功だ」

気球が空に吸い込まれていく。一時間後、気球の高度は三十キロに達する。そこから見上げれば空は昼でも暗いだろう。湾曲した大地の輪郭が、青く霞《かす》む大気の薄い皮に包まれているのも見えるはずだ。気球はそこで破裂して、針金でつながった二つのタッパーを地上に落とす。

実験がはじまる。タイマーが作動し、下にあるタッパーの電子銃が空間に電子を放出しはじめる。電流が通り抜ける針金は地磁気を足がかりにしてかすかにたわみ、二つのタッパーを自由落下の道筋からほんの少しだけずらしていく。落ちてくる間に動く距離は数百メートルほどだろうか。わずかなものだ。

それでも青年の研究には大きな一歩が刻まれる。推進剤を用いずに軌道上の物体を移動させる、まだ誰も実用化していない画期的な推進システムが、現実に動く証拠を積み上げていくのだ。

録音されていく電子音に合わせて、だらりと下げた指を折る。手に入りにくくなってきたカセットテープが彼の記録装置であり、八ビットの信号を読む両手の指と頭脳、紙と鉛筆、そして親戚の融資で購入した関数電卓だけが解析装置だった。絶望的な手間のかかる作業を手伝ってくれる仲間はいない。金さえあれば気球の高度をあと二十キロは高く上げられる。コンピューターでシミュレーションさせることもできる。実験機器もより精密なものにできるだろう。

青年は荷室のドアが作る日陰に寝転がった。

「アメリカ、行きたいなあ」

空を眺めていた。

手製の機器とパートタイムの報酬を注ぎ込んで行う、ささやかな宇宙への挑戦。

それが、数年後に全世界を震撼させる大事件に関わることになるなど、このときの青年――ジャムシェド・ジャハンシャには知る由《よし》もなかった。

第一部　SAFIR3　R／B

1　奇妙なデブリ

二〇二〇年　十二月十一日（金）〇八：三〇（23:30 GMT Thursday 10 Dec）
渋谷〈フールズ・ランチャー〉

片側に二センチほどの輪が結ばれたミシン糸と、消しゴム。

木村和海《きむらかずみ》は筆箱から取り出した二つをデスクに置き、前髪を顔から払った。傍らのノートパソコンには、数字を大量に含んだデータが表示されている。

午前八時三十分。渋谷駅に隣接したビルの十四階にあるシェアオフィス〈フールズ・ランチャー〉のワーキングスペースには、真横からの朝日がブラインド越しに差しこんで窓際のデスクに縞模様を投げかけていた。

和海は人気《ひとけ》のない冷えきったオフィスに首を巡らせた。今日も一番乗りだ。家から着てきたダウンベストをどうしようかと迷ったが、脱いで椅子の背に掛ける。三十分もすれば

〝同僚〟たちが出勤してくる。暖房も勝手に入っているだろう。今のうちに〝儀式〟をはじめよう。

二十センチある糸の端を持ち上げて消しゴムに結び、反対側の輪に右手の人差し指を通す。袖口のボタンを外して腕を真っ直ぐに伸ばすと、ぶら下がる消しゴムが振り子のように揺れた。

「九・八メートル毎秒毎秒」

はじめに唱える呪文は地球の重力加速度。和海は手首をひねり、消しゴムを右に投げ出した。糸に引かれた消しゴムは人差し指を中心にくるりと一回転する。

和海は勢いをつけて消しゴムを回しながら、ノートパソコンの画面に左手を伸ばした。

「SAFIR《サフィール》3のロケットボディは……」

目を閉じ、人差し指の周りを巡る消しゴムの重さを感じながら情報を整理する。十日前、十二月一日にイラン北部のセムナン宇宙センターから打ち上げられた〈サフィール3〉は、高度五百キロメートルの周回軌道へ二つの人工衛星を投入することに成功した。地上からの打ち上げに用いた一段目のロケットブースターはその日のうちに海に落ち、三段目のアポジ・モーターは人工衛星を予定の軌道に投入したあと、そのまま五百キロメートルの軌道に腰を据《す》えた。数十年は宇宙ゴミ《デブリ》として地球を回り続けることだろう。和海が狙っているのは、その途中で二百五十キロの待機軌道《パーキング》へ乗せるために用いられた二段目、アメリカ《USSTRA》

戦略軍《TCOM》が〝SAFIR《サフィール》3　R／B〟と名付けたロケットボディだった。

地球へ落ちてくるのは、いつだ？

五百キロよりも低い軌道を巡る人工衛星やロケットの残骸などの宇宙ゴミ《デブリ》は、薄いながらも存在する大気の分子と衝突して、徐々に速度と高度を落としていく。

デブリの高度が百七十キロメートルを下回ったところで変化がはじまる。秒速八キロで飛ぶデブリは大気分子を撥《は》ね飛ばして衝突のエネルギーで輝かせ、地上からは見えない微かな尾をひく。

高度が八十キロメートルを切ったところで、重力に寄せ集められた大気分子はスープのようにデブリを包む。分子はもはや撥ね飛ばされることはなく押し固められ、数千度もの熱を発してデブリを溶かし、プラズマの長い尾を宙に伸ばす。

流れ星の誕生だ。

和海のWebサービス〈メテオ・ニュース〉は流れ星の発生を予測して読者に提供する。〈サフィール3〉の二段目は今週末にも流れ星になるはずの注目の物体だった。

人工衛星の破片などと違い、液体燃料を蓄えていた数メートルもの金属の筒は〝火球〟と呼ばれるような、明るい流れ星になる可能性が高い。長く脆《もろ》いロケットボディは、分裂して双子の流れ星になることもある。そんな流れ星の落ちる場所と時間を予測できれば、天体写真を趣味としているカメラマンや宇宙ファンに〈メテオ・ニュース〉の価値をアピールすることができる。

　まだ二百人ほどしかいない有料購読者を増やす、またとないチャンスだった。

　和海はノートパソコンの画面を埋め尽くす〝二行軌道要素《TLE》〟に目を落とした。物体の名称や軌道の傾き、運動などがほんの二行にまとめられた形式のデータだ。

　それは数時間前にアメリカ戦略軍《USSTRATCOM》が更新したTLEだった。戦略軍の宇宙統合機能構成部隊《JFCC SPACE》が運営する統合宇宙作戦センター《JSpOC》は、地球軌道上を巡る数千もの物体のTLEを日々更新して公開している。主な目的は通信衛星などを運営する事業者が安全に人工衛星を運用するためだが、宇宙ファンにとっては宝の山だ。夜空を走る光の筋の正体を知る、国際宇宙ステーション《ISS》が地上から見える時間を知る、地図上に衛星の位置を描き出すなど、様々な目的で活用されている。そして和海は、流れ星予報サービス〈メテオ・ニュース〉のためにTLEを用いていた。

「待機軌道の高度は二百五十キロメートル。どれぐらい落ちてるかな」

　和海は昨日のTLEを開いて、二行目にある〝平均運動《ミーン・モーション》〟を指で押さえた。値は一六・一。二十四時間で地球を十六周と少し回るほどの速度ということになる。一般に、この数字が大きいほど軌道の平均高度は低くなる。高度四百二十キロメートルで地球を巡る国際宇宙ステーション《ISS》なら十五・五、中国が上げた二基目の宇宙ステーション〈天宮2〉の高度三百五十キロメートルなら十五・七。そんな代表例と比較すれば大まかな高度はわかる。

毎日のように宇宙ゴミ《デブリ》のTLEを眺めている和海には造作もないことだった。

和海は今日のTLEを開いた。

「あれ？　十五・八って……？」

この平均運動だと高度が三百キロメートルを超えてしまう――つまり、高度が上がっている。

「……いや、なんかの間違いだろ」

右手で振り回す消しゴムをそのままに、左手だけでTLEを上下に並べ、他の軌道要素を確認する。

「離心率は共にほぼゼロで変わらず、昨日の軌道傾斜角は八十五度」

消しゴムを振り回しながら右腕を真っ直ぐに伸ばし、拳半分だけ上に持ち上げる。和海は身体で作る角度をいくつか記憶していた。伸ばした腕の先で拳の縦幅が十度、親指の腹が二度にあたる。

和海は人差し指に重ねて、半径六千四百キロメートルの球体――地球を思い描いた。消しゴムはジュラルミンのロケットボディ、〈サフィール3〉の二段目。消しゴムに結びつけられた糸は重力だ。

「十二月、太陽の方向はマイナス二十度ぐらいか」

右手に重ねた地球を向こう側に回転させる。太陽の位置は和海の後方二キロメートル、渋谷駅から二駅離れた駒場東大前のあたり。――昼夜をイメージの中の地球に重ねた瞬間、和海はＴＬＥの示す〈サフィール３〉の軌道を飛んでいた。高度三百キロから見おろす地球が足元を流れていく。入った。赤茶けたオーストラリア大陸を北へ横切ると前方にハワイ諸島が見えてくる。この軌道傾斜角は昨日のものだ。和海はぴったり十度だけ、今日のＴＬＥに合わせて軌道を傾けようとして、人差し指にかかる力を意外に強く感じた。〈サフィール３〉の慣性《モーメント》だ。

おかしい。これほどの力が必要になる軌道遷移が本当に行われたのだろうか――。

「来たよ、今年最後のビッグディールだ！」

斜め前から聞こえた声に、我に返る。指先に浮かんでいた地球は消え去り、白い塗装を施したジュラルミンの筒〈サフィール３〉の二段目もただの消しゴムに戻る。

ワーキングスペースの中央にあるラウンドテーブルに十名ほどの〝同僚〟が集まり、中央の席で古株の渡辺が、ニュースを表示したタブレットを掲げていた。

壁に掛かるワールド・クロックのＴＯＫＹＯは午前九時を示していた。時間がルーズになりがちなフリーランスのリズムを整えるために行っている朝の情報交換、通称〝朝カン〟が始まる時間だ。

一通り参加者にタブレットを見せた渡辺が続ける。

「今日の朝カンは、これでいこうか。純粋なソフトウェアサービスで四十ビリオンの買収なんてなかったからな。〈ビズジェン〉のリリースとパットのブログも開いておこう。勉強になるよ」

渡辺が話題に出した〈ビズジェン〉の創業者、パット・ファイエルは二十歳になったばかりの若いＩＴ起業家だ。和海よりも八歳、渡辺よりも十二歳若い。渡辺は彼をファーストネームで呼ぶことで、同世代の若者でも成功できるということを〈フールズ・ランチャー〉の利用者——彼は〝同僚〟と呼ぶのを好むが——に伝えている。

「まずは、彼らに祝福の拍手を送ろうよ。パット、エグジットおめでとう」

ラウンドテーブルから、数は少ないが熱心な拍手が湧く。和海も消しゴムを握りしめた拳を左手で柔らかく叩いて祝福した。スマートフォンとタブレットで始まったタッチスクリーン革命の時代ならともかく、純粋なソフトウェアによるサービスで大きな資金を集めることは難しい。今回の売却は〈ビズジェン〉にとって理想的な出口《エグジット》だ。

一人が手を挙げた。今週から顔を見るようになった浜田だ。

「あの、四十ビリオンって四百億円ですか？」

「浜田くん、円に直して考えるのは悪いクセになるわよ。ドルのまま頭に入れる習慣がないと、スタートアップなんてできないわ」

浜田の隣から、メンバーの中で一人だけスーツに身を包んだ女性が口を出す。〈フールズ・ランチャー〉の英語屋、メアリー。日本人だ。本名は仁美《ひとみ》とかいう名前のはずだが、シンガポールや台湾風に英語のビジネス・ネームで呼ばせている。

「メアリー、それは言い過ぎだって」傷ついた表情の浜田を見ながら、渡辺がフォローを入れた。「でもな、数字は英語の三桁区切りに慣れたほうがいいよ。もし、でっかい数字がたくさんあるような仕事に出会ったら、だれかに聞けばすぐ教えてくれる。例えばこんな数字なら――和海！　四十ビリオンは日本円でいくらだ」

突然名前を呼ばれた和海は、手をあげて答えた。

「四十ビリオンドルは、今日のレートだと四・五兆円だよ」

同僚たちが感心したように頷《うなず》く。和海は笑顔を作って、再びノートパソコンに目を向けた。暗算なんてたいしたことじゃない。海外向けの有料メニューのある〈メテオ・ニュース〉を運営していること、そして軌道計算のために、数百キロメートルもの範囲をミリメートルで記述する必要があるから慣れているだけのことだ。

「サンキュ。こうやって、足りないものがあったら遠慮なく話し合っていこう。〈ビズジェン〉の連中だってそうやって大きくなったんだ。そうそう、昨日は〈ポケットフォルダー〉の件で出版社に行ってきたんだよ。そこでワンクリック決済を提案してさ――」

渡辺が話題を取りかえし、営業に行ったときの話を共有するフェイズに入った。渡辺はこうやって、請負ではないサービスを常に手がけることの重要さを〈フールズ・ランチャー〉の利用者に説いている。

意識を高く保とうとする渡辺の言動を疎ましく思うこともあるが、この雰囲気が和海は嫌いではなかった。より使用料の安い、ただ制作を請け負うだけの〝Ｗｅｂ屋〟が集まるようなシェアオフィスに移ってしまえば、自分自身の〈メテオ・ニュース〉を続ける気がなくなってしまうかもしれない。前に目を向けた人々の雰囲気は、月額四万円という安くない利用料を支払って〈フールズ・ランチャー〉を使う理由の半分を占めている。

目の端にオレンジ色の塊が動いた。

「木村さん、おはよう」

続けて、向かいの席に巨大なマックブックが滑り込んでくる。〈フールズ・ランチャー〉を使う理由の残り半分、沼田《ぬまた》明利《あかり》の〝出勤〟だ。蛍光オレンジに染めた、頭の倍ほどの大きさに膨れあがったアフロヘアが彼女のトレードマークだ。

明利はマックブックの両脇に種々のデバイスとケーブルの束を投げ出した。スマートフォンが三つにタブレットが二枚。十六ポートのＵＳＢハブ、ポータブル無線ＬＡＮに大型のモバイルバッテリー。総重量は十キログラム以上あるだろう。

初めて見るのは、五センチ四方ほどの基板に透明のフィルムが巻き付けられたものだ。ＵＳＢポートとＬＡＮのポートがついている。よく見ようと首を伸ばすと、明利が声をかけてきた。

「今日配信するニュースは、もうできてる？」

「ごめん、まだできてない。目玉にする予定だった〈サフィール3〉のデータが怪しいんだよね」

「流星群が目玉じゃないの？　アクセス殺到してるじゃない」

「いまアクセスしてる人たち、どうせ有料会員にはならないよ」

和海が〈メテオ・ニュース〉のブログに掲載した、ふたご座流星群の観測情報と流星群の原理を説明するページはちょっとしたアクセス過多に見舞われていた。精密な地球の3D表現がWeb開発系サイトで取り上げられたため、〈メテオ・ニュース〉のメイン顧客ではないエンジニアたちが押し寄せたのだ。

「そうか。でもサーバーは増やしとくわ。今の倍ぐらい人が見に来ると、有料会員向けのページまで足を引っ張られちゃう。アクセス数に応じて自動的に増やすようにしちゃっていいかな。手で追加しても面倒じゃないんだけど、サーバーが遊んでる時間が長いのよね」

「自動的に増やすのは、ちょっと怖いかな」

〈メテオ・ニュース〉のサーバーは、世界最大手の通販会社のクラウドが貸し出している仮想サーバーだ。秒単位で利用時間と台数を決められるのだが、中程度の性能のサーバーを一晩借りると百五十円ほど。何かの間違いでアクセスが殺到してしまい、百台借りることになってしまえば一晩で一万五千円。それは痛い。

「サーバーの管理なんかに手をかけないほうがいいって。台数の上限《キャップ》を設定画面《ダッシュボード》で決められるようにしとくから、やっていい？　もう展開《デプロイ》するだけなの」

明利の言い分はもっともだ。毎週、何台のサーバーを追加するかなんて考えるよりも、一本でも多くのニュースを投稿して、二百人しかいない有料会員を増やすほうがいい。千人ぐらいになれば、週の半分を〈メテオ・ニュース〉に投入できるようになる。

「わかった。任せるよ」

「やった」

明利がマックブックに向かい、リズミカルにキーボードを叩きはじめた。明利ほどの腕を持つエンジニアが限りなくノーギャラに近いフィーで手伝ってくれているからこそ、和海も安心してニュースを作ることができる。彼女のモチベーションにもなるならば、やってもらって損はない。

明利の腕が振られ、パチンとキーボードを叩く音が聞こえた。

「デプロイ、終わり」

「え？」

「テストするわね。３Ｄビュワーに秒あたり一万アクセスかけるわよ。木村さんはアクセス解析開いて見てて」

慌てて画面を立ち上げる。秒一万アクセスだって？　サイバー攻撃でも聞かない数字だ。

３Ｄ用のデータどころか、同じＨＴＭＬを配信するだけでも普通ならサーバーが停まる。

「いい？　開始」

和海が頷くのも確認せずに、再び明利の腕が振られ、キーボードを叩く音が聞こえた。その瞬間、リアルタイムのアクセス解析に一〇Ｋという数字が現れ、棒グラフの左端に縦軸一杯の棒が立ち上がった。グラフのスケールが変わり、今まで見えていた十アクセス程度の凸凹が完全に見えなくなる。シアトル、シンガポール、香港、ブラジルからの大量アクセスだ。

「十秒、トータルで十万アクセス。サーバーを振り分けているから、３Ｄのページだけが遅くなってるはずよ」

明利の言葉通り、リアルタイムのアクセスは一三・四Ｋのまま推移する。恐る恐る〈メテオ・ニュース〉を開いてみるが、３Ｄ表示のないトップページは普段と同じスムーズさで立ち上がった。

「今追加された仮想サーバーは百二十台、想定通りね。じゃ、落としとくわ。テストにかかったのは、ええと。百二十二円。経費として請求していい？」

「……ああ、もちろん。凄いね。初めて動いてるの見たよ」

仮想サーバーのレンタルサービスには、明利がやってみせた負荷分散機能《ラウンドロビン》や負荷テスト機能が用意されている。だが、その機能は買収が決まった〈ビズジェン〉のように数百万人を対象にしたサービスが使うものだ。多くても日に数千人しか来ない〈メテオ・ニュース〉で使うようなものではないし、彼女が普段請け負っている〝Ｗｅｂ屋〟稼業で使うこともないだろう。

「木村さん、こっちは追わないの？　打ち上げはもうすぐでしょ」

明利がタブレットをかざしていた。画面には、今年最後、そして最大の宇宙イベントの記事が表示されている。

　ロニー・スマークの〝ワイバーン軌道ホテル〟。九〇年代末にインターネットを使った送金と決済サービスを作りあげ、だれでもショップを持てるようにしてくれた立志伝中の人物は、今、宇宙開発の最前線にいる。ロニーは民間の宇宙ツアーを実現するために〈プロジェクト・ワイバーン〉を立ち上げ、自前のロケット〈ロキ〉シリーズを次々と開発し、今やＮＡＳＡの業務すらも請け負うようになった。メンテナンスのコストが嵩《かさ》むために国家協力が減ってきている国際宇宙ステーション《ＩＳＳ》への物資輸送の二割は、すでにロニーのロケット〈ロキ８〉と宇宙船《スペースシップ》〈ワイバーン〉が担っている。

　今週、彼はジャーナリストの娘、ジュディ・スマークとともにケープ・カナベラルから、最新型のロケット〈ロキ９〉で宇宙へ飛び立つ。その後〈ワイバーン〉が吐き出す軌道《オービット》ホテルで一週間ほど軌道上に滞在し、ＩＳＳへ移動するのだ。全行程二十日に及ぶ、世界で最も豪勢な旅行だ。

「〈ロキ9〉の軌道情報はプロジェクト・ワイバーンの公式Webサイトで公開されてるんだよね。でも、読み物としては入れておこうかな」

「そうしてよ。知ってる話があれば、数字だらけのページでも誰か読みたくなるかもしれないし。それより、今日配信するニュースはいつできる？」

「夕方から手を付けるよ。ちょっと急ぎの制作が入っててね。人手がほしいところなんだ」

「あ、そう。大変ね」

明利は勢いよくマックブックを畳んだ。制作作業を手伝うつもりは全くないという意思表示だ。宇宙そのものには興味を示さない彼女だが、なぜか〈メテオ・ニュース〉を魅力的にするための作業には労を惜しまない。

平凡なメールマガジンだった〈メテオ・ニュース〉は、明利の参加できわめて充実したサービスになった。PC、タブレット、スマートフォンから、まだ普及が始まったばかりのスマート眼鏡《グラス》にも対応している。表示されるコンテンツこそ和海が作っているものの、サービスを支えるサーバーのプログラムやアプリは全て明利が作り上げたものだ。世界中の通貨や携帯クレジットにも対応した課金システム、和海が苦手としていた英文記事の生成支援システムなど、明利が手がけた部分を普通に外注すれば数百万円を下ることはないだろう。

彼女は月数万円にしかならない収益の二〇パーセントという、タダ同然の利益配分《レベニューシェア》でそこまで作り込んでくれたのだ。

「私は夕方まで広告に手を入れておくよ。今日の作業でアドセンス収入は二パーセントぐらい増えると思う」

「ありがとう。ほんと、助かる。夕方には記事を上げるよ。今日はずっと〈フールズ・ランチャー〉にいる？」

「夜までは」

明利は机の上にばらまいたガジェットを、バックパックに流し込んで席を立った。

「じゃ、夕方。声を掛けてくるの待ってるわよ」

明利は意を決したように「よし」と言ってオレンジ色のアフロを振り、〝朝カン〟が続くラウンドテーブルに身体を向けた。

「渡辺さん！」

明利の鋭い声にテーブルの会話が止む。

「昨日頼まれてた〈ポケットフォルダー〉の課金コード修正。手を付けたけど元がダメ。クレジットカードのシークレット・コードをデータベースに保存してるじゃない」

「あれ、ダメだったっけ。〈ビズジェン〉なんかもそうしてると思ったけど」

明利がため息をついて頭を振った。

「あっちの大企業は、億単位のリソースをコンプライアンスにぶっ込んで決済プロバイダーやってるの。ＰＣＩのレベル１なんて、どれだけかかるか知ってるの？〈ビズジェン〉だってそう。パットのブログ読んでる？　彼らはファーストステージで調達した二億円を、全部それに突っ込んでるのよ」

メアリーが顔を強《こわ》ばらせて、明利の顔を凝視していた。他のメンバーも同じだ。明利は凍り付いた空気を気にするふうでもなく、言葉を継いだ。

「都度入力で決済するようには書いといたから、それでよければ納品にさせて」

「……わかった。じゃ、請求書ちょうだい」

「月末払いでいいのよね。送っとくわ。みんな、コーディングで困ったらいつでも声かけて。今月、まだまだ空いてるよ」

このシェアオフィスに集う〝Ｗｅｂ屋〟が苦手とするエンジニアリングを一手に引き受ける、それが明利の稼ぎだった。全く金にならない〈メテオ・ニュース〉に付き合ってくれている理由が和海にはわからなかった。

それより、今日の配信だ。〈サフィール３〉の予想位置は……戦略軍が配布しているＴＬＥをそのまま記録するだけにしておこう。

十二月十日（木）一七：五〇（00:50 GMT Friday 11 Dec)

コロラドスプリングス　ピーターソン空軍基地

北米航空宇宙防衛司令部《NORAD》の軌道監視室長、クロード・リンツ大佐は手の中でもてあそんでいたものを頭に載せてみた。白いファーで縁取られた赤いとんがり帽子。てっぺんには白いボンボンが縫い付けられている。サンタ帽だ。

真っ黒なディスプレイを鏡代わりに覗き込む。血色のよすぎる肌と安っぽいサンタ帽が、妙に似合っていた。帽子を持ってきた副官のスターツ・フェルナンデス少佐が両手を叩いて喜んだのもわかる。五十九歳という年齢と、肥満のせいだ。鬚を付ければサンタクロースそのものだ。

顔をしかめたリンツは帽子を脱いで、袖机の脇に置かれた段ボール箱へ放り込んだ。NORAD《ノーラッド》の名物行事のために軌道監視室へ支給された〝装備〟だった。

北米大陸の上空を飛ぶサンタクロースをNORADが追跡してみせる子供向けのイベント〝サンタ追跡作戦〟は、今や主要な行事と見なされている。一九五五年から始まったこの作戦は年を追うごとにエスカレートしている。専用サイトを作り、スマートフォンやタブレットで位置情報と連動したアプリをリリースする。ボランティアを千人も基地に入れて子供たちに応対するまでの一大イベントに成長していた。NORADにとっては、北米大陸を隙間なく覆う監視網の存在を知らせることができる絶好の機会だ。四十年ものあいだクリスマス休暇もとらずにサンタ追跡作戦に携《たずさ》わってきたリンツは、その意義を十分に承知していたが、ビデオ電話で応対する隊員にサンタ帽を被せるのは違うと感じていた。厳《いか》つい顔の軍人が「オレゴン・サイトの情報によると、サンタはバンクーバー上空をマッハ2で飛行中。以上《オーバー》」と答えるからこそ、子供もサンタを信じてくれる。浮かれた帽子を被った隊員たちが果たしてプロの軍人に見えるだろうか。

リンツは帽子の存在を意識から閉め出して、当日流れる映像の確認をはじめることにした。イブの日に流される二十本の映像がまとめられた資料が、ポートランドのCGプロデューサー、ラリー・ラッセルから送られてきていたのだ。

「ほう……」

映像は、見事の一言だった。クリスマス・ジングルに乗って東から〝領空侵犯〟してきたサンタクロースの橇《そり》に対し、NORADのF22《ラプター》部隊がスクランブル発進する映像は、ここ、ピーターソン基地で撮影されたものだ。アニメーションと実写映像の合成も非の打ち所がない。

サンタクロースを視認したF22のパイロットは空を駆ける橇を中心に低速のバレル・ロールをかけて、サンタクロースのミッションがNORADとの共同作戦になったことを告げる。旧世代の戦闘機では失速しかねない低速のアクロバットにリンツはため息をついた。

スターツが抜擢したパイロットはマドゥ・アボット少尉。インド系の若手女性パイロットながら、F22を操らせればアメリカ北方軍《USNORTHCOM》全体でも右に出る者はいない。

映像は、雪に覆われたアメリカとカナダの街でプレゼントを配って回ったサンタクロースが星空を見上げ、ホースのついたヘルメットを座席の下から取り出すところに差し掛かった。

リンツはチェアを軋《きし》ませてモニタに向き合った。

「さて、ここからが私の出番だな」

大気圏内の映像チェックは他のスタッフにも任せられる。特に戦闘機とサンタ一行の絡みはパイロット上がりのスターツが細かなところまで確認してくれるだろう。だが、宇宙はリンツの専門分野だ。冷戦の最中、一九八〇年に入隊してからずっとＮＯＲＡＤで宇宙を監視し続けてきたリンツにとって、そこだけは譲れない。

トナカイがサンタクロースに被せられたヘルメットの中で鼻息を吹き出す。そして、護衛してくれたＦ22部隊へ前脚を振ってから、大きく宙を一蹴り。宇宙へ飛び出した。リンツはアニメーションの脇に映し出される地図と、速度のデータに集中した。

トナカイが足を踏み出すたびに、速度が上がっていく。秒速一キロメートル、二キロメートル、三キロメートルと増えるに従って背景に見える星が増え、平らだった地平線が丸みを帯びていく。星の瞬《また》きが減っていくのを確認したリンツは胸をなで下ろした。ストーリーボードの段階でうるさく指摘しておいただけはあって、許されない嘘は描かれていない。

秒速七・六キロメートルに達したサンタの橇が、目標地点を捉えた。大きな太陽電池パネルをトンボのように拡げた国際宇宙ステーション《ISS》だ。

橇が細かな上下動を繰り返した後でＩＳＳを正面に捉え、次いで下に大きく回り込んだとき、リンツは感嘆の声をあげた。

「ラリー、勉強してるじゃないか」

サンタの橇が見せた動きは、今も使われているロシア製の宇宙船、ソユーズがＩＳＳにランデブーするときと同じ方法だった。不自然に見える軌道上での運動を、楽しい雰囲気で演出してくれている。これなら、うるさい宇宙ファンも納得するだろう。

今年、二〇二〇年の〝サンタ追跡作戦〟のハイライトは国際宇宙ステーション《ISS》だ。プレゼントを渡す相手は、自力で宇宙旅行を成し遂げたロニー・スマークの娘、ジュディ・スマーク。彼女をモデルに描いた女の子のキャラクターがＩＳＳのキューポラにある窓に両手を当てて、橇がドッキングしてくるのを見守っている。その肩を、ぎょろりとした目に顎鬚のキャラクター――ロニー・スマークが抱いていた。

「しかし、この映像はないだろう……」

ジュディ・スマークは二十八歳だというのに、アニメーションで描かれているのは、十歳ぐらいにしか見えない。修正を依頼するのは野暮だろうか。そう考えていたリンツに声が掛けられた。

「大佐、よろしいでしょうか」

リンツが顔を向けると、浅黒い肌の隊員が開かれたドアの向こうに立っていた。

「おっと、いたのか。入ってくれても良かったんだぞ。ここはオープンドアだ」

リンツは訪問者の胸章で名前を確認した。〝D. FREEMAN（D・フリーマン）軍曹〟。ファーストネームは、なんだっただろうか。

ディスプレイの片隅で点滅するメッセージに気づいた。部屋の前に陣取ってリンツのスケジュールを補佐してくれているジャスミン・ハリソン大尉が、入室者の所属とバックグラウンドを教えてくれている。小さくなったとはいえ、掌握する部隊のメンバーはまだ二百名を超える。シャイアン・マウンテンの地下壕でソ連のミサイルと爆撃機を監視していた頃は全ての同僚を覚えていたが、異動と組織改変が続く近年では無理だ。歳のせいもある。ジャスミンの助けはありがたい。

訪問者はダレル・フリーマン軍曹。インドネシア生まれのカトリック、五年前に学生として入国。市民権を得るために志願して、今年から念願のＮＯＲＡＤへ配属されたエンジニアだ。

「ちょうど良かった」とリンツは手招きした。

ダレルが戸惑ったのを確認したリンツは、ジャスミンのメッセージに貼り付けられたリンクから、現在従事しているミッションを表示させる。今はスターツの元で、ＮＯＲＡＤ

で実験中の対衛星兵器《ASAT》ASM140のレポートをまとめているようだ。

「ダレル、ASM140はどうなってる？　現状を報告してくれ」

ダレルが慌てたふうに姿勢を正して敬礼するのを見て、リンツはほくそ笑んだ。軍が定年間際の管理職向けに開いているセミナーで学んだテクニック。そのおかげで、名前も忘れがちな状態でもオープンドア・ポリシーを実行できる。

その一、ファーストネームで呼びかけること。忠誠心《ロイヤリティ》を引き出すことができる。硬直した組織ならば、訪問者は驚くだろう。

その二、先に質問すること。訪問者の機先を制することができる。

「予定通り進捗しています。ASM140自体はロッキードから三機納入済み。スクラップになるところを大佐に救っていただいたF15C《イーグル》へ、スミソニアンから持ちだした火器管制装置の換装も終了しています。五十週に予定している発射試験に向けて、現在のところ遅れは出ていません」

リンツはダレルの報告を聞きながら、プロジェクトの概要を思い出していった。

二〇一七年に運用が始まった中国の宇宙ステーション〈天宮2〉と、滞在ミッションのたびに大量に放たれる小型の人工衛星がアメリカ合衆国の頭を悩ませていた。使い捨てに限りなく近い廉価な人工衛星には高精度のカメラが搭載され、米国が先行して作り上げていた監視網を物量で凌駕しようとしていたのだ。

　この〝脅威〟に対し、合衆国は実力を行使できることを示さなければならなくなった。提案を求められたリンツが発見したのは、一九八三年にレーガン大統領の演説から始まった戦略防衛構想《SDI》〝スター・ウォーズ計画〟で検討されていた対衛星兵器《ASAT》、通称〈空飛ぶトマト缶〉だった。

　戦闘機であるＦ15に誘導装置を搭載したロケットを抱かせて、気象の影響がない高空から発射し、対象となる衛星に当てる。地上の打ち上げ施設を用いる他の対衛星兵器よりも遥かに安価で、天候に左右されず、発射までのプロセスをきわめて短時間で行えるのが魅力の計画だった。様々な理由のためにお蔵入りしたプロジェクトだが、問題を解消できるコンセプトの目処《めど》がたったため、復活を提言したＮＯＲＡＤで新型ＡＳＡＴの開発が進められていた。軌道上の物体を破壊することを禁じた宇宙空間平和利用委員会《COPUOS》のガイドラインには違反するが、抑止力として持つのは悪くない。

　リンツが情熱を傾けられた新兵器の設計と検討の段階は過ぎ、現在頭を悩ませているのは〝人〟だった。若いパイロットは退役の進むアナログ時代の戦闘機、Ｆ15Ｃのライセンスを持っていないし、とろうともしない。そんな苦労を知ってか知らずか、上層部はリンツ以上にＡＳＭに期待しているようだ。どこからか降って湧いてきた〈ホウセンカ〉と名付けられた衛星撃墜計画の演習を、一日もはやく行わなければならない。

「スターツが異動の嘆願書《ペティション》を持ってきていたが、どうなった？　サインはしておいたが」

「リッキー・マギリス大尉の件ですね。署名、ありがとうございます。北方軍にもNORADへの異動は承認いただきました。マギリス大尉も再びイーグルに乗れるということで喜んでいるそうです」

リンツは、記憶と状況が合致していることに満足して、腹の上で手を組んだ。

「よろしい。それで、訪問の理由はなにかな」

リンツがもう一度モニタに目を戻すと、ジャスミンのメッセージに〝サフィールの軌道監視依頼〟とあることに気づいた。なんだ、別件だったのか。

「大佐、お伺いしたのはASM140の件ではありません。〈サフィール3〉について、お願いがあってやってきました」

リンツは満面の笑みを浮かべた。軌道の話なら、いつでも大歓迎だ。

「楽にしろ。座ってもいいぞ」

ソファを遠慮したダレルが重心を少しだけ変えて楽な姿勢をとった。

「先週イランが打ち上げた〈サフィール3〉の二段目を、NORADの設備で観測させていただきたいのです。打ち上げはご記憶にあるかと思いますが——」

「もちろん知ってるぞ。テポドンのライセンス生産だな。待機軌道が確か二百五十キロほどだったか、なかなかいいロケットだ。なにかあったのか？」

「ええ、本日、軌道が徐々に寝ていることを発見しました」

ダレルが左手の親指と人差し指で「C」の文字を作って横に倒してみせた。

「大気効果――そんなわけはないな」

「ええ、上層大気の影響は確認しました。そして異常がもう一つ。戦略軍から配布されている二行軌道要素《TLE》によれば〈サフィール3〉の二段目、識別符号〝SAFIR3 R／B〟は高度を上げています」

「ありえないな。TLEの方が間違ってるんじゃないか？」

ダレルも「そうかもしれません」と頷いた。燃料を使い切ったロケットの残骸が軌道高度を上げることはない。

「ただ、戦略軍のデータですから、単純なミスとも思えません。そこで、確認するためにNORADのレーダーで観測する許可をいただきたいのです」

リンツは壁のカレンダーに目をやった。来週の水曜日、十二月十六日からクリスマスに向かって太い線が走っている。サンタ追跡作戦の準備だ。予定にない監視業務が発生するのは好ましくない。

「観測はいつ、どれぐらい行う予定かな？」

数度の瞬《まばた》きとともに唇を動かしたダレルが「一週間」と答えたのに、リンツは満足した。この男は〈サフィール3〉の二段目が北米上空を飛ぶ軌道をざっくりと計算したのだろう。それを裏付ける言葉がダレルの口から続いた。

「軌道傾斜角が七十五度です。日中でもレーダー観測はできますが、邪魔にならないように夜間のオレゴンのレーダーサイトを使わせてもらおうと思っています」

　リンツは出かかった「よろしい」という言葉を止めた。監視対象の決定権はダレルの上官であるスターツに委譲している。許可を出してしまえば職掌侵害だ。スターツの許可は取ったのか問いただすと、ダレルは困ったような顔をした。

「要請したのですが、なにも返答が得られなかったのでエスカレーション先の大佐にお伺いしている次第です」

　パイロット上がりのスターツは優秀な管理職だが、軌道上の物体に関する理解が足りていない。高度を上げるロケットボディと聞いてもピンとこなかったのだろう。ＩＣＢＭよりも航空機テロに神経を尖らせている９・１１《ナイン・イレブン》以降のＮＯＲＡＤを象徴する人事だ。

「……なるほど。確かに、彼の興味は引かないかもしれんな」

　共犯者の笑みを浮かべたダレルの後ろで、細長い腕が開け放した扉をノックした。噂をすれば、というやつだ。大股に入ってきたスターツはダレルの姿を認めて「ちょうど良かった」と笑った。

「フリーマン、五番のハンガーに行ってくれ。高高度与圧服が届いてるぞ。マギリス大尉のフィッティングは明日でいいが、Ｆ15の射出座席との位置合わせは今日中に整備班に依頼しておいてくれ」

「了解しました」

与圧服？　と思ったリンツへスターツが苦笑を投げかける。

「大佐。聞いてましたか？　ＡＳＭ１４０を運ぶＦ15のパイロットに高高度与圧服を着せろってお達しが出たんです。フリーマンのレポートに書いてありますけどね」

「なんであんなもんが必要になるんだ。八五年の試験の時は、普通のパイロット・スーツだっただろう。三十年で成層圏の気圧が低くなったとでも言うのか？」

スターツがため息をつき、ダレルを振り返った。

「フリーマン、説明してさしあげろ」

「はい。大佐のおっしゃるとおり、成層圏の気圧は三十年前と変わっていません。機体の気密性能も、人間もです。変わったのは、空軍の規程です」

二〇一〇年の運用規程で変更された操縦環境の項目をダレルが口にした。コックピット内の気圧と温度がほんの少しだけ快適側に設定されたのだ。Ｆ22などの新しい機体は当然のように規程を満たしているが、七〇年代に作られたＦ15は、ＡＳＭ１４０の打ち上げ高度まで上昇すると規程を下回ってしまう。

スターツがいいわけがましく細い腕を振った。

「私は抵抗したんですけどね。宇宙服みたいなものを着てしまうと身動きもできなくなるし、標準のヘルメットもかぶれない。射出座席にだって改造が必要です。ああ、そうそう。

標準装備のエアコンは外すことになりました」

リンツは「もういい」と手を振った。既存兵器の流用で済ませるつもりだったプロジェクトが水ぶくれしていく。

「ASM140の件は、わかった。それよりスターツ、〈サフィール3〉の二段目の件について彼から何か聞いてないか？」

「なんだっけ、ロケットの残骸が高度を上げてるとか言ってたやつだな。通常業務に支障が出なければ構わんよ」

「ありがとうございます」

「まずは五番ハンガーだ。与圧服の受領を見てきてくれ」

「了解しました。退出します」

ダレルの後ろ姿を見送ったスターツがチェアに腰を下ろした。

「軌道がおかしい、でしたか。よく気づくもんだ。どうにも苦手で」

「低軌道の物体を専門に追いかけてるアマチュア観測家なんてのもいるからな。遅かれ早かれ気づくヤツは出てくるさ」

NORADが異状の原因をつかめれば、軌道情報を一手に握り込んでいる戦略軍に貸しも作れるかもしれないと伝えると、スターツも納得したように頷いた。

「それより、この帽子。どこかに移せないか？」

「ここが一番邪魔にならないんですよ、大佐。二週間、我慢してください」

十二月十一日（金）〇五：五五（01:55 GMT Friday 11 Dec）
セーシェル共和国　ディスヌ島

星明かりと極端に明るさを落としたディスプレイだけで照らされた部屋に、調子外れの歌が響く。

「セーシェルに住むオジーさん、ぼーえんきょうを空に向け」

星明かりでは端が見えないほど巨大なリビングの中央に据えた巨大なデスクに向かう、オジー・カニンガムの歌声だった。タンクトップにショートパンツ姿の彼が身体を揺らすたびに、耐荷重が百五十キロあるはずのアーロンチェアが抗議の軋み音をたてる。座面から左右にはみ出すオジーの体重は、世界中のオフィスで使われているチェアの耐荷重を二十五パーセントほど超過していた。

オジーのデスクは百八十度のオーシャンビューを提供する高さ四メートル、幅二十メートルの全面窓に向けられていた。

窓の正面、東の空には、クジラが噴き上げた潮がそのまま凍り付いたかのような天の川が浮かんでいる。イワシを追ってくる漁師もいない。セーシェルの首都、ビクトリアのあるマヘ島から南西に五百キロ離れたディスヌ島。マダガスカルにほど近いこの島を、オジーは丸ごと所有していた。インド洋に面した東側の崖から突き出したUFOのような邸宅に、スタッフの〝フライデー〟と二人で住み、三メートルの反射望遠鏡と低軌道の物体を観測するためのレーダーがとり囲む私設の天文台〈セーシェル・アイ〉で、趣味の天体観測を行っているのだ。

オジーは見渡す限り人工の灯火のない見事なオーシャンビューに目もくれず、トレーダーが使うような四枚組のディスプレイを睨《にら》みつけてトラックボールに指を這わせた。腕を動かすのが難儀なため、マウスは使っていない。

右上のディスプレイでレーダーを確認。東の空に雨雲はない。天気予報がアテにならない孤島で観測を行うには、高性能のレーダーが必要になる。そして狙っているのは大気の影響を大いに受ける天体、水星だ。

水星の撮影は難しい。金星とは比較にならないほど太陽のすぐ近くを巡る小さな惑星は、太陽の輝きで青く色づく大気にかき消されてしまう。日の出直前か日没直後の短い時間だけがシャッターチャンスだ。

オジーはトラックボールを操作して、モニタに並ぶ天体のリストから〝MERCURY〟を選んだ。ふんだんにカネを注ぎ込んだシステムに微妙な操作は必要ない。モニタのひとつに映像が流れ、すぐに下から太陽に照らされた水星が大きく映し出される。

オジーは満足げに頷き、左下のモニタに、望遠鏡よりも広い範囲を映し出す補助カメラのライブビューをセットした。ビューの中央には望遠鏡の撮影範囲を示す白い枠と、天体の情報が重ねられている。今は水星から少し上に輝く、中国が軌道に浮かべた二つ目の宇宙ステーション〈天宮2〉とその予測軌道が描かれていた。モニタに指を当てて、〈天宮2〉に重ねられた緩やかな曲線が望遠鏡の撮影範囲を通るのを確認し、補助カメラをズーム。十秒ほどで水星と〈天宮2〉が並ぶ。

「カウント、ダウン！　八、七、六——」

オジーは右腕を持ち上げ、人差し指でトラックボールのボタンを狙った。

「四、三、二……おっと、まだか」

望遠鏡のライブビューを凝視し、静止《スチル》撮影のチャンスを待つ。望遠鏡の映像はフルHDの解像度で録画しているが、4K・8Kといった高解像度のテレビ放送が始まった今、価値ある写真はギガピクセルでなければならない。十二枚の高感度CCDを連結して得られる一枚の生《RAW》データは容易にギガバイトを超える。連写はできない。タイミングは一瞬だけだ。

ライブビューの白い枠に〈天宮2〉を示す輝点が入り、望遠鏡側に輝く点が現れた。

太い腕を振り下ろす。

「シュート！」

トラックボールが嫌な音を立てる。オジーは打ち下ろした勢いで椅子ごと右回りに一回転しようとするが、チェアは軋み音をたてて四分の一だけ回ったところで音《ね》を上げた。オジーは毒づき、デスクに手を掛けて体の向きを元に戻す。続けて、めり込んでしまったトラックボールのボタンを爪で引き上げた。

「アーロンチェア、千ドルもしたってのにもう交換か。最近の機械は全体にヤワく作ってるのかね」

オジーは顔を上げ、撮影済みの写真を確認して、満足げに顎を撫でた。

「いいじゃない、いいじゃないの。こんな解像度のカップリングは見たことがないねぇ」

太陽光パネルを二対伸ばした〈天宮2〉のシルエットが鮮明に記録されている。その右下には、はっきりと球体に見える水星が浮かんでいた。コントラストが高すぎてクレーターまでは見えないが、インド洋から湧き上がる陽炎《かげろう》も画像処理エンジンで除去されている。上出来だ。

オジーは写真に〈天宮2〉と水星のタグをつけて、〝Xマン〟のハンドルネームでウィキメディアにアップロードした。膨大なアーカイブには、オジーが撮影した数千点もの高解像度写真が登録されている。セーシェルから桁違いの高解像度写真を投稿し続ける謎の写真家、Xマンの名前は天文ファンにも――いい加減な知識でガセネタをばらまく男としてもだが――徐々に浸透してきている。

「誰もいない、ってのは最高だな」

オジーは〈セーシェル・アイ〉の立地に満足していた。インド洋に浮かぶ絶海の孤島というロケーションは特別な意味を持つ。光害がない、そしてなによりライバルがいない。南北アメリカ大陸にはゴマンと天文台があり、プロ、アマ問わず夜空へ望遠鏡を向けている。南太平洋にはネイチャリストの聖地、オーストラリアとニュージーランドがある。天文学を修めていないオジーにとって、専門知識を持った競争相手が周囲にいないのは重要なことだった。普段星を見ることのない人々が、すこしでも宇宙に思いを向けてくれればいい。そのための綺麗な写真と刺激的な文章だ。デタラメを書くな、と面と向かって言われたくはない。

オジーの若い友人も言っていた。

『大家さん、誰もやらないところにチャンスがあるんですよ』

今や大富豪となったロニー・スマークだ。忘れもしない一九九八年の夏、ビルの最上階に住むオジーを訪ねてきたロニーは、紙切れをひらりと差し出しながら戸口でそう言い放ったのだ。

『僕たちは、インターネットに〝銀行〟を作るんです』

普及し始めたＷｉｎｄｏｗｓでようやく税金を処理するようになったばかり、コンピューター同士の通信なんてものはギークの遊びでしかないと思っていたオジーに、サイズの合わないスーツに汚れたコンバースを合わせた店子《たなこ》は熱弁を振るった。

『いずれ世界中のコンピューター同士がインターネットという通信網で接続されるようになる。そのとき、だれもが商店主になれる仕組みを僕は作る。僕のチームは今、一つめの銀行と契約しようとしているんだ。一回、成功すればいい。あとは繰り返すだけだ』

オジーは汚れたコンバースを見ながら、ロニーに貸している二階の角部屋を思い浮かべた。エアコンもない小さな部屋の家賃は月に四百ドル。確か、保証金は千ドルだ。

『よくわからんが……儲かるまで家賃を待ってくれ、ってことか？』

ロニーは心外そうに眉をひそめて、紙切れをオジーの目の前に差し出した。

『カニンガムさん、違うよ。投資して欲しいんだ。議決権のない株式を一万ドル分渡す。僕たちの総資産の二十パーセントだ。そのかわり、三年間あの部屋を使わせて欲しいんだよ』

『要するに、家賃を払わずに、あそこを使わせろってことだろ？』

『いいや、そうじゃない。投資だ』

『強情だね、お前。一万ドル程度のローンも組めないのかよ』

オジーは軽口を叩きながら、考えた。サンフランシスコの外れに建つ倉庫を兼ねたビルに、借り手はほとんどいなかった。荒れ果ててるよりは若い連中が出入りしているほうがいい。コーヒー屋台の一つも目の前で開店してくれれば、他の部屋も埋まりやすいだろう。

『わかった。その紙切れをもらってやるよ。人も増やすんだろ？　一階の倉庫を好きに使っていいぞ。管理室にはエアコンがある』

『ありがとう。これで大家さんは僕たちの利害関係者《ステークホルダー》だ。ついでに電気代も、頼む』

その時ロニーがどんな顔をしていたのか思い出せない。だが、それが、始まりだった。

ロニーと彼の友人たちはエネルギッシュに立ち回り、鈍重なクレジットカード会社の先手を打ってインターネットになくてはならない決済網を作り上げた。三年で倉庫を離れたロニーたちの〝銀行〟がオークション会社に買収されたとき、オジーの手元にあった株券の買い取り額は一ビリオンを大きく超えた。

そして、ロニーの成功は新たな富をオジーにもたらした。若い起業家たちが、オジーのビルへ殺到したのだ。スーツを纏《まと》い、古いコンバースで。オジーは彼らに足りないものを提供しはじめた。弁護士、会計士、高速な無料のインターネット回線。そして新たなビル。オジーはジンクスをなぞる起業家たちの望むもの――倉庫のあるビルを新たに買った。家賃の支払いは議決権のない株券でいい。口うるさくないオジーのやりかたは当たり、成功者が出るたびにオジーの手元に巨額の資産を残していった。しかし、ロニーの紙切れほど儲けさせてくれたサービスも、ロニーほど成功した者も結局出ることはなかった。熱狂の十年が終わり、グーグルやアマゾン、フェイスブックといった巨大なプラットフォームの時代へと変わっていた。

初期の成功者たちの多くはITから身を引き、自動車やインフラなどの〝コモディティ《つまらな》ィ《い》〟ビジネスを手がけるようになった。写真家になるものも多かった。金銭的な問題を持たない成功者の彼らが世界中を旅して撮る写真に感動したオジーは、第二の人生としてセーシェルに居を構えることにした。一キロ歩くだけで息が切れるオジーにとって、設備さえあれば安楽椅子写真家が成り立つ天体写真は魅力的だったのだ。

特大の成功を手に入れたロニーだけは違った。民間宇宙開発というビジネス・ジャンルを自ら作り出し、明後日には自分の作ったロケット〈ロキ9〉で娘を連れて地球を飛び出す。そして実績ある宇宙船〈ワイバーン〉が軌道投入する世界初の滞在型宇宙船、軌道ホテルでISSへ降り立つ。

「天を仰げば友がいる、というが、まさか生きたまま行くとはね」

一瞬だけロニーの宇宙ツアーに申し込もうと考えたオジーは、椅子の軋み音を聞いてすぐに諦めた。百九十キロの巨体を軌道に運び上げるには、百万ドル単位で追加料金を支払わなければならない。それに「だれもやらない」仕事が山積みだ。

今日も一ダースを超える衛星の確認作業が待っている。忙しいったらない。特にこいつ、〈サフィール3〉の二段目は面白い。オジーは日本の流れ星予測サービス〈メテオ・ニュース〉の最新号を読み直した。軌道高度が徐々に上がっているというじゃないか。

ユニークなネタは売り物になる。綺麗な写真にキャッチーな記事を付ければ、インターネットのタブロイド、〈ギープル〉あたりが掲載してくれる。オリジナル記事を掲載しているオジーのブログにも数万単位のＰＶが発生するだろう。ロニーが作った〝銀行〟越しに振り込まれる広告収入も期待できるというものだ。

家賃の代わりに受け取った株券のいくつかは成長期を過ぎて高い配当を出すようになっているので、カネは放っておいても増える。だが自身で撮影した写真と記事が売れること、そしてブログの広告は特別な収入だった。それはオジー自身の腕前で稼いだカネだからだ。

オジーは〈メテオ・ニュース〉に掲載された〈サフィール３〉のＴＬＥをコピーした。

「月に入るのは、私の心。今日の心はムーンサルト」

うろ覚えの流行歌を歌いながら、軌道予測用のソフトにＴＬＥをペースト。〝ＳＡＦＩ《サフィー》Ｒ《ル》３　Ｒ／Ｂ〟が望遠鏡の追跡対象として表示される。軋み音をたてるトラックボールを操作すると、広い範囲を映し出しているモニタに、線が描かれた。頭上を通る絶好の軌道だ。

あと十分で衛星の出。レーダーも準備しておこう。〈サフィール３〉が太陽の光に照らされるのは、水平線から出て二分後、高度がおよそ三十度を超えるあたりだ。そこから天頂を通って、東の水平線へ沈む。順光から逆光まで全て捉えることができる絶好のパスになる。

オジーはモニタで〈サフィール３〉を示す点を見つめていた。天頂を通り過ぎるときは肉眼でも動きがわかるほどの低軌道物体だが、水平線を越えてくるまでは動いているのかいないのかわからないほどゆっくりと動く。点が水平線に重なる、越える。越えた――。

「おかしいな。もう出ているはずなんだが……」

西に向けた低倍率のフィールドビューには〝SAFIR3〟の予測位置が水平線から顔を出したように表示されているが、実際の望遠鏡のスコープは地球の自転に沿ってゆっくりと流れる星しか映さない。

オジーが見ている間に〈サフィール3〉の予測位置は高度を上げていき、太陽の光が届く範囲へ入った。だが、それでも輝きは見当たらない。「外れたか？」とつぶやいたそのとき、低倍率のフィールドビューに赤い点が現れた。朝焼けに輝く軌道上物体だ。分厚い大気を通して届く光は、地上に朝焼けや夕焼けを作るのと同じ理屈でデブリや人工衛星を赤く染め上げる。

赤い点は望遠鏡が狙っている枠の少し下を、予測した軌道と同じ方向に動いている。

「何だよ。ずれてるじゃないか」

〈メテオ・ニュース〉から配信されたTLEの精度が悪いのだ。危うく見落とすところだった。

オジーは軌道情報に基づいた自動追尾を諦め、光学的な追尾に切り替えた。低倍率のフィールドビューで赤い点をクリックする。それだけの操作で望遠鏡は対応する場所を追跡しはじめた。すぐに望遠鏡の画像が動き、ロケットボディらしい円筒がはっきりとスクリーンに映し出され、揺れていた像も次第に安定していく。

その時、傾いた円筒にチカッとした光が瞬いた。画面が一瞬ブレる。

「――なんだ？　今の」

モニタに顔を近づける。画面中央に描かれた十字のターゲットはロケットを捉えたままだ。画像の特徴点をもとに追跡する機能は、正常に働いている。

「クソ、見逃したか……」

録画とログを見返せば、望遠鏡が捉えた映像や、どんな動き方をしたのか知ることはできる。だが、さっきの珍しい現象がもう一度起こらないとも限らない。

「また来ねえか――光った！」

望遠鏡の角度もほんの少しではあるが、はっきりと変化している。

「後ろでチカッといって、前に進んだぞ……間違いない。あの光はスラスターだ。加速しやがった」

オジーはモニタを食い入るように見つめ続ける。

「凄いものを見つけちまったぜ。ロニー」

三分間の短いショーが終わり、〈サフィール３〉の二段目は東の水平線へ沈んでいった。

録画を改めて見直すと、オジーが気づいていなかったものも含めて五回の光が記録されていた。

面白いことになった。どうすれば、この現象をセンセーショナルに伝えられるだろう。兵器だ――ということにしておこう。変人Xマンに相応《ふさわ》しいガセネタだ。NASAや天文台に勤務する宇宙のプロには相手にされないだろうし、お堅い天文コミュニティにもセーシェルの天体写真家、変人〝Xマン〟のことは浸透しはじめている。「またヤツが飛ばしてるよ」と思われるだけのことだ。いいさ、言わせておけばいい。人が宇宙に目を向けるほうが楽しいじゃないか。ギーク向けのタブロイド〈ギープル〉ならばそんなガセネタでも喜んで買い、配信してくれる。

「核兵器じゃあ面白くないな。宇宙人もエリア51も論外だ。キラー衛星……」

調べて初めてわかるようなマイナーなネタはだめだ。オリジナリティは要《い》らない。オジーの倉庫で失敗した連中の多くは「誰も見たことのない」サービスを作ろうとしていたが、それを〝銀行〟と言い続けていたロニーは大成功した。

もちろん、ぴかっと光って前に進む謎の人工物体、では全くインパクトがない。神様が驚くようなネーミングが必要なんだ――。

「Rods from God!（神の杖《つえ》！）」

軌道上からタングステンの巨大な弾頭を地上に叩き付ける超兵器、映画にもなった。主演男優のギャラで製作費の半分が持って行かれたと囁かれるクソ映画だ。評価は低いがオタクなら知っている。

兵器の名前は〈神の杖〉で決まり。目標は？ イランの兵器ならばイスラエルや米国本土がターゲットになるが、〈神の杖〉が地上を攻撃するのは当たり前だ。少し捻《ひね》って国際《I》宇宙《S》ステーション《S》としておこう。怪しさ最大級。しかも、一般人にはその嘘っぽさがわからない。

「〈神の杖〉ISSを襲う！ いいねぇ。後でもいいが、イラストも欲しいところだな」

オジーは、円筒の各所にスラスターの突き出たスケッチを書きつけ、携帯電話で撮影して、フリーランサーのイラストレーターが集うジョブマッチングサイト〈メガハンズ〉に報酬千ドルのコンテストを立ち上げる。ハリウッドを目指すイラストレーターたちがわんさか投稿してくれるに違いない。

ギガピクセルのスチルは撮れなかったが、映像から切り出した写真でも〈ギープル〉向けなら充分だ。オリジナルの映像とレーダーで観測したデータは自分のブログ〈セーシェル・アイ〉で公開しよう。プロっぽい大量のデータはそれ自体が記事の信憑性を物語る。自分でも、毎日溜まっていく大量の観測記録を持てあましているぐらいだ。飾りとして役立てばいい。

ついでだ。〈メテオ・ニュース〉に苦情のひとつも送っとくか。危うく加速する〈サフィール3〉を撮り逃すところだった。

精度の低いTLEなんざ送りやがって。

十二月十日（木）一九：五八（03:58 GMT Friday 11 Dec）
シアトル　パイクストリート八〇番

シアトルの台所、パイクストリート・マーケットに面したカフェのテラス席で、チャンスはウインドウに映る打ち合わせの様子を確かめた。根元を黒く染めた金髪に大きなサングラスと真っ赤なルージュを目立たせたメイクは流行のスタイルだ。黒いパンツスーツとロングコートが鍛え上げた肉体を隠し、形の崩れかけたエディターズバッグがどこにでもいる業界人を演出している。

向かいに座る男はタートルネックのニットにブランドもののジーンズ、それをチャンスと同じく黒いコートで包んでいた。白石蝶羽《しらいしあげは》。長めの黒髪はアーティストに見えなくもない。型の古いメタルフレームの眼鏡だけはやめてほしかったが、人目を引くほどでもない。テラス席でタブレットを挟んで話し合う二人は、メディアの営業とデザイナーの打ち合わせに見えるだろう。ＩＴ企業の多いシアトルでは珍しくもない組み合わせだ。

チャンスは髪をかき上げるふりをして、街頭の防犯カメラを確かめる。交差点に二つ、観光客が群れるスターバックスの入り口に一つ、そして頭上に一つ。先週確かめたときから、新たに追加されたものはない。この四つは全て潰してある。

髪を耳の後ろに送ったチャンスは、その手で革製のペーパーフォルダーに降りかかった粉雪を払い、中から一枚抜き取って正面に座る白石へ差し出した。

「サウンド・テクニカの小柳さんから、〈Dファイ〉ケーブルに関するメールが来てるわ。まだ読んでないでしょう」

カフェラテのマグカップを持ち上げて眼鏡を曇らせた白石は、チャンスが差し出したプリントアウトにちらりと目を向けた。

「まったく、日本人てやつは英文でも時候の挨拶から始めるんだな――。なんだ、ただのお礼じゃないか」

「双方にとって、いいビジネスになったわね」

チャンスはプリントアウトを引っ込め、ペーパーフォルダーにしまう前にざっくりと読み返した。白石がポートランドに設立したダミー企業で〝開発〟したピュア・オーディオ用のUSBケーブル〈Dファイ〉を、日本の音響機器メーカー、サウンド・テクニカが仕入れ、販売していたのだ。シンガポールで製造した二フィートほどのUSBケーブルは三百ドルという価格ながらヒット商品になり、全世界で百万本は売ったという。サウンド・テクニカの担当者、小柳は生産停止《ディスコン》を告げた白石の素っ気ないメールに、丁寧な感謝状を返してきた。

白石はマグカップを置いて、曇った眼鏡を拭いた。

「どれぐらい儲かった？」

「ネットで百二十万ドルといったところかしら。原価はタダみたいなものだし」

「結構な額になったな。イランに売った毒ガスよりも儲かってるじゃないか。北の首領様には色よく報告しといてくれよ」

「その言葉はやめて」

「いいじゃないか、どうせ日本語なんて誰も聞き取れやしない――」

「やめて」チャンスはサングラスをずらして、白石の目を見つめた。「それに、今週やってくれたミスを取りかえす方法を考えて。プロジェクトの停止が囁かれてるわ」

「何のことだ」

チャンスはペーパーフォルダーから、二枚目のプリントアウトを抜き出した。インターネットのタブロイド〈ギープル〉のニュース記事だ。〝〈神の杖〉ＩＳＳを襲う！〟という見出しに続いて、望遠鏡で撮影したらしい連続写真がレイアウトされている。「あなたの仕業でしょう」と言いかけたチャンスの手からプリントアウトが取りあげられた。

「こりゃすごい。まさかこの瞬間が撮影できるとは思わなかったよ。いい望遠鏡使ってやがる、誰だ？」

白石はテーブルに置かれたタブレットに向かい〈ギープル〉のＷｅｂサイトを、次いで記事の提供元サイト〈セーシェル・アイ〉を開く。

「記事を書いたのはXマンっていうのか。どれ――。なるほど、変人だ」

「喜んでる場合じゃないわ」

「いや、喜べよ。信じてくれなかったボンクラ将軍どもに俺のプロジェクトが〝動いてる〟と言えるじゃないか」

「だからって、同盟国のロケットを――」

白石がチャンスに掌《てのひら》を向けて遮《さえぎ》った。

「黙れ。これは使えるぞ」

白石が、宙で何かを摑むような仕草をした。チャンスは脳内に真っ白なメモ帳をイメージする。白石の〝プランニング〟が始まる。一言一句、全て記憶しなければならない。手書き、電子的なメモを残してはならない。

「すぐに動けるか？」

「ええ」

「今週末、首領のスピーチが予定されてるはずだ。いつものグチのはずだが、その原稿を差し替えさせろ」

「文書番号は？」

「〇三四五二四。俺が書いたやつだ。覚えてるか？」

チャンスは頷く。白石が告げた六桁の番号がついた原稿は、大国の行う野放図な宇宙開発を批判する内容だった。民間宇宙開発を後押しする米国への批判が中心になっているのが特徴だ。

「じゃあ次。〈電網戦線《でんもうせんせん》〉だ」

チャンスは、脳内のメモ帳に北朝鮮のサイバー戦争部隊の名前を書き込んだ。以前は大量アクセスによるサーバー障害を起こす程度のテロしかできなかった電網戦線だが、この数年、白石が教育を施したことによって高度な作戦も行えるようになっていた。

「連中にグーグルの翻訳エンジンを汚染させろ」

「翻訳エンジン？　何をするつもりなの？」

「金髪ってのは、見かけ通り空っぽなのか？」顔をチャンスに向けた白石がこめかみを人差し指で叩く。「Xマンの妄想を賢い連中に気づかせるんだよ。己が賢いという誘惑には抗いがたいもんさ。いいから、言ったとおりにやればいい」

チャンスは頷いた。集中しているときの白石は救いがたいほど傲慢になる。

「次、いいか。北のアーカイブから、対地軌道兵器の設計図を引っ張り出してこい。CIAから掴まされたネガがあるはずだ」

白石は図面の使い道をチャンスに告げた。

「わかったわ。でも、この記事がそんなに重要なの？」

「いいや、ガセネタもいいところだ。そもそも、書いたXマン自身も信じちゃいないだろう。だいたい〈神の杖〉なんて軌道兵器を宇宙のプロが信じるはずがないからな」

「じゃあ、ＮＡＳＡなんかは〈神の杖〉が嘘だってすぐ気づくってこと？」

「ああ」と口の端を持ち上げた白石は、ずれた眼鏡を中指で押さえた。「だから、いいんだ。技術屋の言葉を信じない連中に痛い目を見せてやる」

賢い奴ほどその罠にはまる、と続けた白石は記事の右肩にある広告枠を指さした。

「あとは、Ｗｅｂ広告だ。アカウントをいくつか用意してくれ。電網戦線が腐るほど持ってるはずだ。いいな」

口から吹いた息で顔にかかった髪を吹き飛ばした白石が、チェアにもたれた。

「これで全部？」

「ああ」

チャンスは白石のオーダーを頭の中で繰り返した。演説の原稿差し替えと、翻訳エンジンの汚染。そして本物の対地軌道兵器の図面に、広告アカウントだ。白石の狙いは、〈サフィール３〉に起こった本当のことを霞《かす》ませる。各国の諜報機関、特にＣＩＡは北朝鮮しか持っていないはずの対地軌道兵器の情報の出所を探るために奔走することだろう。

「じゃあ、こっちの話に入るわね。まずは交換用のＳＩＭ」

チャンスはエディターズバッグを引き寄せ、内張の縁に指を差し込んだ。マジックテープを剥がし、隠しポケットの中から二枚のプラスチックのカードを取り出す。中央に四角形の切れ込みが入ったカードには〈中華電信〉の国際ローミングSIMカードと記されていた。

「おい、プレゼントになんてことするんだ。そのバレンシアガのバッグ、千二百ドルもしたんだぞ」

チャンスは再びサングラスをずらし、とびきり冷たい表情を作って白石を睨みつけた。

「このポケットを作ってるとき、発信器が見つかったわ。エディ・スリマンが仕込んだとでも言うのかしら」

白石が「さすがプロだな」と笑い、カードを受け取った。

「私を出し抜こうなんて思わないで。今までのチャンスがどうだったか知らないけれど、プロジェクトが実行されるまでは私の監視下で動いてもらうわ」

「わかったよ」

白石が自分のスマートフォンとタブレットからSIMを抜き、受け取ったカードからSIMを切り出して、差し込む。二人は、携帯電話の契約に用いるICチップ、SIMを毎週入れ替えていた。米国では全ての通信がCIAやNSAに傍受されているためだ。ローミング用のカードを使っても通信や通話は米国の携帯電話会社AT&T越しに盗聴されてしまうのだが、新しい番号に替え続けることでリスクを軽減できる。

たっぷりと度数の残るSIMにはウイルスを仕込んでから中華街の携帯屋へ売り払う。

シアトルにやってきた中国人観光客がそのSIMを使い始めれば、記録を汚すことができるというわけだ。それだけではない。有事の際には、ウイルスを起動させて観光客たちのスマートフォンを乗っ取ることもできる。これも白石の発案だった。

SIMを有効化《アクティベーション》するコードをスマートフォンに入力していた白石が顔を上げた。

「なあ、明日はどこのホテルに行けばいい？」

欲求を解消させるため、週一度だけ、チャンスは白石と床《とこ》を共にする。米国で娼婦を買わせるのは危険きわまりない。

「後で連絡するわ」

「つれないね、前のチャンスはもっと愛想が良かったぜ」

「だから更迭《こうてつ》されたのよ」

「なんだ、彼女は本気で惚れてたのか。もっと優しくしてやればよかった」

白石は痛ましそうな表情をしてみせた。二ヶ月前まで彼の監視役を務めていた韓国系アメリカ人、四代目のチャンスは白石の奔放な振る舞いと才能に惹《ひ》かれてしまい、北へ正確な情報を送らなくなった。その後釜として、契約工作員《コントラクター》の自分が雇われたのだ。

「そうそう、釘を刺すのを忘れてたわ。〈サフィール3〉は仕方ないけれど、あとは予定通りにお願いするわ。お金持ちのロケットには手を出さないでね」

「なんだ、楽しみにしてたのに。まあいいか。〈サフィール3〉だけでガマンしとくよ」

「サフィールの件は、わざとだったのね」

「偶然だよ。誓ってもいい。今、ここで宣誓しようか。聖書持ってる？　公証人が必要ならそこの店員に頼めばいい――」

「今のは報告しないでおくわ」

軽口を遮ってチャンスは席を立った。二ヶ月ほどしか行動を共にしていないが、その間に白石がみせた才能とバックグラウンドには確かに惹かれるものがある。人を巻き込んでいく、不思議な魅力も兼ね備えている。人生経験の少ない若い女性が取り込まれてしまっても不思議はない。

チャンスは白石に背を向けて、彼が夕食をとる予定のパイクストリート・マーケットとは反対側、坂を上る方へ歩を進めた。

白石がテーブルから去るのを確認したら、潰しておいた監視カメラを元に戻しておかなければならない。サウンド・テクニカが売れ残りの〈Dファイ〉を送りつけてくる。到着は来週だ。処分の方法を考えなければならない。白石が潜伏している埠頭の倉庫も引き払い、市街地のセーフハウスに引っ越してもらう。やることは山積みだ。今までのチャンスたちが行っていたような杜撰《ずさん》な警護体制では、これからが乗り切れない。

全ての通信、全ての街角が監視される国家で非合法活動を行うための手法は、まだ確立されていない。白石が五年もの間無事でいられたのは、まだ何も始めていなかったからだ。

これからは違う。

〈雲《クラウド》〉の運用が始まるのだ。

プロジェクト・ワイバーン　十二月十日（木）二三：四〇（04:40 GMT Friday 11 Dec）

私はジュディ・スマーク、駆け出しなんだけど世界一幸運なジャーナリスト。

知っている人も多いと思うけど、あさって、高名なる先見者《ビジョナリー》、最も影響力のある起業家《アントレプレナー》、宇宙を解放した革新者《イノベーター》——褒めるのはこの程度で良いかしら——そんな冠を付けて紹介されてる私の父〝ロニー・スマーク〟と、彼が二百億ドルをかけて建造した〈ワイバーン〉という名前の豪勢なヨットで宇宙に行きます。そう、宇宙よ。う・ちゅ・う。

スペースシャトルの打ち上げにも使われていたケープ・カナベラルの三十六番射場から、エコロジーなリサイクルロケット〈ロキ9〉で打ち上げられる宇宙船〈ワイバーン〉で軌道に到達するの。無人運転で丸一日地球をまわったら〝軌道《オービット》ホテル〟の一室しかないスイートルームで五日間の無重力ツアー。

その後が一番のお楽しみ、宇宙飛行士が住んでいる国際宇宙ステーション《ISS》にドッキングする。

ISSを離れて地球に戻るのはクリスマスの後になる予定。ドッキングのストリーミング中継も見逃さないでね！　歴史的な瞬間になることを約束するわ。
私の課題は、仕切りのないワンルームのホテルでせっかちなロニーと上手くやっていくこと。エレメンタリー・スクールに上がる前のことを思い出して仲良くしなきゃ。でも、大丈夫かしら。ロニーは記者会見の間もマイクスタンドの陰に置いたスマートフォンをちらちら、今も電話でスタッフ相手に怒鳴ってるのよ。あれで二週間も地球を離れられるのかしら。

フロリダより。ジュディ・スマーク

追伸：ブログは、リアルタイムに感じたことをそのまま書くことにしました。書籍のための原稿はもちろんプロフェッショナルなものになるわよ。安心してね！　エージェントのKへ。

2　声明

十二月十一日（金）〇三：二三（11:23 GMT Friday 11 Dec）
シアトル　三十七番埠頭倉庫

シアトルの西岸を南北に貫くアラスカン・ウェイの高架下にポルシェ・カイエンを停めたチャンスは、周囲に人影がないことを確認して、白石が潜伏する三十七番埠頭の倉庫へ向かった。過去のチャンスたちがいかに能なしだったかを示す立地だ。人影もまばらな倉庫街を歩く東洋人は、それだけで目立つ。しかも、倉庫の先には、第五の軍隊といわれる沿岸警備隊《コーストガード》のオフィスもある。二十四時間、絶え間なく軍人が出歩く埠頭をセーフハウスに選ぶなんて最悪だ。

倉庫の外階段を上がりながら、市街地のセーフハウス構築の進捗状況を思い返していた。ダウンタウンのど真ん中にある雑居ビルの二階は、今週にも消毒が終わる。電磁波を遮断するための壁紙貼り替えはまだ終わっていないが、移り住むだけなら来週には動けるだろう。

　チャンスは非接触ＩＤ《ＲＦＩＤ》チップが埋め込まれた左手を扉の脇にあて、電子錠を開いた。

　室内から白石の滑らかな、だがロシア語風の訛《なま》りを強めた英語が漏れてきた。チャンスは薄く扉を開いた。白石は裸電球一つだけが灯る室内でベッドに腰掛け、テレビに向かってビデオ会議を行っていた。揺れる光に照らされた白石が言葉を発するたびに白い息を吐き出している。暖房もない倉庫の管理室はこの季節、氷点下まで下がってしまう。劣悪な環境で五年ものあいだ潜伏してきた白石の熱意に、チャンスは改めて感心した。

「――そうだジョセ。Ｘマンは、シド・ミード風がお好みなんだ。お前のイラストレーションなら、間違いなくＸマンに選んでもらえるさ。千ドル、とろうな」

『キリロ！　ほんとうに助かったよ。しかし、この人工衛星の図面……どこで手に入れたんだ？　妙に本物っぽいぞ』

「図面は親父の描いたものだ。ソ連の通信衛星を設計してたんだよ。そこに俺なりのオリジナリティをちょいと追加して〈神の杖〉っぽくしてるだけさ」

　チャンスは白石の使っている偽名〝キリロ〟が、電網戦線の用意したゾンビ・プロフィールであることを確認し、胸をなで下ろした。一九七九年生まれのウクライナの図面技師、キリロ・パンチェンコ。すでに本人はこの世にいない。オンライン照会が可能な現代、非合法活動を行うときに架空の人名を名乗るのは得策ではない。

　チャンスはカメラの画角に入らないよう、テレビの裏に回り込む。白石はそれに全く視線を向けず、ジョセと呼びかけた男との会議を続けていた。長い潜伏期間が、彼にそのような偽装を行わせるだけの分別を身につけさせている。無能な監視役の下でよくもここまで習得できたものだ。

　白石が、チャンスには見せたことのない満面の笑みを浮かべてカメラに語りかけた。この偽装工作を心から楽しんでいるのだろう。

「時間がないぞ、ジョセ。手を動かす時間じゃないか？」

『その通りだな。じゃあ、また後で』

　テレビが暗くなり、頭上の裸電球が白石の顔に強い陰影を描いた。

「図面ありがとうな、チャンス。いま使わせてもらったよ——怖い顔だな。どうした」

　チャンスはテレビを回り込み、画面に残されているビデオ会議の記録《ログ》を確認した。通信相手はイースト・ロサンゼルスのジョセ・ファレス。プロフィール欄にはコンセプト・アーティストという肩書きが書かれていた。ハリウッドの周辺で働く男だろう。通信元はウクライナの大学だ。電網戦線が乗っ取っておいたコンピューター群、眠り砲台《スリーピング・ガン》の一台だ。

　適切なセキュリティ管理がなされていないコンピューターはいくらでもある。特に、最新のＷｉｎｄｏｗｓを使えない貧乏な国は狙い目だ。白石はそこを経由してビデオ会議をしている。

「通信はちゃんと隠蔽したようね。でも、顔を晒したのは失敗よ」

「心配するな。手は打ってある」

「どんな手よ。ＣＩＡやＮＳＡを舐めないで。彼らは通信を一つ一つ追ってるわけじゃないけど、全て記録されているのよ」

ビデオ会議に限らず、ネットワークを通して行う通信はほとんど全て暗号化されている。だが、メジャーなサービスの暗号鍵は政府の機関も保有しているのだ。白石がウクライナと行った通信は暗号化されたままだが――それでも八時間程度で解読されてしまうだろう――ハリウッドのイラストレーターが受け取ったビデオ信号は、暗号化コードではなく映像としてＣＩＡのサーバーに保存される。

「わかってるさ。だから、顔をいじった」

白石が両目を指さした。ＣＩＡにプログラムを納入している企業の顔認識エンジンが、認識の基準として用いている目と口の位置と角度をランダムに動かすプログラムを挟み、声も、声帯と口腔をシミュレートするプログラムを通して、声紋認識を騙すようにしてあるという。

「マシンには人の顔としてすら認識されないさ。ＣＩＡは毎日、何百テラバイトも記録し続けてるんだ。人間が映ってないビデオ会議なんかチェックするわけがない」

「でも、彼はあなたの顔を見た」

「そうだな」白石が肩をすくめる。

「二度としないで。どうしてもビデオ会議が必要なら、私が代わってもいい」

「ああ、お願いするよ」

チャンスはため息をつく。どうせ白石は、そんな約束など守るつもりはないのだ。

チャンスはコーヒーの入ったサーモスを二つ渡した。白石は感謝の言葉とともにマグカップにコーヒーを注ぐ。

「広告アカウントと首領の原稿はどうなった？」

「広告主は、あなたのアカウントと結合しておいたわ。キャットフードメーカーの〈キトン・マスター〉。支払いは社長のアメックスよ」

チャンスはスマートフォンからテレビに、〈キトン・マスター〉の情報を転送した。オーガニックな原料で子猫専用キャットフードを作っている急成長中のメーカーだ。社長が紛失したスマートフォンを手に入れた電網戦線が、広告やSNS、電子メールなどのパスワードをまるごと盗み出している。

「限度額は？」

「ないみたいね。百万ドルぐらいまでなら使えるわよ」

白石が口笛を吹いた。

「可哀想に、チャンスのせいだ」

「管理していないのがよくないのよ」とだけ言ってチャンスは広告の話題を打ち切り、首領が行う演説の差し替えについても了承を得たと伝えた。演説のリハーサルと収録は平壌《ピョンヤン》で、二十一時から行われる。

「今日の二十一時?」白石が目を半分閉じて、少し頭をうつむけた。「なんだ、もうすぐじゃないか」

「え?」

「リハーサルだよ」

「あなた、タイムゾーン覚えてるの?」

「そんな無駄なことするわけがないだろう。頭の中でイメージした地球に光を当てて、経済圏で補正するだけだ。いちいち記憶するなんてのはバカのやることだ」

白石がベッドの上に敷いた寝袋を叩いた。

「座りなよ。ボンボンの演説を眺めようじゃないか」

十二月十一日(金)一二:一五(19:15 GMT Friday 11 Dec)

ピーターソン空軍基地

「どうぞ」

開いたドアが叩かれる音を聞いたクロード・リンツ大佐は、鼻を突っ込んでいた紙袋の口を丸めてディスプレイの裏に寄せた。スターバックスが今年から始めた有機小麦《オーガニック・フラワー》のデニッシュを買うために出勤が遅れたなんて噂が広まってはたまらない。

顔を上げると、私物のタブレットを抱えたダレル・フリーマンが立っていた。

「〈サフィール３〉の件で、報告に上がりました」

「昨日の件か。スターツには言わなくていいのか？」

ダレルが肩をすくめた。

「リンツ大佐へ直接報告するよう言われています。その……、宇宙ものは大佐に任せる、とのことでした」

「聞いてないが、いい判断だな」とリンツはダレルに椅子を勧めた。軌道上の物体に関する考察はパイロットあがりのスターツには荷が重い。それに、ダレルには聞いてみたいこともあった。「来てもらったのに悪いが、こっちの話を先に聞いてくれ。これは〈サフィール３〉のことだろう」

〝未決〟のペーパートレイから三枚のプリントアウトを取り出し、机に置く。〈ギーブル〉に掲載された〝〈神の杖〉ＩＳＳを襲う！〟の記事だ。投稿者はＸマン、〝ジョセ・ファレス〟とクレジットのついた予想図がトップを飾っている。

「どう思う？」

椅子を引きながら見出しを一瞥《いちべつ》したダレルが、怪訝《けげん》そうに太い眉をしかめる。

「昨日の記事ですね。読んでいますが――イラストは初見です。よろしいですか？」ダレルはプリントアウトを取り上げた。「よく描けていますね。可動式の太陽電池パドルが一枚、これで重心がずれるところを、飛翔体《プロジェクタイル》でカウンターウェイトにしているのですね。格納トラスもジュラルミンの溶接であることがわかります。設計のそこかしこに古さを感じますが、よく考えられてます。九〇……いや、八〇年代後半の設計っぽいですね」

「記事のほうは？」

ダレルは紙をペラリとめくり、プリントアウトを机に戻した。

「これはオタクの妄想にすぎません。確か同名のB級映画があったと思いますが、それとウィキペディアから摘《つ》まんで合わせただけですね。こんな記事でよくここまで真に迫った〈神の杖〉が描けたもんだ。この、ジョセってイラストレーターはよく勉強しています。本職のオブザーバーがついたのかもしれませんね」

民間人が自前のロケットでISSに行く時代だ。タブロイド記事のイラストレーションに宇宙開発のプロがついていたっておかしくはない。

「私も同意見だ。そう報告しておこう。検証者に君の名前を加えてもいいか？」

「構いませんが、どこからか依頼されたのですか？」ダレルが首を傾げた。

「ああ。どこだと思う。お隣さん――アメリカ北方軍《USNORTHCOM》の本部様だ。ヒコーキ屋と政治屋はこの件が気になって仕方がないらしい。実験もまだ終わってないASM140を使えないか、とまで言ってきたぞ。俺たち宇宙のプロは落ち着いて対応しないとな。じゃあ〈サフィール3〉の話を聞こうか」

リンツはポストイットに「フリーマン軍曹の確認済み」と書いてプリントアウトに貼り付け、再びペーパートレイに放り込んだ。

「ありがとうございます。昨夜の観測結果をお伝えします」

ダレルがタブレットのスリープを解除し、視線を落とした。顎に昨日は見なかった無精髭が光る。

「泊まったのか?」

「ええ。ちょうど、昨夜上空を通るパスがあったので、オレゴンのサイトのモニタを見ていました。日中は航空機もたくさん飛びますので、深夜の空いた時間に……」

言葉を切ったダレルが再びタブレットに視線を落とした。何か間違いがないか探しているようにも見える。

「どうした?」

リンツの言葉に顔を上げたダレルが、背筋を伸ばす。

「〈サフィール3〉の二段目は、加速しています」

「本当か?」

ダレルはタブレットを脇に寄せ、テーブルの上で手を組んだ。

「間違いありません。二度確認しました。光学望遠鏡では、このXマンがスラスターだと書いているものと同じ光も見えました」

リンツはペーパートレイに置いたプリントアウトを取り出した。イラストレーションのある一枚目をめくり、〈神の杖〉が〝加速している瞬間〟というキャプションがついた連続写真に目を凝らす。ダレルがタブレットを滑らせてきた。

「Xマンのサイトに高解像度の写真がありますよ」

タブレットには斜めにかしいだ円筒状の物体を撮影した写真が表示されていた。青黒い空を背景に、立体的な円筒がシャープに映し出されている。

「撮影地はどこだ？」

「南緯七・六七、東経五二・六八。記事を書いたXマンが所有するインド洋上の〈セーシェル・アイ〉という観測所です」

「だいぶ寝てる……な。まさか、まだ回転しているのか？」

リンツは写真を指さした。打ち上げは十二月一日。十日も経っているというのに、まだ円筒が横倒しのままというのはおかしい。片方に重いエンジンがある細長い物体ならば潮汐力が働いて〝立つ〟はずだ。

「それも問題ですが、加速のほうが重要です」

その通りだ。リンツはダレルを促した。

「〈サフィール3〉は二度の加速で、それぞれ二・四メートル毎秒、三・二メートル毎秒の軌道速度を得ました」

「ガスでも残っていたかな」

ダレルは首を振った。

「加速に要した時間は、百分の一秒未満です」

「なんだと？」

直感があり得ないと訴える。

リンツは頭の中で簡単な式をたてた。四千キログラムの物体が三・二メートル毎秒の速度を百分の一秒で獲得するには、百二十八万ニュートンもの推力が必要になる。それだけの力があるロケットはそれほど多くない。例えば――。

「エネルギア、またはスペースシャトル並み、だというのか？」

「まだ二回しか観測していませんが……」

頷くダレルを見つめているリンツは、鼻の奥に懐かしい〝熱〟を感じた。地下四百メートルに設置されたシャイアン・マウンテンの地下壕。ソ連の領空に浮かぶ正体不明の輝点《ブリップ》は旅客機か、爆撃機か、それとも大陸間弾道ミサイル《ＩＣＢＭ》か。一・六キロメートルものトンネルの奥にある二十五トンの対爆扉二枚に守られたシェルターで、全面核戦争の兆候に全身の神経を尖らせていた頃の感覚だ。

「ダレル、それは……」

リンツは、言いかけた言葉を飲み込んだ。ダレルとともに、この物体の正体を解き明かしてみたい。だが、職掌が違う。今の北米航空宇宙防衛司令部《NORAD》は軌道監視の主役ではなくなっている。Xマンの言うような軌道兵器ならばアメリカ北方軍、宇宙ゴミ《デブリ》ならば一九九三年に設立された機関間スペースデブリ調整委員会へ報告するのが筋だ。〈神の杖〉は人気メディアの〈ギープル〉にまで取りあげられている。どちらの機関でも追っていることだろう。こちらから観測データを提供するのは歓迎されるだろうが、主観を多分に含んだ〝仮説〟を提出するのは得策ではない。

「すまん。私が預かっておく」

ダレルが微かに唇を引き締める。失望させたか？　使用済みのロケットがあからさまに怪しい動きを見せているというのに、無能な司令官が握りつぶそうとしている。そうとられても仕方がない。ダレルにはこのまま、監視を続けてもらうほうがいいか——。

「大佐！　ホットラインが繋がってませんよ」

思考を太い声が破った。両手を腰に当てた補佐官のジャスミン・ハリソン大尉が戸口に立っている。

「ブラックベリー、電池切れてません？　スターバックスなんかで油を売ってたから忘れたんでしょ」

まん丸に太ったジャスミンの黒い指がリンツの腹の下を指さしていた。重要案件の伝達に使う旧型の携帯電話、ブラックベリーが埋もれているあたりだ。彼女の言うとおり、支給されて十五年近く経つ携帯電話は、日に二度バッテリーを入れ替えなければならない。

「悪かった」

リンツは脂肪の厚さを意識しながら腹の下に手を差し込み、ベルトケースからブラックベリーを取り出して顔をしかめた。電池はまだ三十パーセント残っていたが、シグナル・インジケーターは〝out of service（圏外）〟を告げている。インジケーターは手の中で〝searching（検索中）〟に変わった。

「脂肪は電波を通さないって言いますよ。ダイエットしないなら、腕にでも巻き付けておいてください。ランチに出ているフェルナンデス少佐から、私に連絡が入ったんですよ」

「本当に悪かった、気をつける。それで、用件は？」

「佐官以上の案件です。ダレル、悪いわね」

ジャスミンが人差し指を戸口に向けて、ダレルにウインクしてみせた。やんわりとしたサインに、ダレルは腰を上げる。

「おっと、ダレル。引き続き観測は続けていいぞ。何かわかったら直接報告してくれ。いいな」

「はい、ありがとうございます！」

見送ったジャスミンはデスクに近づき、ディスプレイの片隅で点滅していたメッセージを指さした。

「映像を見るよう、連絡が入っています。十二時間後に放送される、北朝鮮首領のスピーチです。米国の宇宙開発を非難する内容ですので、確認するためにこちらに回ってきました。ユーチューブに配信登録されているのをＣＩＡが見つけて送ってきたんですよ」

「わざわざ、すまなかったな」

「どういたしまして。何かあったら呼んでください」

丸い身体を機敏に翻したジャスミンが入り口から出ていきかけて、振り返った。

「スターバックスのデニッシュを買いに寄ったのは、何の任務ということにしておきますか？　お楽しみも機密もお一人でどうぞ。オフィスがパンの香りでいっぱいですよ」

扉が音を立てて閉められた。

十二月十二日（土）一〇：一五（01:15 GMT Saturday 12 Dec）

御茶ノ水ソラシティＪＡＸＡ東京事務所

『米国は宇宙を明け渡せ！』

軍服とも作業服ともつかないオリーブ色のスーツを着た男が、振り上げた拳を会見用の机に叩き付けるのを、黒崎大毅《くろさきだいき》は百インチの会議用ディスプレイで眺めていた。三十人を収容できる巨大な空間でその演説を聞いているのは、他にもう一人、後輩の関口誠《せきぐちまこと》だけ。二人はスナック菓子を摘まみながら、メモをとっていた。

北朝鮮が宇宙開発に関する〝重要な〟スピーチを配信したという報告が黒崎の元に入ったのは、今日の午前六時だった。宇宙航空研究開発機構《JAXA》の国際部に所属する黒崎は、〝宇宙のプロの見解〟を文部科学大臣と宇宙開発担当大臣へ提出する必要がある。

そう言って黒崎をたたき起こしたのは文部科学省の宇宙開発担当官だが、情報は米国からの提供だという。さすが、通信を全て盗聴している国は違う。

黒崎はそんなことを考えながら首領の胸元に浮かぶ機械翻訳の英語字幕を追った。これがなければ全く内容がわからない。

『持たざる我々の宇宙開発は、大国によって常に妨害され続けてきた。平和利用を目的としたロケットの発射実験はミサイルと断定され、観測衛星ですら軌道兵器と見なされる。このような不公正がまかり通っているのは、何故だ！』

音声は全く理解できないが、ユーチューブの機械翻訳はスムーズだった。しかし、長い。そして同じ言葉が何度もループしている。

「これ、三回目ですね」

向かいの席で関口がつぶやいた。見ると、片肘を突いてタブレットをつついている。

「ええ、同じことしか言ってませんからね」

「確かにな」

黒崎も紙とボールペンを脇によけ、ポテトチップスの袋を漁る。勇ましい言葉で飾られてはいるが、内容はいつもの恨み言でしかない。

「録画はあと何回か見返すことになるし。まずはお客さんとして楽しもうか。見ろよ。ボンボンも化けるもんだ」

就任から八年が経ち、不気味なほどに艶やかだった顔と震えがちだった声に落ち着きが宿りはじめた首領は、国民に向けて行う演説も増やしている。ほとんど人前に姿を見せなかった父親よりも、祖父の言動をなぞった演出が彼を成長させたのだろう。

「変わったんですか？」

「ああ、立派になった。昔は見るからに子供だったよ」

『宇宙を我々に返せ！』

首領の声と、テーブルを叩く音が響く。

「いやいや黒崎さん。これは子供ですってば」

アイスコーヒーのカップから抜いたストローでディスプレイを指した関口は真っ白な歯を見せて笑う。二十代半ばの関口は就任時の初々《ういうい》しさを知らないのだろう。彼が高校生の頃の話だ。

「そう言うなよ。仮にも国家元首だ。しかし、長いな。公式の日本語訳を作る連中は頭抱えてるだろう。かわいそうに」

「英語でいいなら、この機械翻訳がそのまま使えそうですね。恐ろしいほどスムーズです……あれ？」

関口が首を捻った。あわててスクリーンの英語字幕を見る。

『――ここに、我ら朝鮮民主主義人民共和国は、米国至上主義を象徴する宇宙ステーションへ正義の鉄槌を振り下ろすことを決意した』

「どうした」

「スピーチと字幕の意味がズレちゃってます」

「お前、韓国語もできるのか？」

「朝鮮語はほんのちょっとですよ。中国語ほど上手じゃありません」

関口は黒崎の間違いをやんわりと指摘しつつ、人差し指と親指の間に五ミリほどの隙間をあけてウインクしてみせた。文科省から出向してきたキャリア官僚の彼は語学力を買われて国際部へ配属された。「ほんのちょっと」だけわかると言った外国語は、英仏独中に続いてこれで五つめだ。このまま、アラビア語ができると言われても不思議はない。

「またですよ」関口が画面を指さす。

「鉄槌とか言ってるヤツか？」

「ええ、チェルグンって聞こえますか？　〝鉄拳〟て意味なんですけど、字幕は〝strike with iron hammer（鉄槌を振り下ろす）〟になってます。だいたい、宇宙ステーションなんて言ってません。ざっと前後を繋いで日本語訳すると〝米国の宇宙開発はこの鉄拳のような強い意志に直面するだろう〟みたいな感じです。だいたい、ユーチューブの機械翻訳がこんなにスムーズなのもおかしいんですよね」

「よくわからんが……まずいな」

「どうしたんですか？」

「大臣様だよ」

黒崎はメモを取っていた紙を裏返して関口に差し出した。文部科学大臣と宇宙開発担当大臣のスケジュールが印刷されている。外遊中の文部科学大臣は放っておくとして、思いつきで何度も失言している宇宙開発担当大臣が問題だ。

「彼は英語が大好きだ――というか、それぐらいしか取《と》り柄《え》がない。この英語字幕ぐらいなら自分で読んでしまうだろうな。凄い解釈が飛び出すぞ」

宇宙開発担当大臣は今日の夕方に取材を受けて、夜にはインターネットで生中継されるネットメディア、〈ピョ生〉に出演することになっていた。余計なことを言わせるわけにはいかない。

「あいたたた。〈ピヨ生〉ですか。じゃあ〈ギープル〉の日本語版やってる記者も来ますね。黒崎さん、知ってました？　ROD from GOD attacks ISS!（〈神の杖〉ＩＳＳを襲う！）だそうです。日本語の記事も確か——あ、これです」

関口がタブレットをこちらに回してみせた。異様によくできた人工衛星のイラストレーションに、荒唐無稽としか言いようのない軌道兵器のことが書かれている。キャットフードの広告から飛び出した子猫が記事を横切っていくのが鬱陶《うっとう》しい。

「ここ、コメント欄見てください。北朝鮮のスピーチに出てきた〝鉄槌〟は〈神の杖〉のことだってフェイスブックからコメントがついてます」

「誰だ、そんな無責任なことを書く奴は……」

「元ＮＡＳＡのエンジニアってことですが——」関口がコメントのリンクを開くとフェイスブックのアカウントが表示された。じっとそのページを見ていた関口は「怪しいな」と呟いた。

「どうした」

「プロフィールが嘘くさいんですよ」

「イタズラか。しかし、参ったな」

黒崎は両目の脇を押さえた。北の首領の演説字幕を自分で読んだ大臣が、記者から「ＮＡＳＡのエンジニアが〝鉄槌〟は〈神の杖〉だと指摘しています」と聞けば、北朝鮮が軌道兵器を用いて米国を牽制《けんせい》しようとしているというアイディアに取り憑かれてしまうだろう。「人は自分で見つけた物事を強く信じ込む」と言った古い友人の言葉が蘇った。〈神の杖〉の荒唐無稽さがわかるほど、大臣は宇宙開発技術に親しくない。

関口が猛然とタブレットを叩いていた。

「なにやってるんだ」

「朝鮮語スピーチからの日本語訳ですよ、ああ、面倒くさい。夕方には帰れるって思ってたのに」

関口の口元は笑っている。本質的に火消しが好きなのだ。

「わかった。俺は〈神の杖〉なんて兵器は現実的じゃないっていうレポートをあげとく。記者に対して優越感が得られるような情報があれば、大臣も迂闊《うかつ》なことは言わんだろう」

黒崎は友人を思い出した。あいつがいればこの状況でどんなレポートを作っただろうか。目の前の関口と同じように、笑って火消しに飛び込んでいった彼は……。

アザール　二十二日（シャンベ）〇九：〇二（05:32 GMT Saturday 12 Dec）
テヘラン工科大学　航空研究棟

薄汚れたデスク脇の製図台に、天井から糸を引いた蜘蛛が降りてきた。ジャムシェド・ジャハンシャはゆったりとした作業着の袖口で紙を撫で、計算を邪魔した八本脚の闖入者《ちんにゅうしゃ》を床に落とそうとする。天井から垂れていた糸の動きはジャムシェドの予測を裏切った。ふわりと揺れ、口髭に絡みつく。誰かが扉を開けたせいだ。

糸を擦《こす》りとったジャムシェドは椅子ごと振り返る。

薄暗い研究室の入り口には、法学部に在籍する友人、アレフ・カディバが立っていた。

「ここにいたのか」

真新しいジーンズに暖かそうなスウェット、そしてノースポールのマウンテンパーカーを羽織ったアレフは、小脇に黄色いケースに包まれたタブレットを抱えていた。テヘラン工科大学では持つものも少ない米国モデル。しかも彼のタブレットには、米国やＥＵのＷｅｂサイトも閲覧できるＳＩＭが差し込まれている。外国人でなければ契約できないはずのＳＩＭを持てるのは、父親が貿易会社を営んでいるからだ。

ジャムシェドは、袖口が真っ黒になった綿の作業着を脱いで椅子の背にかける。空気が再び動き、天井から下がる蜘蛛の糸が不規則に動いた。

「そっちこそ珍しいな。朝っぱらからどうした、アレフ。こんな所まで」

アレフは形の良い眉をひそめて、鼻に掛かった蜘蛛の糸を擦りとり、巣で一杯になった天井を見上げた。

「この部屋はまた、凄いな」

「予算がなくてね。チャイも出せない。学生も寄りつかない」

ジャムシェドは友人を手招いた。

外側だけは立派に見える宇宙工学科の研究棟は、コンピューター・ネットワークどころか電源にすら事欠く建物だった。外壁と内壁の間に断熱材はなく、天井には板すら張られていない。むき出しの梁《はり》に渡した梯子《はしご》状の配電ラックに電源ケーブルと必要最低限のLANケーブルを這わせ、真下のコンピューター群へ降ろしている。そして、無数の蜘蛛がその隙間に巣を張っていた。

部屋に並ぶコンピューターも、丸みを帯びたブラウン管のディスプレイに繋がった旧型ばかり。研究室の長であるジャムシェドですら海賊版のWindows XPに中国製のアップデートをあてて、だましだまし使っている始末だ。

「ちょっと面白いニュースを仕入れたんだよ。朝鮮《ホリアン》が絡んでる」

「柳《リュ》教授が？」

宇宙工学科で〝朝鮮〟といえば、北朝鮮から技術交換プロジェクトでやってきたリュ教授のことだった。テポドン2に関わっていた技術者という触れ込みだったが、冴えない風貌の教授に信望はない。プロジェクトに失敗したか、上層部の不興を買ったかして左遷されてきたのだろうと噂されていた。人材と技術の交換を行っていると言えば耳触りはいいが、無能な人材を押しつけ合うためにも利用されている。

「北朝鮮、本国の方だ。連中、頑張ってるぞ。ジャムシェドも見といたほうがいい」

「関係ないね。俺の研究は、北朝鮮みたいな後進国とは関係がない」

「気球上げてたやつか？　そういえばどうなったんだ。最近やってないみたいだけど」

「やってるさ」

　ジャムシェドはアレフを睨んだ。気球から手製の機械を落とした実験をまとめ上げた論文は五年前にでき上がっていた。だが、指導教官だったハメッドはその神髄を理解することもなく北朝鮮へ左遷された。設計に携わっていたサフィール２が衛星の切り離しに失敗したためだ。

「研究はやめちゃいない。実験は終わった。紙上の計算でも充分なんだ」

　アレフは、やめてないならいいんだ、と言って机の上に積まれていた紙の束を寄せ、タブレットを傾けて置き、北朝鮮の首領が行った演説を流しはじめた。

「今日配信されたばかりなんだけど、今、鉄槌って言ったよな。その正体には興味あるだろうと思ってね」

　アレフが得意げに画面を撫でると〝〈神の杖〉ＩＳＳを襲う！〟という英語の記事が表示された。

「〈ギープル〉じゃないか」

　インターネット・タブロイド〈ギープル〉の名前はジャムシェドも知っていた。米国、ＥＵへのインターネット接続ができないジャムシェドが購読している日本のサービス〈メテオ・ニュース〉が、有料会員向けのメールマガジンで時々記事の間違いを指摘しているからだ。月に二ユーロは正直厳しい出費だが、ジャムシェドにとっては外の世界を垣間見せてくれるありがたいサービスだ。

「ガセネタも多いけどモノ次第だろ。これは本物っぽいよ。イラストだってついてるし。〈神の杖〉って知ってるか？　キネックエネルギーでタンステン製のプロジェクトを地上に打ち込む軌道兵器だ」

ジャムシェドはざっと目を通した。大仰な文章に大文字で強調されている部分も多い記事なので仕方がないとはいえ――。

「なあ、アレフ。読みにくいかもしれないが、これはタングステンの飛翔体《プロジェクタイル》をキネティック・エネルギーで地上に落とす、って書いてあるんだ」

「ほう。どういう意味だ？」

ジャムシェドはため息をついた。どうしたものだろう。

「平たく言うと〝軌道上の金属の棒を重力で地上に落とす〟って言ってるだけなんだよ――まあ、待てよ」凄いじゃないか、と言いかけたアレフをジャムシェドは遮った。法律を専攻する彼に、どう説明すればわかってもらえるだろう。

「軌道上の物体を地上に叩きつけるのは、想像以上に大変なことなんだ」

ジャムシェドは製図板の紙をめくって二重の円を描いた。外側の円には矢印を重ねる。

「内側の円が地球、外側が人工衛星の飛ぶ軌道、いいか？」

顎に手を当てたアレフが頷く。

「人工衛星は、例えば国際宇宙ステーション《ISS》の高度なら一秒間に七・七キロメートルの速度で飛ぶ」ジャムシェドは外側の円にバツ印を付け足し、〝7.7km/s〟と書き足した。

「ここで鉄の棒を離す。どうなると思う？」

「地球に落ちる」

「いいや。鉄の棒が秒速七・七キロメートルで動く慣性は消えないんだ。今までと同じ軌道を飛ぶ」ジャムシェドは、バツ印から外側の円周に沿った曲線を描き、矢印を足す。

「地球に落とすには、逆方向に打ち出すしかない」

ジャムシェドは、バツ印から円の上に描いたのと逆向きに、短い矢印を描く。

「人工衛星を廃棄するときはこうやって逆噴射して低い軌道に下ろし、大気に触れさせて燃やす」

ジャムシェドはバツ印から内側の円周――地球の表面に向かって、直線を引いた。

「その記事みたいなことをするには、軌道速度を一気に落とさなければならない。でもブレーキなんかないからな。反対方向に加速する必要があるんだよ」

「ロケットエンジンみたいなものが必要ってことか」

「そうだ。しかも、エンジンには燃料が要る。ＩＳＳの高度から十トンの鉄を垂直に地上にぶつけるとしよう。重力加速度は少し小さいが我らが〈サフィール3〉のエンジンだと……」

ジャムシェドは紙の端に〝10exp(7700/350/8.7)〟と書いた。ツィオルコフスキーの公式だ。百年以上も前、一八九八年に作られたロケットの公式は今でも有効に機能する。推進剤を吐き出して飛ぶ、全てのロケットがこの法則に従う。

ジャムシェドは数字が擦《す》り切れた関数電卓を叩いて計算を終えた。

「百……二十五トンの燃料が必要になるかな。ま、極端な例だが」

「十トン落とすのに、百二十五トン……」

「それを軌道に上げるのに、また膨大な燃料が必要だ。ちなみに、〈サフィール3〉で上げられる物体はたったの百キログラムしかないんだ」

アレフは口を開けたまま、目はジャムシェドの顔と手元の数字を往復している。

「さすが、紙と鉛筆で博士になっただけのことはある」

「皮肉か？」

アレフが目を見開いて視線を天井に向けて舌を打つ。「NO」のジェスチャーだ。

「ま、いいよ。確かに、今時そんな計算は頭ではやらないけどな、俺が使える道具は」ジャムシェドは円を描いた紙を丸めてゴミ箱に捨てた。「紙と電卓しかないんだ。コンピュータが使える学生はみんな、サフィールにとられちまってるよ」

「すまん、悪かった。じゃあ〝鉄槌〟ってのは……」

「北朝鮮だろ。いつものブラフじゃないのか？　だいたい、軌道上に兵器を置くことも軌道上の物体を攻撃することも国際条約で禁止されている。米国は黙ってない。それより先に中国が動くだろうな。有人ステーション〈天宮２〉もいる軌道上で火遊びすれば、食糧の禁輸という〝鉄槌〟を北朝鮮に打ち下ろすだろうさ」

「でも、隠しておけばいいじゃないか。細かいパーツに分けて打ち上げて、軌道上で組み立てるとか——」

「無理だね。宇宙ゴミ《デブリ》の防衛システムが構築されている。それだけ大型の兵器なら必ず見つかるよ。民間のサービスだって、数センチメートルのゴミがどこにあるか教えてくれるんだ」

ジャムシェドは椅子を回してデスクのコンピューターに向け、〈メテオ・ニュース〉のデブリコーナーを開いて見せた。千数百に及ぶデブリが小さな緑の点で描かれ、大気圏に落ちてくる可能性のあるものが赤くハイライトされている。

「日本人がやってるサービスだけど、公開されている情報だけでここまでわかるんだぜ。地上に叩き付けられるほどの大きな物体が見つからないわけがない」

「うわ、凄いな。これを民間の企業がやってるのか……」

個人だ、と指摘しようとしたジャムシェドは、真剣に見入っているアレフの姿に、改めて〈メテオ・ニュース〉の3D表示を見直した。全てのデブリと人工衛星が描かれるこの画面には相当な情報量があるはずなのだが、見ていて疲れることはないし、目当ての軌道上物体を追うのに苦労したこともない。本当によくできている。アレフが企業サービスだと考えるのも無理はない。

「このサービスも、インターネットの恩恵をたっぷり受けてるんだよな」

「そうだろうな」

ジャムシェドはアレフが話を持って行きたがっている方向に気づいて身構えた。

「君にもインターネットは必要だよ。来週の決起集会に出てくれないか――」

「俺には関係ない」

「そんなこと言わないでくれよ。お前だって、アメリカのサイトに繋げなくて困ってるんだろ？　紙と電卓なんて、もう建築科の連中だって使ってないぜ。宇宙関係でもインターネットに無償《タダ》のツールがいくらでもあるだろう」

「繋がらないんじゃ仕方がない。なんとかするさ。宇宙はコンピューターなんてなかった百年前と何も変わってないからな。それより、お前こそ気をつけたほうがいいぞ。ややこしい連中が集まってるらしいじゃないか」

アレフが呼びかけている〝インターネットの自由《アザーディ・イントゥラネッツ》〟デモに、いくつかの反政府組織が便乗するという噂をジャムシェドは聞いていた。彼の耳に入っていないはずはないが、育ちのいいアレフにはその手の悪意がなかなか伝わらない。

ジャムシェドの心配を知ってか知らずか、アレフは形のいい口髭を撫でて微笑んだ。

「大丈夫だよ。目指しているのは大それた話じゃないんだ。イラン国内でビジネスを展開している海外企業程度の、自由なインターネットアクセスを求めるだけさ。民主主義とイスラームは本質的に親和性が高いんだ。指導者たちもインターネットを見れば――」

ジャムシェドは手を振って、それは、何度も聞いたよと笑った。

「ジャムシェドには参加して欲しいんだよな。気づいてないかもしれないけど、お前、学生からは信望厚いんだぞ」

「そんなわけがあるか」

「骨がある、ってさ。ジャムシェドが参加してくれれば、ジャンプだか何とかリープってのにうつつを抜かしてる宇宙工学科の連中も何人か関わってくれるかもしれない」

「何人か？　それじゃ意味がないだろう。それに、さっきも言ったとおりだ。研究はやれてるよ。そっちはそっちで頑張ってくれ」

「残念だな。気が変わったら学生会館まで来てくれ」

蜘蛛の糸を払いながら入り口に向かうアレフの後ろ姿から、ジャムシェドは製図板に視線を移した。図面と数式。宇宙を統《す》べる法則が変わったわけではないが、コンピューターがちゃんと使えればこの計算も一瞬で終わるはずだ。最新の論文を読みたい。〈メテオ・

ニュース〉の主幹は、専門家じゃないとことあるごとに書いている。謙遜だろうが、個人があれだけのサービスを作り上げられるのだ。インターネットに埋まっている知の総量は凄いものに違いない。

ジャムシェドは深いため息をついて、新たな線を図面に書き足した。

いったい、外の連中はどれだけ先を歩んでいるのだろう。

十二月十二日（土）一五：〇〇（06:00 GMT Saturday 12 Dec）
渋谷〈フールズ・ランチャー〉

〝Thanks for your honest words, regards, — Meteor News, Kazumi Kimura（率直なご意見ありがとうございました。〈メテオ・ニュース〉木村和海）〟

これでいいだろうか。和海は少しだけ迷ったが、送信ボタンを押した。サポートを外注している〈フールズ・ランチャー〉の〝英語屋〟メアリーが誤訳をやらかしたのだ。メアリーの英語サービスは待ち受けが月額三千円、日本語への翻訳が一件当たり三百円という格安の料金が魅力だが、ITに明るくない彼女の翻訳はトラブルを呼ぶことも多い。

ため息をついた和海に、向かいで機材を広げていた明利が声をかけた。

「どうしたの？」

「英語サポートにやられた。見る？　長いけど」

和海はオジー・カニンガムという人物から送られてきた電子メールと、メアリーの翻訳をチャットで明利に転送した。〝Fuckin' TLE!〟というメールの題名が〝すごい電話！〟と翻訳され、たっぷり三画面ほど書かれた嫌みたっぷりの本文もファンメールとして翻訳されている。オジーのメールは長いだけでなく、天文関係の専門用語とＩＴジャーゴンにまみれている。確かに読みにくいが、思い込みで超訳するのは勘弁して欲しい。

読み終えた明利が肩を震わせて笑う。

「木村さん、サポートは自分でやったほうがいいよ。メアリーの英語って中学生ぐらいじゃない」

思わず周囲を見渡す。〈フールズ・ランチャー〉で彼女の英語サービスを信頼している〝同僚〟は多い。明利はメアリー本人に対してもそう言い放つだけの個性を、奇抜な格好と卓越した腕前で周囲に認めさせている。しかし自分までその仲間に入れられてしまうのは困る。和海は胸をなで下ろした。二人の他にはＷｅｂ制作の追い込み作業を行っている数名だけ。その彼らもヘッドフォンをかけて作業に没入している。今の会話が聞かれた心配はない。

「このカニンガムって人が言う間違いって、どういうことなの？」

「〈メテオ・ニュース〉のＴＬＥが間違ってたんだって。〈サフィール３〉のは怪しい、って書いておいたんだけど——」和海は、オジーのメールにつけられた署名のＵＲＬをクリックした。

「あ、知ってる人だった。有名人だ」

画面に表示された〈セーシェル・アイ〉というサイトのトップを飾る軌道兵器のイラストレーションで和海は気づいた。クレームをつけてきたオジー・カニンガムは、〈ギープル〉で世間を騒がせている〈神の杖〉記事の投稿者Xマンだ。〈メテオ・ニュース〉の有料購読者だとは思わなかった。

「へえ、私も見ていい？」

もちろん、と言った和海は明利に〈セーシェル・アイ〉のURLをチャットで送り、記事に注目する。〈メテオ・ニュース〉のことが悪く書かれていたら、こちらからもクレームを送らなければならない。そう思って記事を読み始めた和海は、すぐに美しい数々の写真に目を奪われてしまった。なんて解像度だ。メートル級の光学望遠鏡だろうか。撮影地がブログのタイトルと同じ〈セーシェル・アイ〉ということは、天文台クラスの機器を個人で所有しているのだろう。

記事を読み込んでいると、オレンジ色のマニキュアが和海の見ている画面に飛び込んできた。いつの間にか後ろに回っていた明利だ。

「――木村さん、聞こえてた？　この〝観測データ〟って何だろう」

アフロヘアと同じ色のマニキュアが指しているのは、記事の末尾近くにある数字の群れだった。和海が反射的にリンクをクリックすると、ブラウザーの画面いっぱいにカンマで区切られた数字が現れる。

「そのタブ、閉じないとブラウザーがクラッシュしちゃうわよ。私はｃＵＲＬ《シーユーアルエル》でダウンロードしてるんだけど、百五十ギガバイト、三億行ぐらいあるはず」

明利の言葉に慌ててブラウザーのタブを閉じる。明利が途中までのデータ、と言ってタブレットを和海の脇に置いた。五つのデータがカンマ区切りで記述された文字列が画面を埋め尽くしている。

00001, 01:55:02.0201 GMT Friday 11 Dec, 2103020.135308, 4.782202, 0.003021
00002, 01:55:02.0201 GMT Friday 11 Dec, 2106932.396025, 4.782674, 0.014942
00003, 01:55:02.0201 GMT Friday 11 Dec, 2101959.492682, 4.784925, 0.023065
00004, 01:55:02.0201 GMT Friday 11 Dec, ……

「……なんだろう。先頭は通し番号で次が時間だね」

「それはわかるのよ。それに続く三つのデータは？」

「わからないな。ちょっと待って。どこかに、データの読み方があると思う――」

和海は〈セーシェル・アイ〉のブログ内検索を行ってみる。〝フライデー〟というアカウントで投稿されたエントリーに、レーダー観測したデータだと書いてあるのを見つけたが、〈セーシェル・アイ〉は全般に用語の使い方が素人臭いので、この記述も鵜呑みにはできない。

「電波望遠鏡で観測したデータのことだと思う。読み方は書いてないや。公開するなら読み方ぐらいあっても良さそうなもんだけど――」

「望遠鏡のデータ？　面白そうね。こういうのって勝手に読んでもいいのかな？」

　明利が目を輝かせている。珍しいこともあるものだ。

「ブログで公開されてるから大丈夫だと思うけど、どうするの？」

「パターン解析よ。木村さんが通し番号って言ったパラメーターは一〇二四回、十ビットで繰り返すのよ。時間もその繰り返しごとに千分の一秒ずつ進んでる。きっと連続する値の変化よね。残りのデータをこいつに喰わせてみたいんだ」

　明利は、掌ほどの電子基板をポケットから出してぶら下げた。透明のフィルムでくるまれた基板にはＵＳＢとＬＡＮのコネクターが見える。昨日、テーブルに投げ出されていた謎の機器だ。

「最新の〈ラズベリー〉よ。小型のＬｉｎｕｘマシンなんだけど、プログラマブル・チップが内蔵されてるの。これで並列コンピューティングを試したいのよね。データの意味はわからないから、解析が終わったら付き合ってもらえると嬉しいな」

　要するに新しいオモチャを手に入れたので、遊んでみたいということらしい。明利の高い技術はこうやって培《つちか》われているのだろう。

「じゃあ、解析が終わったら教えてよ。このサイトには似たようなデータがたくさんあるんだ。〈メテオ・ニュース〉のネタになるかもしれないし」

和海が〈セーシェル・アイ〉の画面を指さすと、〈神の杖〉のイラストの上にアニメーションする子猫が現れた。最近流行している重ね合わせ広告《オーバーレイ》だ。

明利が肩をすくめる。

「ここにも〈キトン・マスター〉が出てくるのね。ウチらのサイトも昨日からずっとこれだけど」

「あ、あれ？　そうだった……かな」

「木村さん、自分が見るとき管理者モードで広告消してるでしょ。結構な広告収入が入ってるはずよ」

「ごめん、すぐ確認するよ」

ブックマークから広告収入の管理サイトを開く。管理画面には、見たこともない数字が表示されていた。三十万円。

「やっぱり。昨日だけで二十万円超えてるのね」

「え？」

「〈キトン・マスター〉が〈神の杖〉関連サイトでクリック報酬型の広告ジャックをやっ

てるみたいなのよね。一回だけクリックしてみるから、広告収入の変化を見てて」

明利がタブレットに〈メテオ・ニュース〉のサイトを表示させ、子猫のバナーをタップすると、キャットフードの販売サイトが現れた。オーガニック、遺伝子組み換えなしを売りにした新製品のページだ。価格は百オンス――約三キログラムで三十ドル。猫を飼っていない和海には高いか安いかの判断もつかない。

和海は、広告収入に追加された数字を見て息を呑んだ。

「五千……円？」

理解ができない。三千円のキャットフードを売るために、クリック報酬として五千円も出す広告なんてありえない。Ｗｅｂ広告の出し方は渡辺が主宰している〝朝カン〟でもよく話題になるが、広告をクリックした人数と、その中で製品を購入した人数の割合であるコンバージョン率《レート》は、三パーセントが目安だ。五千円の広告で元が取れる《リクープする》商品は百七十万円ほどになるはずだ。

しかも、この猫は〈ギープル〉でも表示されていた。あそこの表示数《ページビュー》は一日に百五十万ほどになるはずだ。訪問者の一パーセントが間違ってバナーをクリックすれば、一日で七千五百万円ものクリック報酬を支払わなければならなくなる。

「設定ミスなんだろうけど〈ギープル〉の分も考えると、支払いが億……いっちゃうんじゃない――どうしたの」

明利が眉に皺をよせて和海の表示していた広告アカウントの画面を睨んでいる。唇を半分噛んでいる。リップもオレンジ色だったことに今さら気づいた。

「沼田さん、なにか知ってるの？」

「……いや、なんでもない。臨時ボーナス、よかったわね」

明利は頭を振って笑顔をみせた。その通り。この三十万円は〈メテオ・ニュース〉の売り上げだ。二十パーセントが明利の取り分になる。

「さっきのデータ、ダウンロードが終わったみたい。データ解析に入るわ」

向かいの席へ戻った明利は、机の上のガジェットから片眼鏡型のディスプレイをとりあげて頭に被《かぶ》り、イヤフォンを耳にねじ込んだ。オレンジ色のアフロヘアからガジェットを生やし、むき出しの基板などの機器を前にした姿は、まるで昔のＳＦ映画に登場する人物のようだ。

「こっちも〈メテオ・ニュース〉のブログで、誰か読み方知らないか聞いてみることにするよ。カニンガムさん、あてにならないし——明日も来るの？　日曜日だけど」

「もちろん。こんなふうにデバイスを広げられるのは休みの日ぐらいじゃない」

明利は小さなキーボードを左腕に乗せ、ストラップを締めた。

「それに、フル装備はゴツくていやなのよ。こんなの、他の人には見せたくない」

プロジェクト・ワイバーン　十二月十一日（金）二三：三五（04:35 GMT Saturday 12 Dec）

ガルフストリームの湿気をたっぷりと含んだ風がフードをはためかせて、無数のＬＥＤライトで照らされる真っ白なロケットの方へ流れていった。感動か、それとも畏《おそ》れか。思わず自分の肩を抱いてしまう。

震える私に父がパーカーをかけてくれた。

「見ろジュディ、ようやく人類はここまでやってきたんだ」

なんて文学的な出だしはどうかしら。お気に召さなかった？　わかってるわ。だけど出発を控えたロケットは、小説の素養がない私にこんなことを書かせるぐらい神々《こうごう》しかったの。ティプトリー・ジュニアのような才能がないのが悔しい。

明日、目の前にそびえる三十メートルの白いタワーは、重力を振り切って私と父を三百五十キロメートルの高さに運んでいく。

そんな距離を想像したことある？　身長五フィート八インチの私が浜辺に立ったとき、一番遠くに見える水平線までの距離はたったの四・五キロメートル。地上で最も高いエベレストの頂上に立ったとき、ちょうど三百五十六キロメートル先が水平線になるのよ。つまり、地上で目にすることのできる一番長い距離なの。想像できた？　その距離を真っ直ぐ上に立ててみて。そこに私は行くのよ。

単位がぐちゃぐちゃでごめんなさいね。プロジェクト・ワイバーンの宇宙屋さんは馴染みのあるヤードで数えてくれないのよ。このブログはその雰囲気も伝えるつもり。もうひとつごめんなさい。冒頭の父の言葉は脚色されてるの。ロニー・スマークには私なんか見えてなかった。両腕を空に突き上げた彼は、こう叫んだのよ。

「見ろ！　市場《マーケット》の力がここまで到達したんだ」

感動のポイントは人それぞれ、ってことね。でも、その時起こった奇跡はみんなに伝えておきたいな。

ロニーが叫んだとき、シェールガスから製造したLNGを流し込んでいた燃料補給用のホースが切り離されて、気化した燃料が小さな雲を作った。雲から頭を突き出した〈ロキ9〉はまるで夢の中に立つ記念碑のように見えたのよ。本当に美しかった。

ロニーも息を詰めてその姿に見入っていたけれど、すぐに拳を握りしめたのよ。

「軌道なんてすぐそこだ。俺は、まだ遠くに行く」

他の人よりもほんの少しだけ先が見えて、そして大きな幸運に恵まれて資本家として最大限の成功に近いところまでたどり着いた彼は、まだまだ遠くに行くつもりみたい。どれだけ欲張りなのかしら。月旅行？　火星？　どちらも、私たちが生きているうちには無理かもしれないけれど、私たちの子供はそこに行くかもしれない。

その日を迎えるために、明日の打ち上げと私たちの宇宙滞在がうまくいかなければならないことだけはよくわかったわ。
ゆっくり休まなきゃ。
きっと、興奮で眠れないと思うけどね。

父と。ジュディ・スマーク

3　打ち上げ

十二月十三日（日）〇九：四五（00:45 GMT Sunday 13 Dec）
渋谷〈フールズ・ランチャー〉大会議室

「ごめんね、付きあってもらって。電波望遠鏡って言うから画像が出てくると思ってたんだけど、違ったのよ」

今日の夕方打ち上げられるロニー・スマークのロケット〈ロキ9〉は宇宙船〈ワイバーン〉を軌道投入した後で、高価な新開発のエンジンを再利用するために大西洋へゆっくりと降りてくる。その予測位置を〈メテオ・ニュース〉に投稿しておくために〝休日出勤〟していた和海は、遅れてやってきた明利に、普段は予約で一杯の大会議室へ連れ込まれていた。日曜日の〈フールズ・ランチャー〉にはさすがに他の〝同僚〟たちも出てきていない。

昨日と同じように片目だけの眼鏡型ディスプレイをアフロヘアから突き出した明利が、掌ほどのサイズのプロジェクターを三つテーブルに並べ、やはり同じようなサイズの小型コンピューター〈ラズベリー〉を繋ぐ。左腕には昨日と同じようにキーボードが縛りつけられていた。マシン一つ、プロジェクター一台では、データを全て表示しきれないのだと言いながら手際よく接続していく明利は、会議室のホワイトボードに、プロジェクター三台の画面を重ね合わせていった。

「百五十ギガ、よく処理できたね」

「文字列《ストリング》で膨れてただけよ。数値データにしたら〈ラズベリー〉三台で処理できた——表示するよ。観測データのパラメーターは五種類。通し番号のＩＤと時間《タイムスタンプ》、そして三種類の数値データだったわ。数値を色分けのグラフにしてみたの」

ホワイトボードには五メートルほどの幅一杯に、赤、緑、そして青色のグラフが投影されていた。赤の曲線は中央で大きくへこみ、緑は逆に中央で大きく持ち上がっている。青のグラフはどうやらデータが連続していないようだった。徐々に値を増やして上方に伸びる線が左右中央のあたりで途切れ、かなり低い位置から再び線が持ち上がってくる。

滑らかな曲線の赤と異なり、緑と青の線はグラフの中央部で細かく波打っている。

「これで全部？」

「これはＩＤ１番のデータよ。残り一〇二三個を重ねてみる？　だいたい同じようなデータだったわ」

　明利が右手で左腕のリターンキーを叩くと、猛烈な勢いで線が重ねられていった。赤い曲線はほぼ同じ位置に重ねられていくが、青と緑の線は中央部の値に幅があるようだ。三センチほどの範囲で異なる線が重ねられていく。

　和海はグラフを睨む。オジーのブログが適切な〈サフィール3〉の〝観測データ〟を公開しているならば、軌道に関係する数値がどこかに出てくるはずだ。それとも、何の意味もないデータなのだろうか。

「順番が逆になったけど、グラフの読み方を説明するわね。横軸は時間で、開始時間が標準時の二時十五分から五分二十四秒――」

「待って。GMTの二時十五分？　なら、観測時間で間違いない。カニンガムさんの観測基地から〈サフィール3〉が見えていた時間と合ってる」

「よかった。ちゃんと意味がありそうじゃない」明利が微笑んだ。「続けていい？　赤で描いたパラメーターは最大値が二百万、最低値は二十九万ぐらい」

　和海はその数字の意味を即座に理解した。

「赤は観測対象までの距離だ。単位はメートル」

「二百万メートルって……二千キロよ。それに最低値が二百九十キロって幅がありすぎるんじゃない？」

「ちょっと待ってね。確かめるから」

和海は席を立って右腕をまっすぐ前に伸ばし、中指を壁に当てた。肩から中指の先までの六十四センチを地球の半径の六千四百キロにあてはめる。縮尺はちょうど一千万分の一。中指の先に立つ自分を観測者としてイメージする。壁は水平線だ。その向こう側にあるものだけが見える。中指の先から二百九十キロメートル――三センチ向こうを飛ぶ〈サフィール3〉が、壁のこちら側に出るまでの距離を測ればいい。

ゆっくり右腕を下げていき、壁から中指が三センチ離れたところで止め、指先が元あった場所からの長さを確かめる。ちょうど二十センチメートル――二千キロだ。

「うん、大丈夫。水平線から上るときの〈サフィール3〉は二千キロ離れてる。そして頭上が軌道高度の二百九十キロ。赤は距離だよ」

明利が見つめていた。和海の顔に血が上る。他人を前に〝儀式〟をやってみせてしまった。身体感覚を軌道上の物体に当てはめる方法は手早くて便利だが、原始的だし精度も甘い。

「……イメージなんだ。式を立てるのが苦手なんだよね。結構ズレてると思うし――」

しどろもどろになった和海に明利がかけた言葉は意外なものだった。

「木村さんも、それ、やるんだ」

「え？」

「ＪＡＸＡに入った私の師匠も似たようなことやってたのよ。今みたいな細かい計算はしてなかったみたいだけど。イメージできるって凄いじゃない」

「そうかな。ちゃんと計算できるほうがいいんだけどね」

「そんなことないよ。もし、何回も使うような〝イメージ〟があったら教えて。スマホで使える電卓みたいなアプリならすぐできちゃうから」

和海は礼をいって、赤――距離のグラフを消してもらった。距離が一致したことで、オジーの〝観測データ〟が〈サフィール３〉に関連するものだということだけはわかった。

残るパラメーターは二つ。

明利がホワイトボードの前に立って、投影されている青と緑のグラフの上下幅を両手で示した。

「緑の最低・最大値はプラスマイナス一・五ぐらい。青はどれも六・二八三を超えるとゼロになる。あ、ラジアンか」

三六〇度が円周率のちょうど倍――六・二八になる弧度法の単位、ラジアンだ。

「方位だね。北を回り込んだところで値が飛んでるんだ。緑も角度だよ。最大値が一・五ラジアンなら九〇度、高度だ。読み方がわかったよ。球座標だ」

オジーのブログ〈セーシェル・アイ〉には観測データがちゃんと公開されていた。一〇二四個の物体が、どの方位、どれぐらいの距離にあるのかを記録したデータだったのだ。

彼の了解を取って〈メテオ・ニュース〉で利用させてもらえないだろうか――。そんなことを考えていると、胸の前で両手を組んだ明利が、椅子に座る和海の前にやってきた。

「これでプラネタリウム作れるよ。見てみたくない？」

〈ユニティ〉というゲームエンジンに球座標を処理するライブラリがあるのだと、明利が説明した。

「手間じゃない？」

「このグラフも〈ユニティ〉よ。ちょっと待ってて。モーションセンサー組み込むから」

明利はテーブルに腰をかけ、キーボードを叩きながら頭をいろんな角度に振りはじめた。Ｗｅｂ稼業には全く必要のないゲームエンジンまで使えるとは思わなかった。

「僕はグラフの方を見てるよ」

和海はホワイトボードに近づいて、規則的な振幅を描く緑と青の線をなぞった。明らかに観測機器のノイズではない。和海は半分目を閉じて二つの角度を合成しようとしたが、その複雑さに音を上げた。どんな運動なのだろう――。

「木村さん、できたわ」

振り返ると、明利が両眼用の眼鏡型ディスプレイを差し出していた。弦《つる》のＬＥＤはすでに点《とも》っている。

受け取ったディスプレイをかけると、肩ほどの高さに水平な線が表示され、頭を振ると方位のマークが目の前を流れていく。眼鏡に組み込まれたモーションセンサーを使って頭を向けた方向の情報を表示しているのだ。

「これ、今作ったの？」

「ライブラリが揃ってるから簡単なのよ。アニメーションしてみる？　西から点が出てくるところまでは確認したわ」

和海が明利の方を向くと、水平線の上に小さな白い点が描かれ、上に向かって動いているのが見えた。何度も見たことのある人工衛星の出と同じアニメーションだ。

「一〇二四個のデータがあるんだけど、同じような場所にあるから一つの点にしか見えないのよ。これでよかったのかしら」

「大丈夫だよ、沼田さん。処理の方法は合ってる――。でも、確かに、とても密集してるね。これ、スケール合ってるの？」

「実寸になってるはずよ。どこか間違ってる？」

和海が見ているうちに、徐々に高度を上げていく白い点は太い線と呼べるほどに引き延ばされていった。じわりと動いていた白い線は長さと太さを増やしながら速度を上げて、壁から天井へ移動していく。

「拡大できる？　一つ一つの点が見えるぐらい。それで、ゆっくり再生して」

立ったまま天井を見上げていたため、首が痛くなってきた和海はテーブルに寝転がることにする。明利がキーボードを叩く音がすると、短い線に見えていたものが密集した点の集まりであることがはっきりとわかった。まるで、ぼんやりとした雲のようだ。

「いま百倍に拡大したところ。再生していい？」

明利の声と同時に白い点の群れがゆっくりと動きはじめた。多くの点が二つ一組になって追いかけ合っているようだ。これがグラフに描かれた振動の正体だろう。

「もう少し拡大してもらっていいかな。点がはっきり見えるぐらいまで」

「ええっと、はい。二千倍」

拡大されたプラネタリウムには五組の点が表示され、動いていた。

「なんだ……これ」

「面白いね。手を繋いでるみたい」

明利の言うとおり、二つの点が互いに手を繋いで、回るように軌道を飛んでいる。だが、面白くはない。軌道上の物体は、単純な物理法則に従って運動する。円を描くように運動するためには、常に推進剤を放出し続けなければならない。限られた燃料しか持てない人工衛星がそんな無駄なことをするだろうか。ありえない——。

「あ、消えた」

注目していた点が消え、少し離れたところでまた一つ現れて、やはり円を描きながら飛んでいく。

「そうそう。連続してないデータがたくさんあるのよ。望遠鏡だっけ。観測できる数の上限が十ビット――一〇二四個しかないんじゃないかな。データの飛び具合を見てると、実際には十倍以上はあると思う、いや、もっとかしら」

「一万個？」

テーブルにつけたままの背中から寒気が立ちのぼった。

一万もの軌道上物体が、極めて狭い範囲に集まって飛んでいるということだ。米軍が公開している二行軌道要素《TLE》にそんな物体は掲載されていないし、アマチュア観測家のページでもそんな話は聞いたことがない。

「そんな……多すぎる。こんなの初めてだ」

「この点って、デブリってやつ？　誰も知らないなら新発見だね」

「いや、違うと思う。カタログで見たことがない」

国連の宇宙空間平和利用委員会《COPUOS》が配布しているデブリのカタログは極めて正確だ。〈メテオ・ニュース〉が今までに何度も流れ星を予測できてきたのも、デブリ・カタログが正確だからだ。

カタログは地上のレーダーや静止軌道のデブリ探知衛星など、様々な方法で観測したデータを元に、常に更新されている。五センチ立方よりも大きな軌道上の物体は全て記録されているはずだった。誰にも知られていないデブリなんてものが一万もあれば、人工衛星や宇宙ステーションにとって極めて危険なことになる。しかも、見たこともない運動をしながら――。オジーの電波望遠鏡が観測したこの物体は、一体何なんだ。

「もう少し見てていいかな？」

明利が「どうぞ」と頷いて左腕からキーボードを外した。

「矢印キーで時間とズーム。Hキーでヘルプが出るわ。私は寝てていいかしら」

明利は眼鏡型ディスプレイをアフロから引き抜いてテーブルに置き、椅子を並べて身体を横たえた。

「ありがとう。昼過ぎになったら起こすよ」

テーブルの下から、オレンジ色のマニキュアを塗った手が振られ、すぐに寝息が聞こえてきた。徹夜が堪《こた》えたのだろう。

会議室を作業で占有するのは好ましくないが、今日は誰も使わない。和海は日曜日に〈フールズ・ランチャー〉にやってきた理由を思い出していた。これから打ち上げられるロニー・スマークのロケット、〈ロキ9〉の軌道予測イベントを〈メテオ・ニュース〉に仕込むためだ。

和海は嫌な予感がした。〈ロキ9〉や軌道ホテルの予定する軌道と〈サフィール3〉の現在の軌道は全く異なる。影響はないはずだ。だが、落ちてくるはずの〈サフィール3〉の二段目は高度を上げ、その周辺にはデブリ・カタログにも載っていない、普通には考えられない運動をしてみせる物体が万を超えるほど飛んでいる。

軌道で、何が起こってるのだろう。

プロジェクト・ワイバーンのスタッフたちは、この、一万もの物体のことを知っているのだろうか。

十二月十三日（日）〇六：一三（02:13 GMT Sunday 13 Dec）
ディスヌ島

組み合わせた四枚のディスプレイの隙間から鋭い光が差し込み、オジーの顔に十字の光を投げかけた。日の出だ。アーロンチェアに軋み音をあげさせて身体をずらしたオジーの耳に水音が聞こえる。スタッフの〝フライデー〟だ。夜釣りから帰ってきたらしい。

「おはようございます、カニンガムさん」

「床は拭いとけよ」

真っ黒に近い褐色の上半身を晒し、クーラーボックスをぶら下げたフライデーが、アイランドキッチンへ向かって巨大なワンルームを横切っていた。水音は、海水の溜まったサンダルがたてる足音だった。玉のようになった水滴が肌を流れ落ちていく。

フライデーがオジーのデスクにある朝食を指さした。

「またホットドッグだ。毎日それればかりだと身体に悪いですよ」

「やかましい。料理できるって言うからお前を雇ったのに、パスタひとつ作らないじゃないか」

「そんなこと言いましたっけ？　それに、せっかく獲ってきたシーフードを食べないのはカニンガムさんですよ。見てくださいよ、今日の獲物」

キッチンにとりついたフライデーがクーラーボックスを傾けて中身をぶちまけると、真っ赤な魚が転がり出てきた。よくもまあ、そんな魚を食おうなんて思うもんだ。

「どうですか？　サシミ」

オジーは鼻を鳴らして手を振る。それを気にするふうもなく、フライデーは長いナイフを躊躇《ちゅうちょ》なく魚のエラに突き立て、解体をはじめた。

優秀な奴なんだが、相変わらず口は減らないな。憎まれ口がたたけるほど上手い英語に、セーシェル・クレオールとフランス語も話す。天文学の博士号、ヘリ、ボート、無線の免許まで持ち合わせた彼は、無人島住まいを決意したオジーにとって理想の使用人だった。

セーシェルの首都、ビクトリアで面接にやってきたオジーは、三メートルの光学望遠鏡と低軌道物体の追跡に調整された大出力のレーダーを自由に使えるなら、と言って無人島での二人暮らしに同意してくれたのだ。オジーがふざけ半分につけた〝フライデー〟という呼び名も笑って受け流してくれた。

「お前こそ、こっち見ろよ。儲かったぜ」

オジーは四枚のモニタを一つに繋げ、六桁の数字を映しだした。

十万ドル！

何度見ても信じられない。これが、たった二日で稼ぎ出した広告収入なのだ。〈ギープル〉に掲載した〈神の杖〉記事は、数十万の訪問者をオリジナル記事の載っている〈セーシェル・アイ〉に導き、〈メガハンズ〉でイラストレーションを募ればハリウッドのイラストレーターが完璧なイラストを描いてくれる。

それだけでも幸運だというのに、もう一つの偶然が後押ししてくれた。どこかのキャットフードメーカーが、設定ミスとしか思えない高額のクリック広告を展開してくれたのだ。宇宙オタクにキャットフードを売ろうなんてことを思いついたマーケティング担当者は首を切られるだろうが、知ったことか。

俺はツイてる。フライデーにも臨時ボーナスを出してやろう——。

オジーが軋み音をたてる椅子を回してキッチンの方を向くと、まん丸な目を見開いたフライデーが頭を振りながらこちらへ歩いてくるところだった。

「カニンガムさん、お電話です」

「電話？　また珍しいな」

オジーはデスクの奥に手を伸ばし、ディスヌ島に移り住んでから六年で二回しか鳴らなかったコードレス電話を探ろうと——待てよ。いつ鳴った？

「こっちです」オジーが、古くさい、青いノキアを目の前に差し出した。「私の携帯電話にかかってきたんです」

「誰からだ？」

「こっちこそ聞きたいですよ」

フライデーはオジーの手に、魚の鱗《うろこ》がついたままの電話を押しつけた。ホットドッグ用のナプキンで前面を拭き、耳に当てる。

「ハロー、カニンガムだ。なんでフライデーの電話なんか使ったんだ？」

『よかった。IT長者のオジー・カニンガムさんだね。メールぐらい読んでくれよ。何度も連絡しているんだ』

高いIQをひけらかす米国人に特有の早口な英語が、オジーの耳に飛び込んできた。西海岸じゃない。東部の連中だ。

『無人島のパートナーを〝フライデー〟って呼んでるのか。酷いな。ヨハンソンって呼んであげることを勧めるね。人権侵害と見なされるかもしれないぞ』

芝居がかった歯切れのいい笑い声をあげた相手は、オジーすら忘れがちなフライデーの本名を口にした。

「……あんた、誰だ」

『この回線では話したくないんだよ。ビデオ会議、受けてもらえないかな』

「なら――」直接電話をかけてくればいいじゃないか、と言いかけたオジーは、相手の真意に気づいた。こいつは、力を誇示しているのだ。「従え、何でも知っているぞ」ということだ。

「わかった、ＩＤは――」と言いかけたところで電話が切れ、右下のディスプレイに〝unknown（氏名未設定）〟からのビデオ会議通知が表示された。

相手は、ビデオ会議のアカウントも知っていたのだ。

Ｗｅｂカメラを自分の方に向けてリターンキーを押し込むと、画面が見たことのないノイズに覆われてから、スーツを隙なく纏ったアフリカ系の男性が映し出された。短く刈り込んだ髪の毛と小さな髭が、斜め下からの真っ赤な太陽の光に照らされている。

オジーは時差を考えた。インド洋はたった今、陽が昇ったところだ、ということは、相手はアメリカ大陸のどこかで夕陽を浴びているのだろう。

『カニンガムさん、よろしく。ブルースだ。電話を貸してもらったヨハンソンにもよろしく言ってくれ。後ろのはクリス』

ブルースと名乗った男が椅子を動かすと、瀟洒《しょうしゃ》な室内を背景にペーパーフォルダーを開いている白髪頭の女性が顔を上げた。クリスと呼ばれた彼女はカメラに向かってにこやかに手を振った。天然木のウォールパネルと真っ白な壁を照らす夕陽が眩《まぶ》しい。テーブルはマホガニーか。恐ろしく金の掛かった部屋だ。だが、低すぎる天井はいただけないな。窓も小さい――。オジーはそこで、相手のいる空間の正体を知った。

住宅じゃない。夕陽が斜め下から差し込むその部屋は航空機の中。それも、プライベート・ジェットのものだ。高級スーツを身に纏うありふれた名前の人物。上《うわ》っ面《つら》だけのにこやかさに高級な調度品。ビデオ会議に映し出された非日常的な光景が、オジーに一つの単語を思い起こさせた。

「スパイ映画みたいだな」

ブルースが白い歯を見せて笑い、クリスが目を細める。

『参ったな。カニンガムさんにもそう見えるのか』

ブルースが両手を合わせ、カメラの方に身を乗り出してきた。爪の先端までよく手入れされているのがわかる。

『お察しの通り。私たちは中央情報局《セントラル・インテリジェンス・エージェンシー》のものだ』

「……CIAか」

『〈ギープル〉が拾ったあなたの記事と、ジョセ・ファレス名義で提供した〈神の杖〉のイラストについて詳しい話が聞きたい。いいかな？』

十二月十二日（土）二〇：〇四（03:04 GMT Sunday 13 Dec）
ピーターソン空軍基地

普段は開いているクロード・リンツ大佐の部屋の扉が閉まっているのを見たときから、ダレル・フリーマンは嫌な予感がしていた。

室内のソファには部屋の主のリンツと、ダレルの上官のスターツ・フェルナンデス少佐、そして反対側には高級スーツを身につけた二人の男女が脚を組んで座っていた。長い脚を邪魔そうに折りたたむ黒人と銀髪を丁寧になでつけた初老の女性が、入室したダレルに完璧な笑顔を向けて立ち上がった。

「よろしく、フリーマン軍曹。私はクリス・ファーガソン、クリスでいいわ」

男性はクリスの向こう側から腕を伸ばしてダレルに握手を求めた。

「ブルースだ」

クリスが楽にするよう促した。

「マクレーンから来たのよ。あなたも軍歴は浅いんでしょうけど、わかるわよね」

中央情報局《CIA》の、新たな本部のあるバージニア州の都市はダレルも知っている。しかし、呼び出された理由のほうが重要であり、ダレルに心当たりはなかった。司令官のリンツはともかく、直属の上長であるスターツまで同席しているのはいい兆候とは考えられない。

クリスとブルースがソファに腰を下ろし、ダレルがテーブルの脇で〝休め〟の姿勢をとると、リンツが口を開いた。

「忙しいところを呼び出して悪かったな、ダレル。お二人は〈神の杖〉について聞きたいのだそうだ」

ダレルは首を傾げた。

「それは……〈サフィール３〉のことでしょうか」

ブルースが掌を上に向けて「またですよ」と言い、リンツがため息をつく。どうやら、この話題は一度話し合われていたらしい。

二人にちらりと目をやったクリスがダレルに口元だけの笑みを向けた。

「フリーマン軍曹——堅苦しいわね。ダレル、でいいかしら」

「はい」

「気を悪くしないでね。私たちは、今朝から同じことを五度も聞かされてるの。ケープ・カナベラルにも寄って話を聞いてきたんだけど、軌道上から物体を落とすよりも大陸間弾《IC》道ミサイル《BM》のほうが圧倒的に効率がいい。そうよね？」

頷いたダレルに、クリスは指を折ってＮＡＳＡのスタッフから聞かされたという証明を数え上げはじめた。一つ、物体を持ち上げておいて落とすような兵器はコストパフォーマンスが極端に悪い。二つ、大量破壊を目的とした軌道兵器そのものが宇宙条約に違反している。三つ、仮に〈神の杖〉を軌道上まで持ち上げたとしても、飛翔体《プロジェクタイル》を正確な位置に落とすよう誘導するのは極めて難しい。弾道ミサイルのほうが何倍も楽だ——。

ダレルはクリスの説明に聞き入っていた。用語に怪しいところは感じられない。相当勉強してきたのだろう。少なくとも、斜め向かいの席で頷いている飛行機専門のスターツよりは正確に理解しているようだ。

クリスは四本目の指を折った。

「米国やソ連だけが高性能のレーダーを持っていた時代ならともかく、軌道上の物体が細大漏らさずデータベース化され、民間人まで人工衛星を追うような時代に隠密行動する軌道兵器なんてものは存在しえない。よって〈神の杖〉などありえない。こんなところかしら」

「はい。私も同じ意見です」

専門家集団のＮＡＳＡが自分と同じ意見を出していたことにダレルは満足したが、同時に疑問も感じた。クリスはＮＡＳＡに話を聞き、説明できるほどに理解している。このうえ、なぜ〈神の杖〉のことを聞こうとするのだろう。

ブルースが懐《ふところ》から折りたたまれた紙を取り出し、テーブルに広げた。Ｘマンの記事だ。

クリスが丁寧に手入れされた淡いピンク色の爪でイラストを指さす。

「このイラストが問題なのよ」

スターツがテーブルに首を伸ばした。

「細かいところまで、よく描けてますね。いかにもありそうだ」

「当たり前よ。本物ですもの」

目を見開いたスターツがクリスを見上げ、リンツとダレルはイラストを見直した。

「このイラストは、一九八九年に北朝鮮の工作員に摑ませた、SDI計画から抜き出した対地軌道兵器の設計図を元に描かれているのよ」

「どこかで見たことがあると思ったら……」リンツがうなり声をあげ、クリスを睨みつけた。「スター・ウォーズ計画を共産圏に漏らしてたのはCIAだったんだな。いったい、どっちの味方なんだ」

ブルースが組んでいた脚を解《ほど》いて、胸の前で両手を広げた。

「大佐、冷戦時代の恨みごとは本にでも書いて発表してくれ。俺は読みたいし、国民も喜ぶ。それより今は、軌道に浮かんでいる〈神の杖〉について真剣に考えて欲しいんだ。あれこそ現実の脅威だ」

リンツは鼻息を吹いてソファに腰を埋めた。もう話す気はないらしい。

ダレルは慎重に言葉を選んだ。

「ブルースさん、いいですか。〈神の杖〉と呼ばれている物体は、イランが打ち上げた〈サフィール3〉の二段目です。使い終わったロケットの残骸なんです」

「それも、耳にたこができるほど聞かされたんだがね」

ダレルの方を見たブルースは片方の眉をあげた。それが、相手を馬鹿にしているように見えないことにダレルは驚いた。表情を徹底してコントロールしているのだ。言い合いで勝てる相手ではない。

「その物体が加速して、軌道高度を上げているのは事実だろ？」

「はい」

「使い終わったロケットの残骸が加速するのか？」

「しません――しかし」

ブルースが完璧なタイミングで掌を上げ、ダレルを遮った。

「君ら、宇宙屋の言い分なんだぜ。イランが打ち上げた〈サフィール３〉の二段目が、あんな軌道まで動くことはあり得ない。なら、はっきりしてるじゃないか。あそこでスラスターを噴いて動いてる物体は、イランの打ち上げた〈サフィール３〉とは別物だ」

ダレルはブルースの理屈に愕然とした。だからこそ、〈サフィール３〉を動かしている理由を探らなければならないんじゃないか。

「ダレル、よく考えてくれ。その物体の発見と前後して、北朝鮮の首領が軌道兵器を匂わせるような演説を行ったんだ。そして、その真意を伝えるメッセージが――」ブルースがイラストに指をたてた。「このイラストだ。元になった図面は、ＣＩＡが北朝鮮に流したものだ。それを見せつけてるんだよ。連中は、何か持ってる」

よく手入れされたブルースの爪を見たダレルは、先ほどハンガーで与圧服を広げたときに自分の指に染みこんだ機械油のことを思い出し、拳を握り込んだ。

「政治屋、諜報の連中の理屈だと思ってるんだろ。それでもいいさ。だが俺たちは、ここまではっきりと伝えられたメッセージに対応しないわけにはいかないんだ」

いつの間にかブルースはテーブルに身を乗り出していた。その後ろでクリスがスマートフォンを掲げた。タンクトップ姿のでっぷり太った男性が表示されている。

「〈神の杖〉の情報を発信したXマン、オジー・カニンガムにはさっき連絡が取れた。彼は何も知らないって言ってたけど、私たちは彼の通信を過去三年分、全て精査するわ」クリスは肩をそびやかした。「週が明けたらロス在住のイラストレーター、ジョセ・ファレスのところへブルースが向かう。どちらかは絶対に北朝鮮から情報提供を受けているはずよ。いい？　私たちは、本気で〈神の杖〉を追ってるの」

ブルースが身を引き、クリスと肩を並べた。

「そして、軌道兵器としての〈神の杖〉の情報も知りたい。宇宙のプロが必要なんだが、民間人に多くの業務を委託しているNASAはアテにならない。それで、守秘義務を気にしなくていいNORADにやってきた」

腕を組んでいたリンツがダレルに顔を向けた。入室したときに感じた嫌な予感は、これだった。妄想にとりつかれたスパイのお守《も》りをしろということだ。

「ダレル、君にやって欲しいことがある」

——当《ビン》たり《ゴ》。

も知りたかったところなのよ」

「〈サフィール３〉の二段目が〈神の杖〉だという前提で分析して、能力を推測してもらえないか？　設計は例のイラスト通りでいい。そのような兵器に実行できる作戦行動を洗い出して欲しい」

誤った前提に基づく考察には全く気が乗らないが、冷戦時代の資料整理や退役間近のパイロットのご機嫌取りよりはマシかもしれない。

「了解しました。ところで、ＡＳＭ１４０のレポートはどうしましょうか……」

スターツが手をあげて、ダレルの質問を引き取った。

「フリーマン、ＮＯＲＡＤの実験フェイズは終わりだ。ＡＳＭ１４０は北方軍で実運用されることになった。君のドキュメントのおかげで、滞《とどこお》りなく引き継げるだろう」

運用？　ようやくエンジンの試験が終わったばかりだというのに、もう配備するつもりなのだろうか。それにＡＳＭ１４０は、宇宙空間平和利用委員会のデブリ低減ガイドラインに抵触する兵器だ。研究開発はともかく、実戦配備されるなど信じられない。

クリスが軽く目を見開いてダレルを見た。

「あら、あなたＡＳＭ１４０にも関わってたのね。都合がいいわ。〈ホウセンカ〉の効果も知りたかったところなのよ」

ホウセンカ？

仰《の》け反《ぞ》ったスターツが自分の額をぴしゃりと叩いた。

「なんでCIAが〈ホウセンカ〉を知ってるんだ」

「当然じゃない。ASM140による衛星破壊プラン、〝オペレーション・ホウセンカ〟はCIAが提案した作戦よ。北米大陸の上空だけで運用できる対衛星兵器なんて素晴らしいじゃない。ロシアと中国にはガイドライン違反を追及させないように根回しも始めてるわ」

デスクの脇にある、サンタ帽の箱をちらりと見たクリスが続ける。

「本来なら、兵器の開発と同時にあなたたちから提案されなければならなかったのよ。サンタクロースを追いかけるのもいいけど、もう少し積極的に防衛のことを考えていただけないかしら」

憤然とした顔のリンツとスターツを気にも留めず、クリスは手首を返して時計を眺めた。

伝達事項はこれで終了、ということだ。

「ゲストハウスは用意できてるかしら」

「スターツが案内する。フリーマン軍曹、今日はもう遅い。明日からかかってくれ」

ダレルは踵《かかと》を合わせて敬礼した。

「了解しました。明日より、両名のサポートに入ります。場所は――」

「リンツ大佐、この部屋を使わせてもらうわ。おなかの下のホ、ッ、ト、ラ、イ、ン、もあるわけだし」

立ち上がったブルースがダレルの肩に手を回した。

「ダレル、明日はここに私服で来いよ。基地の外に連れ出すかもしれないからな。デンバーの旨い店もリストアップしておいてくれ」

この二人はとても優秀なのだろう。だが、大きなところで間違っている。Ｘマンことオジーの通信を追う？　そんなものよりも、彼が撮影した写真を解析するほうが重要だ。〈神の杖〉なんてホラ話よりも〈サフィール３〉の二段目をあんなふうに動かしている何かのほうが何倍も大事なはずなのだ。

ブルースに肩を抱かれてドアに向かおうとしたダレルは、リンツの目配せに気がついた。両手の指を天井に向けている。横に座るスターツもだ。滑走路で航空機に対して用いる手《ハンド》信号《シグナル》。

「ダレル、じゃあな。また明日」とリンツは言い、スターツとともに両手を前に振ってそのまま左に流した。〝Proceed at your own discretion（そのまま進行せよ）〟。

「了解しました。また明日」

十二月十二日（土）二〇：五五（04:55 GMT Sunday 13 Dec）
シアトルの某ホテル

行為を終えて眼鏡を掛けた白石が、どこからか取り出した煙草をくわえ、ライターで火をともした。汗で髪の毛の貼りついた広い額がオレンジ色の炎に照らされる。

チャンスは警告した。

「違法《イリーガル》よ」

いいじゃないか、と言った白石は深々と煙を吸い込んだ。そのまま枕に肘をついて、横たわるチャンスの裸身を眺めている。

「どうせ同じホテルは使わないんだろ。ここのベッドは気持ちいいんだけどな」

チャンスは仰向けのまま右腕を伸ばし、白石の口元で煙草を握りつぶした。タールの臭いに、融けたラテックスの刺激臭が混ざる。

白石がチャンスの握りしめた手をじっと見つめていた。

「指、プラスチックだな。拷問かなんかか？」

「痛かったわよ。どんなだったのかは守秘義務《NDA》で言えないけど」

シリアで工作中に拷問を受けて、ヤスリで肉をこそぎ落とされたチャンスの指は、全て樹脂のサックで包まれている。全盛期の握力を失ったのは痛いが、煙草を握りつぶしても熱を感じないのは便利なものだ。

「工作員までビジネスマナーか。時代だねぇ」

軽口を無視したチャンスは身体を起こして、煙草の残骸をエディターズバッグに放り込み、再び身体を横たえて、枕の下に右腕を差し込んだ。握力を失った手でも撃てるように改造したSIG9のグリップに指を嵌め込んでいく。

拳銃の存在を知っている白石が、肘をついたままの姿勢で器用に肩をすくめた。

「そんなに警戒するなって、大人しくしてるだろ」

「どうかしら。それより、〈キトン・マスター〉が大変なことになってるわよ。来週にも倒産するかもしれない」

「ほう？」

「もともと経営が弱い会社なのよ。広告を掲載してから三十六時間で百万ドルも使い込めば、おかしくなるわ。あなたが五十ドルなんてクリック報酬を設定したせいよ」

「〈キトン・マスター〉を選んだのはチャンスだろ。それに、スマートフォンをなくしたのに、アカウントのパスワードを変更しない社長が悪い」

白石が愉快そうな笑い声をあげた。

「とにかく、まだ〈雲〉の正体に迫るような動きは出てきていない」

「もし、正体がばれたらどうなるの？」

「ばれたところで、手のうちようなんてない。もう四万個もばらまかれてるんだ。あれを除去する方法なんて誰も思いつくわけがない」

「ジャムシェド・ジャハンシャ博士でも？」

白石が身体を起こした。

「あいつ、博士になってたのか。まだテヘランにいるのか？　連絡先を教えてくれよ」

「珍しいわね。あなたが人に興味を持つなんて。いい？　携帯電話の番号は――」

チャンスは指を目の前で折りながら、電話番号とメールアドレス、ビデオ会議のアカウントをゆっくりと口にした。白石も指を目の前に立て、視線を左右に動かしながらチャンスの声を聞いている。記憶地図法《メモリー・マップ》の一種だ。メモを残さないために習得したのだろう。

チャンスは、イランとの通話はCIAとNSAが人を張り付けて常時監視していること、米国とEUからのインターネット接続はイラン政府が遮断していることを告げた。

「それ、どうするの。アイディアありがとうございました、って感謝状でも贈る？」

「博士が俺に感謝するのさ。あれがアイディアだけじゃ飛ばないことは博士が一番よくわかってるはずだ」

白石がもう一度目の前に人差し指を立て、ジャムシェドの連絡先を復唱した。チャンスも確認に付き合う。

「インターネットの使えない国で、あそこまで発想を広げられる天才は、そういない。だが、運が悪かったな」

「同情してるの？」

「まさか。恵まれない才能なんてのはゴマンとあるさ」

「あなたのことね」

「ああ、恵まれてないねぇ。本当なら今頃は、ＮＡＳＡで第三世代シャトルの設計主任をやってるはずだったんだぜ——。笑うなよ。なあ、煙草吸っていいだろう？」

チャンスは窓を指さした。

「一本だけよ。窓は開けて」

「正気か？　氷点下だぜ」

信じられないな、と言いながら裸のままで窓際に歩く白石の背中を見つめた。四十を超えた白石の背中には、不摂生になりがちな潜伏生活を感じさせない筋肉がうねっている。白石が窓を開き、煙草に火を点けた。白い煙とともに、粉雪と冷気が部屋に吹き込んでくる。チャンスは、白石の右腕に彫り込まれたタトゥーに目をとめた。龍の意匠だ。中国で彫ったものだろうか。中央に文字が書いてある。チャンスはベッドを降りて白石に近づき、左腕を胸に回して抱きついた。

「温めてくれるのか。ありがたいね」

「そうじゃないわ」

チャンスは白石の右腕を持ち上げた。文字じゃない。彫り込まれているのは、数式だ。

〝$\Delta V=\omega \ln(m_0/m_T)$〟

「ツィオルコフスキーの公式ね」

白石の身体が震えた。

推進剤を吐き出して宇宙を往く全てのロケットが従う公式だ。どの程度の速度で、どれほどの量の推進剤を吐き出せば、どれだけの重さの物体が、どの程度の速度を得ることができるのかが決まる、冷たい方程式だ。

「……ああ、そうさ。よく知ってたな」

白石が左手でタトゥーを隠した。

「宇宙屋さんが百年も唱え続けてきた呪文《マントラ》でしょう。あなた、まだ表舞台に未練があるんじゃないの？　真っ当なロケットや宇宙船を飛ばしたいんじゃないのかしら。それとも若気の至り？」

黙ったままタトゥーを握る白石の手に力が込められる。チャンスは質問を重ねた。

「〈雲〉の目的は、忘れてないわよね」

白石の身体が緊張に引き締まり、いきなり強い力でチャンスを窓際に押しつけた。

「忘れるか。俺が提案したんだ。〝大跳躍《グレート・リープ》〟のためだ」

白石の言葉からは、いつもの皮肉めいた調子が感じられない。

「百年も前のルールなんか打ち破ってやる。それを忘れないために、彫ったんだ」

白石が腕に力を込め、チャンスの背中はべったりと窓に押しつけられた。体温で融けた霜が冷たい水滴になって、腕の裏を流れ落ちていく。

「――電話？」

ベッド脇の白石のコートから、青白い光が漏れていた。肩を揺すった白石が手を放してコートからスマートフォンを抜き出した。青白い光に照らされる顔には、いつもの皮肉めいた雰囲気が戻っている。

「ちょっとは頭のまわる奴が出てきたぞ。〝〈サフィール３〉、多数の軌道上物体〟に〝円運動〟そんなキーワードが書かれたブログが現れた。〈サフィール３〉の周辺を流していたテザーに気づいたヤツがいるらしい」

白石の唇が弓形につり上がる。

「日本人だ。チャンス、調べさせろ。〈メテオ・ニュース〉という流れ星予報だそうだ。面白いサービスじゃないか」

アザール　二十三日（イェクシャンベ）〇九：〇五（05:35 GMT Sunday 13 Dec）
テヘラン工科大学

〝هذا الدرس سوف أشرح فيه كيفية استغلال الصفحة الخطأ 404（ファイルが見つかりません）〟

ジャムシェドは悪態をついてブラウン管のディスプレイを指先でつついた。

「アメリカ人のサーバーが、こんなエラーを吐くわけがないだろう」

〈メテオ・ニュース〉のブログに掲載されていたエントリー〝Thousands of unknown objects with Safir 3?（無数の未確認物体が〈サフィール３〉とともに？）〟に興味をひかれ、オリジナルの〝観測データ〟をダウンロードしようと試みたが、見慣れたペルシャ語のエラー〝ファイルが見つかりません〟に阻《はば》まれてしまった。

米国やＥＵの団体や個人が運営しているＷｅｂサイトへ接続しようとしたときに、いつも表示される画面だ。誰もエラーの内容など信じてはいない。政府がインターネット接続プロバイダーに置いている、ファイアウォールが表示する画面だ。

これでは研究がはかどるわけもない。アレフが〝インターネットの自由《アザーディ・イントゥラネッツ》〟を求めるのも当然だ。

ジャムシェドは仕方なく、接続が許可されている〈メテオ・ニュース〉のブログに戻り、抜粋されたデータをぎこちない手つきでコピーしてＷｉｎｄｏｗｓのメモ帳に貼り付けた。

「これは……ラジアンの球座標だな。千分の一秒ごとの位置か」

データをプロットするために、デスク脇の製図台に身体を向けたジャムシェドはため息をついた。最後の紙には、乱雑な手書きの線と数式が所狭しと書き込まれていた。

「紙も……品切れか」

ゴミ箱に丸めて捨ててあった紙を伸ばして製図台に載せ、マグネットでとめる。隣の研究室にまだ紙のストックがあっただろうか、と考えながらフリーハンドで四重の円を描き、十字の直線で区切り、メモ帳に並ぶ方位角と高度角を小さなバツ印でプロットしていく。

皺と格闘しながらプロットを続けていくジャムシェドを既視感が襲った。

次の点はここじゃないか？　当たりだ。その次は……二つの点が手を取り合うように円を描いている。円の微妙な揺らぎも過去に実験したときに見た振動と同じものだ。

「俺の……。俺の〝スペース・テザー〟だ。なんで軌道を飛んでるんだ」


「アレフ！　いるか？」

学生会館のホールに集まっていた学生たちが振り返った。

ジーンズに汚れたマウンテンパーカー姿の若者たち。検挙を恐れているのか、スカーフで顔の下半分を隠しているものも多い。インクの香りが残る黄色いポスターを抱えている学生を捕まえて、再び問いただす。

「アレフはどこにいる？　アレフ・カディバだ」

「……あちらに」

スカーフをずらした学生がホールを分断するように吊り下げられた帆布を指さすと、探していた友人が布を持ち上げて顔を覗かせた。

「やっぱり、参加してくれるのか？」

「アレフ！　俺のテザーが飛んでるんだ」

学生を突き放して小走りで駆け寄ろうとしたジャムシェドは、すぐに周囲の学生に取り押さえられた。

「――離せ！　俺は政府の人間じゃない」

　悠然と手をあげたアレフが学生の群れを割って近づいてきた。

「みんな、放してあげてくれ。僕の友人だ。おい、チャイを二つ持ってきてくれ。――一体、どうしたんだ」

　帆布の裏に設営されている事務所へ誘ったアレフはジャムシェドの手に、陶器の皿に載ったチャイの小さなカップを手渡した。

「まあ、飲めよ。テザーって言ってたな。確か、何年も前に気球で飛ばしてたあれのことだろう」柔らかなアレフの声が気分を落ち着かせてくれる。「飛んでるんだって？　おめでとう」

「そうじゃない。他の奴が俺の論文を盗んで勝手に飛ばしてるんだ」

「間違いじゃあないのか？　同じようなことを考えた人がいたかもしれないじゃないか」

「いいや、間違いない」

　ジャムシェドは〈メテオ・ニュース〉に掲載されていた観測データが、どれだけ自分の論文と一致しているのかを説明した。自分の〝テザー推進〟理論には、気球からの落下実験で装置が移動する量を地道にかき集めて得た決め打ちの数値《マジック・ナンバー》がいくつも登場する。その数値が観測データに表れていた。他人の研究と一致する可能性はほとんどない。

「そもそもテザー推進装置なんてのはマイナーな理論だ。間違いない。俺のスペース・テザーだ」

アレフは長い睫毛《まつげ》を伏せ気味にして、柔らかく頷いている。説明は十分の一も理解していないのだろう。だが、こうやって話を聞いてくれるだけでもありがたい。

話を聞き終えたアレフは顎に手を当てて、穏やかな口調で言った。

「なるほどな。それで？」

「誰かに伝えたいんだよ。一日でいい。そのタブレットを貸してくれないか？」

ジャムシェドは、アレフが肩からぶら下げている黄色いケースを指さした。彼が父のコネで手に入れた外国人用のＳＩＭがあれば、主要な国家の宇宙機関へ電子メールを出すことができる。

「ＮＡＳＡか欧州宇宙機関《ＥＳＡ》に連絡しないと、俺の論文を盗んだ奴がスペース・テザーの発明者ってことになってしまう」

「悪いけど、だめだ」アレフがケースを押さえた。「このＳＩＭも、通信はできるけど監視されてるんだよ。今のタイミングで僕が睨まれるわけにはいかない。デモは来週に迫ってるんだ」

「……そうか」

肩を落としたジャムシェドの目の前に、Ｗｅｂカメラが差し出されていた。

「日本ならまだ繋がるんだろう？　その〈メテオ・ニュース〉ってところを通して連絡し

てみればいいんじゃないのか？」

アレフが手首を返して腕時計を指さした。時刻は一一：一二。

「急いだほうがいい。今日の正午にも、政府による全面的なインターネットの封鎖が予定されてるって聞いた。それを過ぎれば、日本とも繫がらなくなるぞ」

十二月十三日（日）一六：四二（07:42 GMT Sunday 13 Dec）
〈ワールズ・ランチャー〉大会議室

会議室のホワイトボードには、夜の闇に照らされた白い塔が映し出されていた。ロニー・スマークのロケット〈ロキ9〉が、ケープ・カナベラルの三十六番射場で打ち上げを待っている姿だった。膨らんだ先端部《フェアリング》がメタリック・グレーなのは、搭載貨物《ペイロード》の宇宙船〈ワイバーン〉がむき出しになっているためだ。

アポロやスペースシャトルの打ち上げにも使われた伝統ある射場は、すでにロニーの会社、プロジェクト・ワイバーンが所有する民間射場になっていたが、経営者の粋な計らいはそこかしこに感じられた。画面端で〇〇：一九：一三、一二とカウントダウンを表示している古めかしい時計は、アポロ計画の時代からNASAで使われていたものだ。

和海は会議室の椅子を二つ並べ、ひとつに脚を投げ出していた。オジーの観測データに対する短い見解をブログに掲載《アップ》したあと、明利が提案した〈ワイバーン〉応援イベント、

〈ロキ９〉の落下位置予測の仕込みと告知がちょうど終わったところだった。

世界地図にアクセス地域を示す円が描き足されていく画面を見ていた和海は、名も知らぬ閲覧者たちへ感謝の言葉を述べた。世界中がプロジェクト・ワイバーンの公式打ち上げ中継に集中している今、わざわざ流れ星予測サイトまで同時に観てくれている人がいる。閲覧者は世界中に散らばっているが、シアトルとソウルに描かれた円がひときわ大きい。それぞれ十人ぐらいだろうか。中近東の真ん中でも一人が閲覧してくれている。インド洋上の円は、Ｘマンことオジー・カニンガムだろう。

和海は寝息を立てている明利に小さな声で感謝の言葉をかけて、紙コップを掲げた。酸っぱくなってしまったコーヒーを口に含んだ和海は、ノートパソコンに通知フローターが表示されていることに気がついた。

チャットの要請だ。

「……誰？」

フローターには一言〝ＪＪ〟というアカウント名が表示されている。ハンドルネームか、それともイニシャルだろうか。打ち上げまで十五分……。終わるまで待ってもらうことにしよう。

和海がアカウント名の横に並ぶ文字の吹き出しをクリックしてチャットに入ると、相手が先に入力してあった文字列が表示された。

>EMERGENCY!（緊急！）
>I TELL METEOR-NEWS WHAT GOES ON AROUND SAFIR3（〈サフィール3〉近く
何が起こっているか〈メテオ・ニュース〉に知らせる）
> Pls, VIDEO Conv.（ビデオ会議お願い）I DONT HAVE TIME. HURRY（時間ない、急いで）

和海は頬を緩めた。読みにくい英語だ。接続情報の地図を見ると、アフリカの西岸沖を示していた。ガーナとかナイジェリアあたりだろうか。昨日はセーシェルのXマン、今日はアフリカ。〈メテオ・ニュース〉も国際的になってきたものだ。

〝> OK〟と入力してカメラのアイコンをクリックする。顔を見てから、打ち上げが終わるまで待ってもらうか、一緒に観ることを提案してみよう。なんたって民間宇宙航空〈ロキ9〉の打ち上げなのだ。

すぐに会議ウインドウがノートパソコンのディスプレイに立ち上がるが、映像よりも先に、クセの強い訛りの英語がスピーカーから流れ出した。

『会議ありがとう。〈メテオ・ニュース〉の代表というのはあなたですか？』

「はい。私が〈メテオ・ニュース〉の代表、カズミ・キムラです。はじめまして――」

『繋がってよかった。数分だけ私の話を聞いてください。わたしはジャ……ジェイです。

日本のあなたにしか届かないのであなたに――しました』

男の音声は途切れ途切れだ。映像もまだ表示されない。ネットワークに問題があるのだろうか。

「ジェイ？　あなたをジェイと呼んでいいのですか？」

『――いい。ジェイがいい』

和海はプロジェクターで映し出される〈ロキ9〉の中継映像に目を向けた。滑らかだ。三十フレームで受信できている、ということは〈フールズ・ランチャー〉のネットワークが遅いせいではない。向こうの上り回線が劣悪なのだろう。アフリカでは仕方がないのかもしれない。

『ありがとう。カズミ――てくれ』

男の声が聞こえ、画面にようやく薄暗い室内が映し出された。ノイズにまみれてはいるが、画面の右上には真っ青な空を四角く切り取った窓が見え、窓枠の下端が強い日光で照らされている。男性の表情は暗く沈んでよくわからない。

「よく聞き取れないのですが、ジェイさん。三十分後にもう一度会議することを提案します。私はいまロニー・スマークのロケット〈ロキ9〉の打ち上げを待っているところです。あなたもそれを見ていますか？」

『いいや！　待てないんだ。頼む、話を聞いてくれ！』

激しく動く男の周囲にブロック状のノイズが舞った。口髭だけが確認できた。

『正午までしかない。あと十分だけ話を聞いてくれないか』

和海は首を捻った。接続ステータスに表示されたアフリカの国はちょうどロンドンの真下あたり。つまり日本から九時間前、午前六時のはずだ。

「ジェイさん、あなたは今どこから――」

『誰だ？　後ろの人は君のスタッフか』

回線が遅延しているためか、ジェイが和海の声に被せて質問した。振り返ると明利が立っている。眼鏡型のディスプレイもかけ、腕にはすでにキーボードが装着されていた。

「沼田さん、ごめん。起こしちゃったかな。プロジェクターも借りてた」

「いいよ。それより、急ぎでしょ――」明利は腰をかがめてノートパソコンのカメラに顔が映るようにした。「初めまして。わたしはアカリです。〈メテオ・ニュース〉のエンジニアリングを担当しています。ジェイさんよろしく」

よかった、明利も英語ができるのだ。話し方は平板に感じるが二人で聞けるのは心強い。

明利は椅子を引き寄せて隣に座り、カメラの前で和海と顔を並べた。

画面の向こうでジェイが狼狽《うろた》えたように感じられた。

『……よろしく。ところでサフィールの周辺にあった物体について伝えたいことだ。いいか聞いてくれ。あれは俺の考案したテザー推進宇宙機《スペースクラフト》、〝スペース・テザー〟だ』

「宇宙の紐？」

明利の囁きを和海は首を振って否定した。今ジェイが発した言葉が信じられない。聞き取り間違いだろうか。

「あの物体は、あなたが、作った、電気推進《エレクトロ・ダイナミック》のスペース・テザーだ。そういうことを言ったの？」

単語を区切って聞き直す。特にスペース・テザーはゆっくりと強く発音することを心がけた。

エレクトロ・ダイナミック・テザー、導電性テザー、あるいはテザー推進システムと呼ばれる宇宙機の存在は和海も知識としては持っていた。実証実験が数度行われただけのシステムのはずだ。新たな推進システムへ果敢にチャレンジすることで有名な日本の宇宙航空研究開発機構《JAXA》でも数度試験しただけで、本当の意味での実証試験は行われていない。最新の――というよりも、なかば夢の宇宙機《スペースクラフト》構想だ。

『電気推進……そのとおりだ』

和海は目を見張った。

『だが――違う。俺が作ったものではない』

「どういうことですか？　あなたが――」

『今浮かんでいるものを作ったのが誰かは知らない。だが、俺が考案したシステムだ。誰かに伝えてくれ！　俺がオリジンだ』

再び、和海の言葉を待たずにジェイが言葉を重ねた。明利がそっと腕を伸ばしてビデオ会議の〝録画〟ボタンをクリックする。

「ジェイ。どうして、ここにコンタクトしてきたの？　ＮＡＳＡでも、あなたの国の宇宙開発機関でも、聞いてくれるところはあるはずですよ」

もしも彼が言うとおりに導電性テザーが軌道にあるならば、日本人が運営する流れ星予測サービスへの連絡はお門違《かどちが》いもいいところだ。

『頼むカズミ。時間がない、無理なんだ。イラ――は――のむ。論文を――送る』

「ごめんなさい。よく聞き取れないのです。もう一度――」

ノイズが酷くなっていく。

返事の代わりか、チャットウインドウにファイル転送のサインがついた。〝受け取りますか？〟と表示されたダイアログをクリックするが、ダウンロードが始まらない。明利が猛烈な勢いで左腕のキーボードを叩きはじめた。

「ジェイ、これはなに？」と和海が問うと、一瞬だけ明瞭になった音声が返ってきた。

『証拠だ。俺が五年前に書いたスペース・テザーの論文だ。どうした、届かないのか？』

「ええ」和海はファイル転送ダイアログを見た。ダウンロードはまだ始まっていない。

「十三、十四。遅すぎる」

呟いた明利がカメラの前に顔を突き出す。

「ジェイ、あなたが送っているこの論文ファイル、検閲されているわよ。ＣＥＮＳＯＲＥＤ《けんえつ》！」

『!محدود من!』《マッホドッイエマン》

画面の中で男が頭を抱えたところで、ダウンロードが始まった。百三十キロバイトほどのＰＤＦファイルだが、プログレスバーが全く伸びてこない。

和海は小さな声で「アフリカの言葉、わからないね」と言ったが、明利は首を振った。

「何言ってるの。ペルシャ語よ。ジェイはイランにいるのよ」

ちがうよ、と接続情報が示しているアフリカの地図を指さそうとすると、明利が腕を摑んで引き戻した。彼女の眼鏡型のディスプレイには大量の文字がスクロールしている。

「それ後で。木村さん、どいて」

「え？」

「どいてください。すぐに――ダメ、間に合わない！」

明利が和海を押しのけて、ノートパソコンを奪い取った。

「何するんだ」

取り戻そうとする和海に掌を突き出した明利が、チャットに何かを入力し、カメラに向かって叫んだ。

「ジェイ、今から送るURLを踏んで！」

『わかっ――』

言いかけたジェイの姿が固まり、音声が途切れた。ファイルのダウンロードも止まっている。切れてしまった。

「止まっちゃったじゃないか」

「私のせいじゃない」明利がホワイトボードを指さした。「ジェイとの会議は、イラン政府に遮断されたのよ」

先ほどまで眺めていた打ち上げ中継の横に、新たなウインドウが追加されていた。髪を黒い布で包んだ女性が悲痛な顔でカメラに向かっている。画面下のロゴでその映像の発信元がわかった。アルジャジーラTVだ。

『――たった今、十二月十三日の正午をもって、イラン政府は国内からの全てのインターネットアクセスを遮断しました』

カメラが横に流れ、街角が映し出される。背後では、小太りの男性がパソコンの並ぶ店にシャッターを降ろしている。女性アナウンサーが『インターネットカフェも店じまいです』と言う。小太りの男性はカメラに向かって何か叫んでから、緑色のポスターをフェンスに貼り付けた。

『この遮断について政府からの公式発表はありません。一部の学生が自由なネットワーク利用を主張するデモを行うと告知していますが、この遮断が長引けばデモが暴動に発展する可能性も否定できません――』

テヘラン市内というテロップが流れる通りにはポスターが千切れたような色とりどりの紙が散乱し、顔をスカーフで覆った女性が足早に通り過ぎていく。イラン――。こんな、イスラム教国のエンジニアが、スペース・テザーを構想していたというのか。

インターネットにも接続できない。そんな状況を和海は想像したことがなかった。

『なお、私たちアルジャジーラは衛星通信を用いてニュースを届けています。テヘランよりお送りしました』

「……沼田さん、ごめんなさい」

ジェイの話を、もっとちゃんと聞いておけばよかった。彼はこれから、国外の誰にも連絡することはできない。ダウンロードが途中で止まったファイルは読めるだろうか。

「いいよ。それより、ジェイを探してみる。通信が切れる直前に彼がＵＲＬを踏んでくれてたから、アクセスログが残ったの。途中まで受け取ったＰＤＦも修復しておく。読みたいでしょ」

「うん……」

「打ち上げ、終わっちゃったね」

明利の言うとおりだった。〈ロキ９〉が真っ白な尾を引いて雲一つない夜の空を駆け上っていくところが映し出されていた。射場にはまだ大きな水蒸気の塊が湧いている。打ち上げは、無事に行われたようだ。

「録画を見るからいいよ」

和海は、スペース・テザーについて考えを巡らせた。〈サフィール3〉の周辺に漂う物体がジェイの言うとおりのものならば、雲のように密集しているスペース・テザー、その一つ一つが自由に軌道を移動できる宇宙機《スペースクラフト》だということになる。ロニーたちが向かう宇宙にそんな物体が存在することを、誰かに伝えなければならない。もちろん、ジェイの名も添えて。

「誰に、言えばいいだろう――」

〈メテオ・ニュース〉の原型を作ったプログラマー向けのイベント、データ・ハッカソンで出会ったJAXA職員の名を思い出した。黒崎さん、確かプライベートの連絡先を教えてもらっていたはずだ。

プロジェクト・ワイバーン（08:45 GMT Sunday 13 Dec）

興奮！

もう言葉が出ない。なんて書いたらプロのジャーナリストとして失格かしら？　そんなことは絶対にないわ。言葉が出なくなる瞬間はある。その一つがロケットの打ち上げよ。

みんなは実際に見たことがあるかしら？　私はある。二〇〇〇年、八歳だった（わかってると思うけど、計算は禁止よ）。国際宇宙ステーション《ISS》に向かうスペースシャトルの打ち上げに、ロニーが連れて行ってくれたの。

私はシャトルから六キロ離れた観客席で、ロニーの肩に座って打ち上げを待っていた。光と水蒸気の雲がシャトルを隠して、それからさーっという音に気づいたと思ったら、生まれてから一度も聞いたことがない大きな音が身体を突き抜けていった。ロニーはバランスを崩して、肩にのせていた私を観客席のデッキに落っことしちゃった。

光の矢が真っ青な空に向かって伸びていく。私は白い雲がちりぢりになって光の点が見えなくなるまで、尻餅をついたまま空を見上げていた。

それが私の体験した初めてのロケットの打ち上げ。私はその興奮を学校でプレゼンテーションしたけど、同級生たちは「ふーん」って顔で聞いていただけ。絶対に伝えてやるから、みんなの人生変えてやる、って思ったわ。

私は今日、あの日見ていた三十六番射場のタワーから、逆方向に観客席を見た。照明に照らされた観客席は線にしか見えないほど遠くにあったのね。あんな遠くまで、大人に膝をつかせるほどの衝撃が伝わったことに私は驚いた――正直に言うわ。恐怖を感じた。あの時と同じエネルギーが、これから私の背中を蹴飛ばす。

カメラに向かって手を振っている間、私の脚は震えっぱなしだったのよ。それから〈ワ

〈イバーン〉のハッチを乗り越えて席について、身体に叩き込まれた打ち上げ手順をこなしている間も、ずっと私は震えていた。

人生で聞いた中で一番大きかった音の何倍ものエネルギーを感じさせる振動が背中から伝わってきて、管制塔からのラジオがヘルメットの中でカウントダウンを告げる。

『3・2・1、ローンチ！』

振動が一瞬だけ消えたと思ったら、全身がシートに押しつけられて、もっと大きな音がヘルメットの中に響き渡る。私は声を出してみた。違うわ、自然に出てたの。わーって。きゃー、だったかも。精一杯の大声。聞いていた管制官やロニーに心配を掛けなかったかしら。カメラは、私が怖がっているんじゃなくて喜びに震えていたことを伝えたはずだけど……。

音がもう一度ふっと消えたとき、私は宇宙にいた。

〈ワイバーン〉の円形窓から青い光が船内に忍び込んできた。私は気づいたの。

宇宙にいる。

これは地球からの光よ！

繰り返し《リフレイン》は効果的に使いましょう、ってジャーナルの授業では何度も習ったし、編集長も口うるさく言っていたけれど、ここではその禁を破ることにするわ。

私は宇宙にきた！　宇宙にきた！　宇宙にきたのよ！

次はとっても刺激的なゼロＧ体験についてレポートできると思う。ロニーも、いつものせっかちを忘れて子供みたいにはしゃいでる。

ワオ！　地図でしか見たことのなかった形が見えてきたわ。あれは、アメリカ大陸ね！

業務連絡：宇宙に来たので日付フォーマットはＧＭＴにしておいてください。

ジュディ・コロンブス・スマーク

4　待機

十二月十三日（日）〇二：〇三（09:03 GMT Sunday 13 Dec）
コロラドスプリングス〈バッファロー・カフェ〉

「Two《ツー》、One《ワン》！　ローンチ！　Go《ゴー》、Go《ゴー》、GO《ゴー》！」

輝く白いロケットが白煙を突き破って夜の空に浮き上がる映像がテレビに流れ、カウントダウンを唱和していた客がグラスを掲げる。ピーターソン空軍基地から五分ほどの距離にあるステーキハウス〈バッファロー・カフェ〉は、深夜だというのに歓声に包まれていた。ビールの泡が飛び、グラスをぶつけ合う音が響く。

その音にダレル・フリーマンは肩をすくめた。ブルースも人差し指を耳の穴に突っ込んでいる。その横でクリスが平然とマティーニを舐めているのが信じられない。

テレビには、涎《よだれ》と涙で化粧を崩しながら歓喜の声をあげるジュディ・スマークのアップが差し込まれ、口笛とブーイングが容赦なく浴びせられた。三十分前に打ち上げられた〈ロキ9〉の特番は、NASAの元長官が民間宇宙旅行の幕が上がったことを喜ぶコメントに移り、店内の喧噪も落ち着いていく。

カウンターから去る客に向けて、革のジャケットに着替えていたブルースが形ばかりの乾杯を送る。

「さすがNORADの街だな」

「ほんと、シャイアン・マウンテンの閉鎖から何年も経つってのに。凄いのね」

クリスもマティーニのグラスから顔を上げた。整えられていた白髪をくしゃくしゃに乱して花柄のワンピースに身を包む姿は、カウンターでくだを巻く亭主を迎えにきた老婦人といった風情だ。CIA局員とは思えない。

クリスはグラスを置いて、ダレルに微笑んだ。

「ごめんなさいね。深夜に呼び出しちゃって」

「いいえ、構いませんよ。どうしたんですか？」

グラスを持ったままのブルースが器用に両手の人差し指を天井に向け、前に振ってから左に送った。

「まず、コレだ。リンツ大佐とフェルナンデス少佐が揃ってこんな手振りをしてたろ。意味を教えてくれよ」

ダレルは頭を掻いた。当然、気づかれていたのだ。嘘をついても仕方がない。

「滑走路で使う手信号《ハンドシグナル》です。本当はこうやります」

グラスをテーブルに置いて、両腕を大きく振ってみせる。カウンターから去りかけていた髭面の男性がその動きに反応した。

「お、空軍さんかい？　〝そのまま進行せよ〟。俺も大好きなシグナルだよ」

「ありがとうよ、爺さん」

グラスを掲げて礼を言ったブルースは、真っ白な歯を見せてダレルに向き直った。

「なるほど、君の思うようにしろ、ってことか」

恐る恐る頷くと、ブルースは「気にするな。慣れてるさ」と言った。クリスも興味をなくしたように、スマートフォンを取り出した。

「〈神の杖〉のリサーチさえちゃんとやってくれれば、裏や他所《よそ》で何やってたって文句は言わないわ。疎《うと》まれるのは承知の上よ」

「タングステンの槍で地上を爆撃するお話ですか？　昼も言いましたが荒唐無稽ですよ」

「おいおい、兵装だけなんて頼んでないぜ」マティーニを飲み干したブルースが口を挟んできた。「運動性能に作戦可能地域、それにいまやっているような機動《マニューバ》をどれだけ続けられるのか、全部だ。わかる範囲で全部知りたい」

「宇宙機としての性能も、ということですね」

「やる気が出たかい？」

「少しは」と笑ってみせたダレルがジンジャーエールで喉を潤そうとすると、ブルースは
「もう一つだけ」と指を立てた。

「ASM140のことだ。レポートの主筆が君だったんで、直接話を聞きたい。あんな優れものがなんでお蔵入りになっていたんだ。戦闘機で敵国の人工衛星を撃ち落とせるんだろ。すごいじゃないか」

「デブリのせいですよ」

　声を落とすためにダレルが身体を背もたれから離してブルースに顔を近づけると、クリスもさりげなく姿勢を変えて頭を寄せてきた。

「そもそも、スペースデブリの問題自体が、ASM140の前身、〈空飛ぶトマト缶〉の実験が原因ともいえるぐらいなんです」

　すぐにクリスが反応する。

「ソルウィンドの撃墜ね」

「ご存じじゃないですか」

「聞かせてくれよ。人間の口から聞きたいんだ」

　ダレルは簡単に説明した。一九八五年、ASM135——通称〈空飛ぶトマト缶〉は試射実験で使用済みの太陽観測衛星P78-1ソルウィンドを見事に撃墜してのけた。人工衛

星の撃墜を目的としたＡＳＡＴ計画は成功。しかし、ソルウィンドの破片が飛散する様子は民間に開かれつつあった宇宙開発の脅威とみなされた。そして発射施設の要らない航空機からの撃墜があまりに容易で、安価で、そして有効であることに当の米軍も戦慄を覚えたのだ。

ＡＳＡＴ計画は決まり文句《クリシェ》の「予算超過」を理由に中止となった。ソ連に手の内を明かすわけにはいかない。

軌道上の事象を隠すことは極めて困難なのだ。

「それで、聞きたいのはそこからなんだ。今度のＡＳＭ１４０なら、〈神の杖〉をぶっつぶしても大丈夫なのか？」

笑顔を口の下半分だけに浮かべたブルースの目は真剣そのものだった。背中に何かが当たる。ソファだ。驚きで力が抜けてしまったらしい。

「そんな分析もしないで――〝ホウセンカ〟でしたっけ、作戦立案したんですか？」

「俺じゃないぜ」

ブルースが新たに頼んだバーボンをあおる。

「作戦を思いついたのは部局のどこかだ。俺たちも手足の方なんだよ。ＮＡＳＡに行って〈サフィール３〉の話を聞いたとき、デブリのレクチャーも受けたんだ。スマーク父娘も軌道に上がっちまったことだし、ちょっと怖くなってな。そんな話をリンツ大佐に聞けないだろう」

　ブルースの気弱そうな笑顔にダレルは引き込まれる。

「なあ、正直なところを教えてくれよ。新型のＡＳＭ１４０はどうなんだ？」

「……打ち上げまでは省略していいですか？　全く同じです。高度二万メートル以上の上空で切り離されるＡＳＭ１４０は、一段目でマッハ７まで、二段目の〈アルテア３〉ロケットでマッハ14まで加速しながらターゲットに向かいます。速度はＡＳＭ１３５の四十パーセント増しです」

　メモも取らずに聞くブルースの目には理解の輝きが宿っていた。スターツに同じ説明をしたときと比べれば雲泥の差だ。

「これが目標とする人工衛星だとしますね」

　ダレルは人差し指を水平に進め、すぼめた左手を斜め下から近づけた。

「ＡＳＭ１４０は、衛星の進行方向、正面下方から目標にアプローチします。最終的な相対速度は〈神の杖〉と呼んでいる物体を対象とするなら、秒速十キロメートルになります。そして――」

　左手で右手の指を摑むようにぱっと開く。

「目標の五キロメートル手前で電子戦を仕掛け、二キロメートル手前で、ショットガンのように無数の弾体《ブレット》を叩き付けます。衛星を破壊するのではなくて、電子戦か、あるいは穴だらけにして機能停止を狙います」

「なるほど、それで〝ホウセンカ〟なのね」クリスが大きく頷いた。

「ＣＩＡ《そちら》のネーミングセンスは悪くないと思います。弾のサイズは三ミリほどですから、まさに種をばらまくようなイメージです」

「三ミリって、こんなもんか？」ブルースが何かを摘まむ仕草をした。「そんな速度でぶつかったら、衝突したエネルギーで弾体が気化しちまうんじゃないか？　複合装甲は貫けない」

ダレルはブルースの知識に驚いた。その通りだ。国際宇宙ステーション《ＩＳＳ》では内側から気密壁、ケブラー繊維の中間層、そして薄い金属の〝ホイップルバンパー〟という構成の防護壁で進行方向を覆っている。高速で飛来する小さなデブリは大きな衝突エネルギーが生む熱で蒸発して、バンパーと中間層に穴を空けるが気密壁はへこむ程度ですむ。人の乗らない人工衛星でもホイップルバンパーで覆うことが多い。まさに、複合装甲と同じ理屈だ。

「ブルースは戦車乗りだったのよ。窮屈そうだったからＣＩＡで引き抜いたの」

クリスが冗談めかして言った。確かに、ＡＳＭ１４０に高い貫通性能を持たせた技術は、戦車の複合装甲を破るために考案された対戦車ミサイルの弾頭と同じものなのだ。

「大方、弾の芯に重い金属を使ってるんでしょ。違う？」

「ええ。重いやつです」

ダレルの言葉に、ブルースが頭を掻いた。

「新規設計なのに劣化ウラン弾かよ」

これがＡＳＭ１４０の汚点だ。健康被害の可能性が指摘される劣化ウラン弾はとにかくイメージが悪い。再開発にあたったロッキード側の主張を覆すことができなかったために、本来用いる予定だったタングステンを採用できなかった。狡猾《こうかつ》なことに、劣化ウランの特許を持つロッキードはタングステンの産地が競争相手の中国であることを問題にしたのだ。

「気休めにはならないと思いますが、打ち出された弾は軌道速度がほとんどないので、すぐに大気圏に落ちて燃えますよ」

「流れ星になるってわけか。じゃ、次だ。衛星を殺す瞬間はどうなんだ。他の国から見えるのか？」

「それはＣＩＡのほうがご存知でしょう？　世界中の軍事衛星が目を皿のようにして北米大陸を見張ってますよ。ＡＳＭ１４０の発射はおそらく丸見えです」

「ダレルさん、北米大陸を常時監視できる静止衛星はロシア、中国、イギリス、フランスが運用しているものだけよ。それらの国と政治的な調整ができれば問題ないわ」

ダレルも初めて聞く情報だ。

「〈神の杖〉を排除する国連決議が出れば、見られても構わない。そのためにもあなた方が〈サフィール３〉と呼んでいるあの物体が軌道兵器であることを証明しなければならないのよ。あなたの責任は重大よ」

やっぱりそこにいくのか、とダレルは煤《すす》にまみれた天井を仰いだ。

〈サフィール3〉の二段目、空っぽのロケットボディに最新兵器を叩き付けることがどれだけ間の抜けたことか、どういえばこの二人にわかってもらえるだろう。

十二月十三日(日)〇二:一四(10:14 GMT Sunday 13 Dec)
シアトルの某ホテル

ローカルCMに続いて何度目かの〈ロキ9〉打ち上げの映像が流れ、アナウンサーが〝凄い〟のバリエーションを垂れ流す。何度目かの〝クール〟という単語に反応した白石が不満を漏らした。

「せっかくホテルにいるんだから、ケーブルの番組ぐらい見ていいだろ?」

「ダメよ。どうせ、何にでもグチを言うくせに」

チャンスは苦笑した。白石の潜伏する倉庫のケーブルTVは着任と同時に解約していた。住所が紐付いた契約が必要で、なおかつ全ての視聴情報がCIAに流れ込むからだ。チャンスはホテルでも、テレビ本体だけで視聴できる地上波しか観ないことにしていた。

テレビを消そうとリモコンに手を伸ばしたチャンスは、ベッドサイドのエディターズバッグから光が漏れていることに気づいた。タブレットを取り出して通知に目を走らせる。

「きたわ。〈メテオ・ニュース〉の調査結果」

「電網戦線か、早いな。まだ四時間も経ってないぞ。で、どうだ」

「キムラ・カズミという個人が運営していることぐらいしかわからない。ドメインから何から、公開情報は全て渋谷駅に隣接したシェアオフィスに設定されてる。電話番号も住所に紐付いた固定回線じゃなくて、転送番号よ。よく隠してあるわ」

タブレットを受け取った白石が顎を撫でる。

「本人か――そうでなきゃ〈メテオ・ニュース〉のサービス・エンジニアのセキュリティ意識がマトモなんだろうな……。釣りには引っかかりそうもない。おっと、この番号はどうだ」

Ｗｅｂを検索していた白石が〝メアリー＠〈フールズ・ランチャー〉〟というページを表示させた。薄笑いした白石が電話番号を指さす。

「英語専用のカスタマーサポートなんだそうだ。チャンス、かけてみてくれ。多分だが、ここが穴だ」

チャンスはスマートフォンを取り上げて、スピーカーフォンにして番号をタップする。

小さなコール音が三度続いて、スムーズな英語が流れ出した。

『こちらは〈フールズ・ランチャー〉英語窓口のメアリー・ノムラです』

「ハロー、メアリーさん」

『本日の対応は終了しました。それぞれのサービスにご用があるかたは、メッセージを録音することができます――』

マイクをミュートする。

「五番が〈メテオ・ニュース〉って言ってるわね――。切っていい？」

白石は頷き、そのまま薄く目を閉じて緩やかに頭を振った。

「東京は……まだ日曜日の夜だ。チャンス、明日の夕食の後でこのメアリーちゃんから、和海くんの周辺情報を引き出そうじゃないか。この手の英語屋はな、クライアントがどちらか忘れて英語を話す方の味方になる。いいとこ見せようとしてなんでも喋ってくれるぞ――チャンス、通知だ」

タブレットには再びメッセージのアラートが表示されていた。

〝監視対象：ジャムシェド・ジャハンシャ博士が国外の人物と接触しました〟

チャンスは白石の手からタブレットを取り返し、通知の内容を読み取った。イラン政府がインターネット接続を遮断する直前に行われたビデオ会議で、彼はスペース・テザーの論文を国外へ送信していたという。イランの当局で行った検閲の情報が北朝鮮の諜報局に共有されたのだ。

タブレットを握る手に力が込もる。宛先のIPアドレスは、渋谷のシェアオフィス〈フールズ・ランチャー〉だ。

「やるな、和海くん」

白石が笑いながら首を振った。それを睨みつけたチャンスは、東京に住む工作員の名前を頭の中から引き出した。

「メアリーに電話するときに、一人、行ってもらうわ。直接、話が聞きたいわね」

十二月十四日（月）〇九：二五（00:25 GMT Monday 14 Dec）

渋谷〈フールズ・ランチャー〉

〈フールズ・ランチャー〉で窓際の席を確保した和海は、昨夜閉店間際の東急ハンズで買い集めてきた材料を確認した。マグネットシート、三十センチほどの銅の棒を二本、スイッチ付きの電池ボックス、アクリルの板、両面テープに縫い針。

アクリル板に両面テープを貼り、よく磨かれた銅の棒を平行に並べてレールのように固定する。それからレールの内側を細長く切ったマグネットシートで埋め、レールの端に電池ボックスから伸びる銅線を結びつける。完成だ。

あとは、縫い針を銅のレールに載せて電池ボックスのスイッチを入れるだけ。

昨日、ジェイと名乗る人物から受け取った〝持続的スペース・テザーの概要と実証試験〟というＰＤＦの冒頭に書かれていた概念図のミニチュア版だ。論文はファヒーム・ハメッドとジャムシェド・ジャハンシャの連名だったが、昨日の彼はおそらく後者だろう。

ＰＤＦは四分の一程度しか復元できなかったが、概要《アブストラクト》に記された概念は先進的だった。機械工学を専攻していなかった和海にとって、回路図や数式で埋め尽くされた後半部を本質的には理解することはできないが、粗いジャムシェドの英語を読み解いたときの興奮はまだ胸に残っている。

和海は縫い針をそっとレールに載せて、電池ボックスのスイッチを入れた。

震えた針がレールの上を転がっていった。電流が流れただけで物体が動く。成功だ。理屈としては知っていたが、実際に目の前で動かしてみると実感を伴ってくる。息を吹きかけるほどの力だが、これがジャムシェドの考案したテザー推進システム、スペース・テザーを動かす〝ローレンツ力〟だ。

「お、レールガン？」

〈フールズ・ランチャー〉の〝同僚〟、古参の渡辺が覗き込んでいた。

「あ、ごめん。散らかしちゃったね。帰るときはちゃんと片付けるから」

「いいよ。どうせ和海は毎日来てるんだし。デスクに予約札置いとけばいいじゃないか。しかし、恐ろしく集中してたな。ちょっと手伝って欲しいんだけど――」

渡辺はＷｅｂサイトの骨組み《ワイヤフレーム》が表示されたタブレットをこちらに向けた。渡辺はいつもたくさんのＷｅｂ制作を抱え、それを〈フールズ・ランチャー〉の会員たちに回している。和海も何度も世話になっていた。

「ごめん。ありがたいけど、一ヶ月ぐらいは、これにかかり切りになるつもりなんだ。臨時収入も入ったし」

「残念だな。和海の仕事は丁寧で好きなんだけど」と言って横の椅子に座った渡辺が、興味深そうな顔で〝実験機器〟を見つめた。「これって、レールガンの模型だろ。〈メテオ・ニュース〉は兵器も扱うの？」

「渡辺さん、おはよう」

和海の正面に、がちゃりと雑多なデバイスが投げ出された。明利の出勤だ。

「沼田さん。先週はありがとう。決済の件、クライアントに説明したらわかってもらえたよ。また何かあったら頼むわ」

渡辺が明利に頭を下げる。金曜日には〝朝カン〟の最中に恥をかかされたというのに、すぐに謝ってみせる。渡辺は大人だ。

「こっちこそ、ごめんなさい――それ、なに？」明利も、銅のレールに電池がくりつけられた実験機器に目をとめた。

「スペース・テザーを理解するための実験だよ」と答えた和海に、当然の質問が返ってきた。

「その、スペース・テザーってなんなの？」

渡辺も和海の顔を覗き込んだ。ここで二人を相手に自分の理解が正しいかどうか確認してみよう。筋の通った説明ができなければ、理解が足りていないということだ。

「スペース・テザーというのは、導電性テザーシステムの一種で、宇宙空間、特に磁場のある惑星の軌道上で使う推進方式なんだ。〃ローレンツ力〃って聞いたことある？」

明利は首を振ったが、渡辺は「これだろ」と言って得意げに左手を持ち上げた。親指が天井に、人差し指が正面、中指が右へ、それぞれ九十度の角度をもって突き出されている。

「フレミングの左手の法則。中指が電流の向き、人差し指が磁界の方向、親指が導体にかかる力だ――なんだよ、二人とも。俺、工学部だぜ」

「ごめん、知らなかったんだ」

「いいよ、それで？　この機材だと、こうだよな――」と言った渡辺が手首を回して親指をレールに沿わせた。自然と磁界を示す人差し指が下に、そして電流の向きを示す中指が針と同じ方向になる。

「ありがとう。その通りだよ」

和海は再び針をレールに載せ、スイッチを入れた。針が震えてレールの上を転がっていく。

「この実験だとマグネットシートで作った磁界の中を、電流が流れた針が動いてる。これを、宇宙空間でやるんだ」

和海は右手で針をつまんで持ち上げた。少し考えてから、縦に持つ。

「この針を、地球の軌道上に浮かんだ、長さが何百メートルもある金属の紐——テザーだとするよ」

渡辺と明利が頷く。和海は、針を横切るように左手の指を動かした。

「この方向が、磁場。地球の近くなら、必ずこんな磁場がある。そこでテザーに電流を流すと、さっきの〝ローレンツ力〟がかかるんだ」

和海は針を左に動かした。

「なるほど。でも、ちょっと待ってくれよ。電流だよな、回路にしないと電気は流れないんじゃないか？」

明利が首を傾げたが、渡辺の指摘はありがたい。

「テザーの片方の端に、電子銃を付けておくんだ。そこから電子を放出するとテザーは周囲の空間から遊離している電子を取り込むから、直流の電流が流れることになる」

推力は小さいが燃料が要らない導電性テザーは、低軌道の薄い大気で減速して高度を落としてしまう人工衛星を長期間軌道に留めることができる。ＪＡＸＡではデブリに導電性テザーをとりつけて軌道から落とす研究も行っている。

「僕が追いかけてるのは、イランの科学者が考案した、ちょっと変わった方式なんだ。軌道上だとテザーのような長い物体は潮汐力でまっすぐ立ってしまうんだけど、それだとローレンツ力の働く方向が、磁場で決まってしまう」

　和海は針を水平に持ち替えて、くるくると回してみせた。

「そこでジャムシェド・ジャハンシャ博士が考えたのが、自転するテザー推進システム〝スペース・テザー〟なんだ」

テザーを水平に自転させれば、ローレンツ力をすべての方向に働かせることができる。

自転する導電性テザーのコンセプトは他にもあるが、ジャムシェドの考案した方式は、テザーの上を移動しつづける重りが重心を常に不安定に保っているのが大きな特徴だ。放っておくと潮汐力が働いて〝立とう〟としてしまうシステムを不安定に揺らがせ、常に発生させている微量のローレンツ力で自転するようにフィードバックさせる。

　目を輝かせて聞いていた明利が感想を述べた。

「なるほど。自転させられれば自由に軌道を移動できて、いつでもピンと張った状態になるのね。動く重りで不安定にしとくってのは乱暴だけど、うまく動きそう――あ、それが！」

「そう。〈サフィール3〉の近くを飛んでる物体なんだよ」

　怪訝な顔をした渡辺に、和海は軌道を飛んでいる万を超える数の物体のことを説明した。長さ十センチ以上の軌道上物体を全て収集しているカタログにも載ってないと言うと、渡辺は「もっと小さいんだろ」と口にしてポケットからスマートフォンを取り出した。

「テザーの両端に必要なのって、電子銃とGPS、ジャイロセンサーぐらいだろ。スマホの基板にそっくり入るよ。クアルコムのチップセットならサイズは五百円硬貨ぐらいだ」

　明利が同意の声をあげる。

　和海の中で、理論上のものでしかなかったスペース・テザーが形を成した。極小――おそらく、五センチ立方よりも小さな物体が二キロメートルほどの紐《テザー》で結びつけられた物体だ。そこまで小さければ、そしてケースが樹脂ならばデブリ観測レーダーにもひっかからない。デブリのカタログに掲載されていないのも無理はない。誰が、何のために飛ばしているのかわからないのが不気味だが、考えてどうにかなるものでもない――と考えていると渡辺が明るい声をかけてきた。

「和海、面白いテーマ見つけたな。おめでとう。一ヶ月は短いぞ。何か俺にできることがあれば声かけてくれ――なんだ？」

　フラッシュのような光とバチっという音が聞こえ、渡辺は首を巡らした。続いてメアリーの叫び声。首を伸ばすと、カフェを模したカウンターにスーツ姿のメアリーがしがみついている。

「くそっ。またかよ。話の途中でゴメンだけど、行ってくるわ」

　渡辺が「大丈夫か！」と叫んでカウンターに駆けていく。火災警報器がけたたましく鳴り響いた。渡辺が同僚の一人に指示を出し、駆け寄ってきた警備員へ「電子レンジです！　火事じゃありません」と押しとどめさせている。管理責任があるわけでもないのだが、彼は〈フールズ・ランチャー〉の世話役を任じている。

「メアリーが企画書かなんかを乾かそうとして、クリップのついた紙をそのまま電子レンジに突っ込んだんだろ。よく、コーヒーこぼしてるし」和海は苦笑いした。「沼田さんは知らないだろうけど、これで三回目だ」

「笑い事じゃないでしょ。火事になったらどうするのよ。あいつ、やっぱりバカよ」

回答を控えた和海に、明利が続けた。

「でも、なんで火花が出るんだろう」

「マイクロ波を受けたクリップに電気が流れて、放電したんだよ。ああ、そうだ。言い忘れてた」

和海は縫い針をレールに置いて、指で転がした。

「磁場の中を導体が通ると、電流が流れるんだよね。スペース・テザーが軌道を飛んでいると、それだけで電流が流れる。それを充電して、スペース・テザーを動かすこともできるってジャハンシャさんの論文に書いてあった」

明利が目を丸くした。

「それ……。永久に飛べるじゃない」

「理論上はね。電池が劣化するから、いずれは落ちてくるけど」

とはいえ、それは何十年という単位だ。

「自由に移動できる、永久に飛べるって、凄いけど怖いかも」

「JAXAの人に連絡してみるよ。返事は来ないかもしれないけど、もし打ち合わせすることになったら昨日のプラネタリウムを借りていいかな？」

「いいよ。私も、ちょっとしたお願いがあるの」

明利がガジェットの山の中からタブレットを引きずり出してスリープを解除した。〈メテオ・ニュース〉が表示されている。明利は、広告エリアの〈キトン・マスター〉を指さした。

「収入が凄く大きいんだけど、この広告、しばらく表示させないようにしていい？」

「え？」

「なんか怪しいのよ。画像にスクリプトの断片が入ってるみたいなの」

「ウイルスかなんか？」

Web広告は厳重な審査を受けたものだけが配信される。その審査をすり抜けたプログラムの断片が、広告に入っているなんてことがあるだろうか。

「どうだろう。とにかく調べてみる」

明利は、タブレットを脇に置いてデスクのガジェットをかき分け、作業エリアを作りはじめた。

十二月十四日（月）一〇：〇三（01:03 GMT Monday 14 Dec）
御茶ノ水ソラシティＪＡＸＡ東京事務所

「なんか、面白いことないですかね」

向かいの席でタブレットを撫でていた関口がこぼす。出勤からまだ一時間しか経っていないというのに、もうこの調子だ。

「仕事があるだろ。お前、天文台の先生に返事したか？」

「金曜中に技官から返信出させましたよ。ＣＣも入れてます」

黒崎は肩をすくめた。仕事は早いし、頭もいい。北朝鮮の宣言に関する想定問答集も、関口が作った朝鮮語からの日本語訳が、宇宙開発担当大臣の失言を救ってくれた。

キャリアになるような人間はみんなこんなに切れるのだろうか。口調は丁寧とは言いがたいが、上司が読んでおくべきメールを確認していなくても「送ってるでしょ、読んでないんですか？」と追い込んでくることもない。

「ウチからの返信には手を入れてないんですが……ご覧になります？」

いたずらっ子のような目で関口が水を向けてきた。相手は天文台だ。宇宙つながりの気安さで、カジュアルすぎる返信になっているのだろう。

「やめとくよ。そうだ〈ワイバーン〉なんかどうだ？　さっきの、面白いこと」

「もちろん追っかけてますよ。軌道投入、めでたいですね。これからホテルの展開に入るのかな。うまくいって欲しいもんです」

　関口はロニー・スマーク回りの情報を原文で収集しているのだろう。彼は英語ができることを鼻に掛けることもない。当たり前のスキルなのだ。学生時代に世界一周したと言っていたが、どこへ行ってもこの調子で乗り切ってきたのだろう。

「いいなぁ。民間宇宙航空。〈ワイバーン〉で使われている日本の技術も広報したいところですね。軌道ホテルの収納は〝ミウラ折り〟でしたっけ？　確かイカロスでも使われてたんじゃないですか——なんですか。変なこと言いました？」

「いや……お前、結構勉強してるんだな」

「あと四年しかＪＡＸＡにはいませんから、早く一人前にならないと。ジュディさんのブログも勉強になるんですよ」

「お前、あんなブログで勉強してるとか他所《よそ》で言うなよ」

　翻訳版を掲載している〝女子系〟ニュースサイトの印象のせいもあるが、人類史に名を残すプロジェクトのブログがゆるいことは喫煙所でも話題の種だった。

「え？　もったいないですよ。あのブログには〈ワイバーン〉に関する初出情報も結構多いんですよ。燃料がシェールガス由来だってのはあのブログで初めて出た情報ですよ。それに〈ワイバーン〉からインターネット接続ができるってのも驚きました」

　黒崎は意表を突かれた。あのブログからそこまでの情報を読み取れるなんて話は、エンジニア組からも聞いたことがない。

「ジュディのブログは、完璧なプロモーション用のライティングメソッドで書かれてます。彼女が書いたポリティカル・ジャーナルはいくつか読みましたけど、どれもマトモでしたよ。これからアップされる軌道ホテルのネタは楽しみですね。柔らかい殻《ソフトシェル》の宇宙船なんて機密の塊でしょうから」

関口はタブレットに視線を戻していた。ジュディのブログを読んでいるのだろうか。

「彼女、恐ろしいほど努力してるんでしょうね。父親があのロニー・スマークでしょ。娘だからって連れてくるような甘い男じゃあないっすよ。だいたい、十五年も前に離婚した妻との子供じゃないですか。普通の〝親子〟って間柄じゃないはずです」

黒崎はノートパソコンでプロジェクト・ワイバーンのＷｅｂサイトを開いて、ジュディの笑顔を表示させた。

「血の繋がった娘という価値も含めて具体的な能力を示したからこそ、あの場所にいるんでしょう」

関口の言うとおりだ。世界中のジャーナリストと初の民間宇宙旅行記の執筆者の座を争って、勝ち取ったのだ。無能であるわけがない。

「そんな中での〝鉄槌〟発言と、〈神の杖〉のプチブームはきついっすね」

黒崎は頷いた。週末の間に〈ギープル〉の記事には多数のコメントがついている。その多くは、北朝鮮の〈神の杖〉が狙うのは国際宇宙ステーション《ISS》かロニーの軌道ホテルか、という話題で占められていた。

「悪意の的にされるのは怖いもんです。軌道ホテルは今日からインターネットに繋ぐって言ってましたから、これから知ることになるんでしょうけど……アストロガールにはがんばって欲しいなぁ」

「そうだな。俺も読むことにするよ——っと。すまん」

ジャケットの内ポケットが震えた。ＪＡＸＡ支給ではなくプライベートのほうだ。席を立つ。関口にはいつも笑われるが、私的な連絡を同僚の前で行うのは苦手だ。書類キャビネットに顔を向けてスマートフォンを取り出すと、メールの題名が飛び込んできた。

情報提供です：〈サフィール３〉周辺に多数の軌道上物体／イラン人科学者が考案

差出人は、木村和海……憶えている。ＪＡＸＡが主催しているデータ・ハッカソンに毎年来ている若い男だ。

「こっちは、日本のアストロボーイだよ」

「へぇ、黒崎さん、意外と顔が広いんですね」

「まあ……な。〈サフィール３〉に関する情報提供だそうだ」

背後の関口へ肩越しに手を上げ、ロックを解除してメールの本文を開く。記憶にある風貌どおりの丁寧な文章は、いきなり見慣れない単語から始まっていた。

「導電性テザーシステム、スペース・テザー？」

「あ、相模原《さがみはら》でやってたやつっすね」

関口の声に黒崎は思わず振り返る。

「デブリを軌道排除《デオービット》するために研究してたんだったかな。物はできてるのに予算が取れなくて、何年か前のHTVで実験したあと、ちゃんとした追試ができてないんですよね」

「……思い出したよ」

苦い記憶が蘇る。日本を捨てた友人が熱く語っていたスペースクラフトだが、JAXAにいてすらもう目にすることはない。お情け程度に支給された予算のために、プロジェクトに残された三名の研究者は飛ぶことのない衛星をメンテナンスし続けなければならない。関係者たちは五年、いや十年は無為に過ごすことになる。

「そのテザーが、どうかしたんですか？」

「……飛んでるらしいんだ。数千のオーダーで」

関口が身を乗り出した。

「誰ですか。どこからそんなアイディアを仕入れたんですか」

「木村和海。〈メテオ・ニュース〉ってのをやってる」

URLを読み上げようとしたが、先に「ありました」と言われる。関口の手は早い。

「お、けっこう本格的。これ、日本人がやってるんですか。うちのサイト運営にも欲しいぐらいの人材ですね。一番新しいブログにそれっぽいことが書いてあります。〈神の杖〉を〝発見〟したXマンのところで何か見つけたんですね。スペース・テザーという言葉は出てきませんけど」

「そのブログ、いつ更新されてる？」

「一昨日、土曜日です」

「それを見たのかな。昨日、イランの科学者からビデオ会議が来て、そのブログで指摘している物体は、スペース・テザーなんだと伝えられたんだそうだ。論文も送られてきたが途中で接続が切れたとか……ちょっと怪しいな」

「昨日の何時かわかります？」

「夕方らしいが――」

「これですね」

関口がタブレットをこちらに向けた。商店主が青いシャッターを閉めようとしている映像が映し出されている。

「イランは昨日、日本時間の十七時三〇分にインターネット遮断してるんです。お話と合致してますね。聞くだけ聞いてみましょうよ。アポとっちゃいますよ」

「いきなり、やる気が出てきたか？」

「もし外れでも、面白そうじゃないっすか。〈メテオ・ニュース〉自体もなかなかです。JAXAのデータを使ってもらえれば広報のネタにはなるでしょう。今日の午後いち、空いてますよね」

「……どうだったかな」

黒崎はため息をついてグループウェアのスケジュールを表示させて目を剝いた。午後一時から、渋谷に行く予定がすでに登録されている。

「おい！」

「黒崎さんの分も設定しておきました。木村さんのオフィスは渋谷駅に隣接してるみたいです。飯、先に食べちゃいましょう」

プロジェクト・ワイバーン (01:30 GMT Monday 14 Dec)

おはよう！　こんにちわ！　こんばんわ！

たった今目が覚めたところ。〈ワイバーン〉にたった一つだけ設けられた円形窓から、今日五回目のアメリカ大陸が見える。地球の輪郭を見るのは、本当に刺激的。爪の先ほどの厚さの、青い大気がはっきりとわかるのよ。日が昇るとき、沈むときには真っ赤な光が雲と地上の微細な凹凸を照らしていく。

そして無重力！　って書きたいところだけど、サイエンス・グリップのロブに怒られちゃうから正しく説明してみるわね。目の前でミッション・チェックシートを離せば浮いたままだし、体重も感じない。ポニーテールだってふわふわと揺れているけれど、軌道高度三百五十キロメートルを秒速七キロで飛ぶ〈ワイバーン〉に重力が働いていないわけじゃない。

私たちは今、正確に言うと〝自由落下〟状態なの。〈ワイバーン〉は、地上の八十パーセント程度の重力に引かれて地球に落ち続けている。三百五十キロという高さを保っていられるのは、充分な速度を〈ロキ９〉と地球の自転から貰ったからなのよ。思いっきりボールを投げたら遠くに飛んでいくでしょ？

私たちは地球サイズでかっ飛ばされた、特大のホームランなのよ。

本当はもっと書きたいけれど、ロニーが睨んでいるので、このへんでやめておくわ。今日は忙しいのよ。ドッキング・ベイの中に折りたたまれた軌道ホテルを展開して、ホテルのインターネットアクセスを繋ぐ。私も決定に携わったんだけど、旅客機のものより快適かもね。イリジウムとグローバルサットコム、両方の衛星インターネット回線を束ねて高速アクセスができるのよ。

どうして〝私が〟忙しいのかって？　そこで睨みつけているＩＴ長者のだれかさんが、無線ＬＡＮルーターを設定できないから。おっと、これは企業秘密だったかしら。

じゃあね。次は六時間後になるかな。

ここまでで投稿しようと思ったけど。やっぱり、言わなきゃ許されないわよね。打ち上げ映像を見たわ。私の歓声がもう二百万回も再生されてるって、スタッフもメールしてくれた。涎と涙でゾンビみたいな顔になっちゃったのは、ちょっと——いや、とっても恥ずかしいのよね。もう二度と見たくないけれど、きっと歴史の教科書に載っちゃう……。

このミッションの間に、もっと印象的で有意義なことをやって塗り替えるつもりよ。応援してね。

三百五十キロメートル上空から　ジュディ・スマーク

5　逃走

十二月十四日（月）一三：〇二（04:02 GMT Monday 14 Dec）
渋谷〈フールズ・ランチャー〉会議室

ホワイトボードの前に立つ、シャツとジーンズ姿の青年が黒崎に、続けて関口に頭を下げた。〈メテオ・ニュース〉というサービスを運営する、木村和海だ。隣の席に座るアフロヘアの若い女性、沼田明利も頭を下げた。和海とは年に一度のイベントで顔を合わせてはいたが、こうやって話を聞くのは初めてだ。

「黒崎さん、関口さん。わざわざ来てくださってありがとうございます。手書きのアジェンダで申し訳ありません」

「構わないよ。コイツが急ぎすぎなんだ」関口を親指で指す。

和海は黒崎の軽口に、気負いを感じさせない笑顔で「いいえ、すぐにお返事いただけたのが嬉しかったですよ」と答えてホワイトボードに向かった。

書記の明利がぴんと背を伸ばしてキーボードを鳴らす。黒崎は不思議な感覚にとらわれた。和海も、受付で対応してくれた渡辺という男も、装いこそカジュアルだがビジネスの作法はしっかりしたものだ。オレンジ色のアフロヘアで驚かせてくれた明利も、立ち居振る舞いは普通のオフィスワーカーと変わらない。特に和海が送ってくれた資料のわかりやすさには驚かされた。なんで、こんな男がフリーランスで請負のWeb屋なんかやってるのだろう。

和海が振り返って、水性マーカーのキャップを閉めた。

「私から提供したい情報は、この三つです」

・ジャムシェド・ジャハンシャ氏のスペース・テザー

・SAFIR3　R／Bの異常軌道

・〈サフィール3〉の近傍を飛行する天体

「あの、ちょっといいですか?」関口が立ち上がった。「聞く相手が違うのはわかってるんですけど、ごめんなさい。皆さんに聞いてみたいことがあるんです」

関口は和海からペンを受けとって、その下に書き足した。

Q：「鉄槌」の翻訳について

「関口、そんなことお二人に聞かなくても――」と諭そうとしたところで、黒崎の正面に座っていた明利も手を上げた。

「あ、じゃあ私も」

見ると、いつの間にか左腕に戦争映画でしか見ないような金属のキーボードが装着されている。明利の操作とともに、テーブルに置かれていた小型のプロジェクターのひとつが灯り、タイプされた短い一文が動いて、関口の書いた行の下に収まった。

Report: Shadow-ware（報告：シャドウウェア）

ウェア、はソフトウェアだろう。シャドウ——影のことだろうか？

「サプライズ・テーマが双方からひとつずつ。おあいこですね」

関口がペンを和海に返して席に戻ってくる。増えたトピックに目を向けた和海は一瞬だけ考えるふうに首を傾げた。

「お力になれればいいのですが……。では、スペース・テザーからはじめます。ジャハンシャ氏——肩書きがなかったんですが、今は博士になっているかもしれません。とにかく、イランにいる本人から受け取った論文を元に説明します」

テーブルに置いたローレンツ力の実験装置を使って和海が説明をはじめると、黒崎は舌を巻いた。わかりやすい。まるで、軌道上でスペース・テザーを手に取ったことがあるかのようだ。初めて聞くジャムシェドのスペース・テザーの機構についても充分に理解することができた。

未知の事象を平易な言葉で説明できる和海の能力は、英語で情報発信をしていて身につけたものなのだろう、と黒崎は見当をつけた。〈メテオ・ニュース〉は海外の天文ファン向けのサービスだ。

退屈させない和海のプレゼンテーションは、Xマンことオジー・カニンガムの観測データの解説に移っていった。テーブルに置かれていた複数のプロジェクターが会議室の天井と壁にプラネタリウムを映し出すと、黒崎は感嘆の声をあげた。明利が昨日一日で作ったと聞いて、今度は関口も唸った。天文現象を平易に説明できる和海がいれば、プログラムに落とし込むのは楽だろう。それでも相当に手が早い。

和海が天井を指さしていた。

明利が両腕を拡げると、赤い点の周囲に白い無数の点が集まっているのがわかる。

「セーシェル諸島にあるXマンのサイトから見た空です。赤い点が〈サフィール3〉、その周りにある白い点が、おそらくスペース・テザーです――だと考えている軌道データです。Xマンが加速と言っているあたりに興味深い部分がありました。沼田さん、フレームを二分三十四秒に進めて。速度、加速度のグラフをホワイトボードに映して」

明利が頷き、両腕の動きとキーボードでグラフとプラネタリウムを操る。まるで楽器を演奏しているかのようだ。関口が「かっこいいっすね」と率直すぎる感想を漏らす。

ホワイトボードには、中央で階段のように変化する緑色の線と、同じく中央でナイフのように尖った青い線の二つが描かれていた。和海がその位置を指さした。

「ここで、三メートル毎秒ほど速度が上がっています」

「ガスが残ってたんだな」

空《から》のロケットボディが加速したというのは確かに異常事態ではあるが、残っていた燃料が何らかの理由で噴出して動くことがないわけではない。素人がその瞬間を見ると軌道補正と勘違いしたのも仕方のないことだ。

「普通に考えればそうなのですが」和海は緑色のグラフが垂直に立ち上がる部分を指さした。「加速に要した時間が短すぎるんです。二百分の一秒しかかかっていません」

黒崎は思わず身を乗り出した。

あらゆる宇宙機《スペースクラフト》は、燃料――推進剤を噴出したときの反作用で動く。割れたタンクから自然に燃料が噴出したなら、そんな短時間で済むわけがない。二百分の一秒で数トンはあるブースターを動かす手段は――。

「ガツン、って感じですね」関口が拳を掌に当ててみせた。「まるで、衝突だ」

確かに、衝突ならばこれだけ短時間で加速するのも不思議ではない。

「宇宙ゴミ《デブリ》なんでしょうか。怖いですねぇ」

「デブリはそんなに多くないよ」

二〇二〇年の今、事故に繋がるような衝突が起こるのは低軌道全体で年に五回ほどと予測されていたはずだ。

和海も同意の声をあげた。

「現在のデブリ密度ならば、こんな高確率での衝突はあり得ません。観測された五分間で五度もこのような変化があるんです。それも、常に軌道の方向に対して加速しています」

言葉を切った和海は、少しためらってから黒崎に顔を向けて言った。

「私はここでぶつかっているものの正体が、ジャハンシャ氏のスペース・テザーだと考えています」

「ちょっと待ってくれ。レーダーにも映らないほど小さいんだろう。そんなものがぶつかっただけで動くのか？」

「両側の装置――終端装置としておきますが、この速度は秒速三キロメートルを超えます。ライフル弾の五倍から十倍の重さの物体が、その数倍の速度で衝突しているのですから、動いてもおかしくはありません」

黒崎の背筋を冷たいものが流れた。

並みのデブリとは訳が違う。スペース・テザーは高速で自転しているのだ。高い相対速度で軌道が交錯する必要はない。ただ同じ軌道に乗り、近づくだけで、人工衛星や宇宙ステーションをズタズタに切り裂いてしまうほどのエネルギーを秘めている。

「幸運なことに、衝突したと考えられるスペース・テザーの終端装置を観測データから拾い出すことができました。沼田さん、オジーの観測データから１５６番と６４３番の軌道を表示してください。１５６番は強調して」

「準備できました。アニメーションします。どうぞ」

明利が天井を指さすと、赤い点が正面の壁から天井の中央に向かって移動しはじめた。

「まずは先行している点、〈サフィール３〉の動きに注目してください」

和海が指さした天井の中央には白い点が一つ動いていた。〈サフィール３〉の軌道と直行するように動いて……そのまま円を描くように後退しはじめた。スペース・テザーの説明は聞いていたが、信じられない。軌道上でこんなふうに運動する物体があり得るのか。

呆然と見ていた黒崎に和海が声をかけた。

「〈サフィール３〉と衝突する点が現れますよ——出ました」

和海が指さす壁の端に一回り大きな白い点が現れ、先に表示されていた白い点と見えない手を繫いでいるかのように壁から天井へと駆け上がり、〈サフィール３〉を追いかけるように動きはじめる。

和海が〈サフィール３〉の少し先を指さした。

「もうすぐです。ここ。今、衝突しました」

強調された方の点が〈サフィール３〉に追いつき、消えた。心なしか、サフィールが震えたようにも感じられたが、それは衝突したという前提で見ているからだろう。ペアの片割れは相手を失ってそのまま後退していく。

「見ての通り、〈サフィール3〉を加速させているのは、ジャハンシャ氏の考案したスペース・テザーです……だと思います」

和海の緊張が伝わってくる。確信は持てていないのだ。未知の宇宙機《スペースクラフト》による衝突なんてことを、技官ではないとはいえJAXAの人間相手に伝えるのは躊躇するだろう。

「この仮説が成り立つためには、たくさんの前提が必要なんですが、私では確認できない情報が多すぎるんです」

和海は指を折りながら、項目を数え上げていった。オジー・カニンガムの観測データが正確であること、ジャムシェドのスペース・テザー理論が正しいこと、そして、スペース・テザーが軌道上に上げられていること。

「そのあたりだろうな」と返した黒崎は、いかにもIT系の若者、といったふうの和海と明利を改めて見なおした。

〈メテオ・ニュース〉はこの二人を食わせられるわけがない。現実には〝Web屋〟の片手間にやっているはずなのだ。そんな状況の中で世紀の新発見といっていい考察を成しながら、プロでない自分の限界を冷静に見つめている。明利のサポートを得た彼がフルタイムでこの問題に取り組めるなら、一体どれだけの成果を上げられることだろう。

関口が立ち上がった。

「ありがとうございます。じゃあ、僕の番ですね――」

言葉を切った関口の目は、会議室のガラス壁――中央にプライバシー保護のための磨《す》りガラス加工がなされたパーティションに向けられていた。その向こうではぼんやりと霞んで見える〈フールズ・ランチャー〉のラウンジに忙《せわ》しなく人が動いていた。

「あ、ごめんなさい。ずっと上を見てたんで、身体が固まっちゃいまして」

関口はブリーフケースを片手にホワイトボードと反対側に回り、伸びをしながらパーティションの前を歩く。

「お前、まだ二十八だろ？」

「錆び付くのに歳は関係ありませんよ。じゃあ、はじめます」

プロジェクターを借りた関口は、北朝鮮の首領が行った演説をホワイトボードに映しだした。

「機械翻訳の英語字幕なんですが、気になるところが多いんですよね」関口はホワイトボードの正面に立って、演説の字幕に丸を付けた。「こうやって書けるの便利ですね。黒崎さん、ウチの会議室にもこの高反射ホワイトボード入れましょうよ」

「いいから続けろ」

黒崎は手を振って先を促した。関口の社交的な振る舞いで場の雰囲気は暖まっているが、和海や明利の時間を奪っていることに違いはない。

「はい、失礼しました。ここなんです。朝鮮語では〝チェルグン〟つまり〝鉄拳〟と言っているところが、英語字幕では〝iron hammer（鉄槌）〟になってるんです」

再生を繰り返しながらマーカーで丸を強調している関口の話を、和海は興味深そうに、明利は身を乗り出して聞いている。

「他のところも微妙におかしい……というか、機械翻訳のくせに自然すぎるんですよね」

オレンジ色のマニキュアが塗られた明利の指先がテーブルの向こうで閃《ひらめ》いた。

「翻訳エンジンのコーパスが汚染されているのかもしれませんね」

黒崎が〝コーパス〟に首を捻ると、和海が「翻訳エンジンが使う対語のデータベースのことです。汚染はわかりません」と教えてくれた。

「関口さん、試しに入力してみてください」

明利が自分のノートパソコンをホワイトボードに立つ関口に向けた。覗き込むと、見慣れた翻訳ツールが立ち上がり、朝鮮語から英語へ変換する状態になっている。

「左に〝鉄拳〟ってのを韓国語で入力してみてください。入力メソッドはハングルになってます。そのままどうぞ」

関口が少し考えてから「チェルグン、チェル、グン」と呟《つぶや》きながらキーボードを叩いて〝철권〟と入力すると、右には〝TEKKEN《テッケン》〟と表示された。

「あれ？　ローマ字だ」「全部大文字ですよ？」明利と関口が首を捻る。

和海が「ああ、わかった」と手を叩いた。「これ、日本のゲームのタイトルですよ。沼田さんが言った汚染ってこれのこと？」

「そう、まさにこれよ」

　明利によると、クラウドで利用できる翻訳エンジンの多くは、インターネット上にある翻訳されたコンテンツを流用することで、文脈によって変わる単語の意味を補っているのだという。一語に対応する翻訳はいくつもあるが、そのどれがふさわしい訳語か、機械は知ることができない。そこで、クラウド翻訳エンジンはインターネットで公開されている対訳を用いる。

「確かにね。〝鉄拳〟の一語だと、ゲームのタイトルが一番使われるかもなあ」

　和海が唸る。

「関口さん、スピーチの内容で入力してみてください。〝鉄拳〟はそのままで」

　関口が「チェルグングワマジュハゲ……」と呟いて「철권」の後にカーソルを入れ、数文字のハングルを書き足した。

「わ！　同じのが出た」

　右のフィールドには〝strike with iron hammer（鉄槌を振り下ろす）〟と表示されていた。スクリーンに映し出されている演説の英語字幕と同じものだ。「TEKKEN」と翻訳され

た「철권」はそのままだというのに、全く意味が変わっている。

「やっぱり、汚染です。元になった対訳を探してみます」

明利がノートパソコンを自分の方に向け、数語タイプしてプロジェクターに画面を映し出した。〝strike with iron hammer（鉄槌を振り下ろす）〟でWeb検索した結果が表示されている。ほとんどのサイトのドメインは〝.kr〟。英語で検索したというのに、韓国のWebサイトが表示されている。

その一つを明利が選んでクリックすると、携帯電話メーカーのWebサイトが表示された。新製品発表のページだ。その冒頭に目が釘付けになった。

「……なんで、演説の字幕と同じ文章がこんな所に書いてあるんだ」

プレス・リリースの文章の冒頭に、演説の一文が英語で挿入されている。新製品の紹介とは何の関係もない。

「原文、表示できますか？」

関口の依頼に明利が手を動かすと、ハングルのページが並べて表示された。関口がその冒頭を指さした。

「これ、首領が話した言葉そのままです。他のページも見せてもらっていいですか」

明利が何枚か開いてみせるが、そのページ全てに、演説の一文が掲載されていた。テレビ番組の紹介、ミュージシャンのインタビューの冒頭、ファッションブログ……。共通しているのは、韓国のＷｅｂサイトで、英語版の対訳ページを持つ、それだけだ。

関口が大きく頷いた。

「わかった。誰かがＷｅｂサイトを改竄《かいざん》したんですね。首領の演説を短く区切って、対訳があるＷｅｂサイトに書き込んだ。それを翻訳エンジンに拾わせたんだ」

「じゃあ、人力の翻訳ってことか。なんで誤訳が混じってるんだよ」

「やった人は、Iron hammer、つまり〝鉄槌〟という言葉を広めたいんですよ」

口に残ったコーヒーが嫌な臭いを発したように感じた。

「何のためだ。誰がやってるんだ」

検索結果のページを漁っていた明利がつぶやいた。

「どうやったのかは、わかった。サイトの脆弱性を突いたのよ。どれも古いバージョンのＰＨＰを使ってる。セキュリティ・ホールを突いて、書き換えたんだ」

独り言なのだろうか。明利の言葉遣いから丁寧さが消えていた。壁のスクリーンには次から次へとブラウザーのウインドウが開いていく。ハングルのページ、英語のページ、そしてＷｅｂ検索の画面――。

「改竄されたサイトは……三十万程度。これだけ関連性のない場所で同じ対訳が登録されれば、確かに翻訳エンジンを汚染できるかもしれない。ページの更新日時は金曜日の昼過ぎからはじまってる。うそ……このＸＳＳ脆弱性に対応しないで運用してるサイトとか、信じられない」

関口が聞きとがめた。

「沼田さん、今、なんて言いました?」

「穴を塞いでないってこと。三十万もあるのよ。信じられない。三年も前に見つかったセキュリティ・ホールよ」

「そうじゃなくて、書き換えのタイミングです。金曜日って言いました?」

作業に没頭している明利が頷く。

「演説の前だ。电《ディエン》网《ウワン》战《チエン》线《シエン》か」

「ディエン――なんてった?」と聞く黒崎に関口は笑いを返した。

「日本語だと電網戦線《でんもうせんせん》。北朝鮮のサイバー・コマンドです。翻訳エンジンのコーパス汚染は、演説の内容を事前に知っている組織、北朝鮮によって行われているはずです。彼らは〝鉄槌〟というキーワードを信じて欲しいんでしょう」

関口の説明によると、演説は朝鮮語の原文ならばそれほど脅迫めいたものではない。イランやパキスタンなどの友好国には、演説の原文から直接翻訳した外交電信が送られる。そんな国々にとっては、いつもの北朝鮮の発言だ。だが、英語であの演説に触れる人や組織にとっては、脅威に満ちた発言と捉えられる。いくらその国の朝鮮語のプロフェッショナルが「それほどの内容ではない」と主張したとしても、念のためといってその真意を推し量ることになる。

穴のあるＷｅｂサイトを収集しておき、必要な時に一斉に書き換えるのも北の手口だという。

スパイ映画のようなことを言う関口の声は真剣そのものだった。

確かに関口が英文翻訳の異常に気づかなかったら、そしてここで翻訳エンジンの汚染を知らされなかったとしたら、〝鉄槌〟の正体を不気味に思ったことだろう。

和海が疑問の声を上げた。

「〈神の杖〉の記事も工作ってことですか？　カニンガムさんはそんな感じじゃないですよ。なんか、もっと雑です」

関口が首を振る。

「カニンガムさんの発見は偶然かもしれません。ただ〈神の杖〉に鉄槌という単語を結びつける活動は、電網戦線でしょう。〈ギープル〉に投稿されたコメントのタイミングがよすぎると思ってたんです」

黒崎は関口の指摘を思い出していた。確かに、演説が配信された直後に元ＮＡＳＡのエンジニアを名乗る怪しいアカウントが、〈神の杖〉と〝鉄槌〟を結びつけるコメントを投稿していた。関口が立ち上がった。

「黒崎さん、国家安全保障局とかに、ツテ、ないですか？」

「……いや、ない」

「じゃあ、僕の同期に連絡します」

関口はスマートフォンを懐からとりだし、会議室のドアへ身体を向けた。

ノックの音。ドアがゆっくりと開かれていく。関口が身を硬くした。

「和海さん、英語でお電話が入ってるわ」

女性が顔を覗かせ、会議室の中を見渡した。スーツ姿の女性がビーズでデコレーションされたスマートフォンを振る。

「打ち合わせ中にごめんなさい。和海さんに小切手を送りたいから現住所の確認をしたいんだって。〈メテオ・ニュース〉のファンなんですって。今の顔写真と、ケータイの番号も欲しがってるわ、教えちゃっていいかしら」

女性はドアを開けて会議室に入ってきた。肩をすくめた和海が立ち上がろうとしたとき、素早く動いた関口が和海の肩を押し、両腕を拡げてドアの向こうから室内を隠すように立ちはだかった。

「ごめんなさい、大事な話をしてるんです」

黒崎が首を伸ばすと、ドアの向こうにモスグリーンのコートを着た男が立っているのが見えた。男は手に持ったカメラを、ドアの近くに立つ関口と女性を避けるように動かしていた。

関口は戸惑って立ちすくむ女性の肩に手を置いた。女性の肩を優しく抱き、カメラから室内を遮る位置に動いた。

男のカメラが揺れる。関口は女性の身体を反転させ、ドアの外に放り出した。そのまま背中で扉を押さえる。手には、スマートフォンが握られていた。奪ったのだ。

「おい、関口……おまえ」

黒崎は腰を浮かせたが、関口の強い視線に動きを止める。ドアに背を当てた関口はデコレーションされたスマートフォンを耳に当て、はっきりとした朝鮮語で話しかけた。

「기다려주십시오（ちょっと待ってください）지금부터 정확한 주소를가르칩니다（今から正しい住所を教えます）」

一呼吸の間、見たこともないほど真剣な顔つきで電話の向こうを窺っていた関口が眉をひそめた。

「切れた……僕の朝鮮語に反応しました。電話の相手は、朝鮮語のネイティブスピーカーか、でなければすぐに答えられる程度にトレーニングを受けています」

スマートフォンを離した関口は画面を袖で拭った。

「すぐ逃げましょう。木村さん」

「は？」

「何言ってるんだ？　お前」黒崎は今度こそ席を立った。

「電話、返してください！」女性が扉を叩く。

「すぐ返します！　本当にごめんなさい！」

ドアの向こうに声を張り上げた関口が、近くに寄れ、と手振りする。明利は何かを察したのか、テーブルのプロジェクターを次々とカーゴパンツのポケットにねじ込んでいた。

「さっきから、怪しいのがこの会議室を窺ってるんです。ずっとガードしてたんですが、今、ドア越しに室内の写真を撮られてしまいました。工作員だと思います。すぐに出ましょう。このオフィス、非常口はどこですか？」

十二月十三日（日）二一：〇一（05:01 GMT Monday 14 Dec）
シアトル　三十七番埠頭倉庫

ぼやけた写真の写るテレビを白石が指さした。

「真ん中のが、和海くんだな」

〈フールズ・ランチャー〉に送り込んだ工作員が撮影した写真だった。ブレ、ボケているので室内がはっきりと映し出されているわけではないが、人数と大まかな体格だけは見てとれる。

「たいした奴だな、和海くん。オジーの妄想に満ちたブログから〈雲〉の存在を引き出し、ジャハンシャ博士と接触して論文を受け取った。彼は〈雲〉のかなりの部分を摑んでるぞ。

それに引き換え、こっちのプロ集団は情けないったらないな」

「黙って」

チャンスは歯を食いしばった。

失敗した。

まさかあの場に、朝鮮語をあれほど滑らかに話す男がいるとは思わなかった。正しい住所を教える、と朝鮮語で言われ、思わず相づちを返してしまったのだ。北朝鮮の存在をにおわせてしまった。

チャンスは膝の上で握りしめた拳を見つめた。

「そんな怖い顔するなよ。綺麗なのに、台無しじゃないか」

白石がチャンスの顎に指をあて、顔を上に向かせた。

「お前の失点は回復してやる。連中の居場所はリアルタイムで追えるんだ。ＪＡＸＡに仕込んでおいた眠り砲台《スリーピング・ガン》を使う」

「ＪＡＸＡ？　どうして――」

目の前で指を立てた白石が、視線をゆっくりとテレビの方へ誘《いざな》った。スーツを着た中年の男性を指さしている。

「ボケた写真だが、こいつだけはわかった。同僚だった黒崎だ」

世界初のホテルにチェックインする時間が迫ってきたわ。ベルボーイはいないけど、この五つ星ホテルでは荷物がふわりと浮き上がるから要らないのよね。

〈ワイバーン〉のドッキング・ベイに折りたたまれていた軌道ホテルの展開が終わったの。小さな窓からも、その大きさがわかる。ミウラ折りっていう、日本人が考えた方法で折りたたまれた外殻が皺一つなく広がっているわ。この柔らかい外殻の内側に〝水〟を送り込んでたの。三時間もかかったわ。

外殻は薄い金属のフォイルで覆われていて、ケブラー繊維で織られた二重構造の外壁は、微小デブリを防ぐことができる。二重隔壁が破られても、内壁との間に充填された水が秒速十キロメートルで飛び込んでくる弾丸を減速させて、気密は保たれる。

そして、水はもう一つの弾丸も防いでくれるの。宇宙放射線よ。大きな磁石である地球のおかげでだいぶ少ないけれど、高度三百五十キロメートルのこの場所には、地上の何倍もの放射線が飛び交っている。その放射線を防ぐのが、断熱、対デブリにも使っている隔壁の中の水ってこと。一人三役？　いいえ。それだけじゃないわ。このお水はISSに運んで飲料水として使うのよ。

なんて合理的なんでしょう！

体調についても説明するわね。無重力――自由落下状態では、顔に血が上るの。その感覚は新鮮だけど、ちょっと太って見えちゃうのよね。お化粧も制限されてるから、もっとダイエットしておけばよかった。

〝スペースフェイス〟対応のメイクが絶対に必要よ。新婚旅行に〈ワイバーン〉軌道ホテルを使ったらがっかりされちゃった、なんてことは許されないわよね。どこかのメーカーが相談に乗ってくれるかしら？

そして念願のチェックイン！　宇宙服を脱いだ（やっと脱げたのよ）ロニーが「俺のホテルだ！」って叫んで飛び込んでいったわ。子供みたいにはしゃいでる。私もハーネスを外して後を追った。

遊んでるようにしか見えない？　ロケットオタクのみなさん、安心してください。この「ファースト・プレイ」の時間は、ちゃーんとプロジェクト・シーケンスに組み込まれてるのよ。

柔らかいホテルの構造は世界初。私たちが動き回るときに部屋がどう変形するか、そして重心は？　そんな変化を地上のスタッフがモニタリングして、軌道ホテルの形を保つ緊《テン》張索《ショナー》のパラメーターが適正かどうか確認したり、ドッキング・ベイをもっと薄く作れるか検討したりする、立派な研究開発の時間なの。そうそう、ホテルをISSとの邂逅《かいこう》軌道に乗せるためのエンジンも試験してる。

ここで宇宙に詳しくない人に豆知識を一つ。エンジンとモーターって言うけれど、違いは燃料なの。モーターは固体燃料を使うもの。エンジンは液体燃料。固体燃料は花火みたいなもので、途中で噴射を止められないんだけど、扱いが楽だし出力が大きくできるから地上からの打ち上げによく使うのよね。軌道ホテルはこれから細かく動いてＩＳＳとドッキングしていくからエンジンを使うの。ためになるでしょ。

とにかく、これからのひと遊びは大事な時間——ということになってるけど、私は、ロニーが遊びたいから真っ先にその調整時間を組み込んだんだって確信してるわ。

次は〈ワイバーン〉との切り離しと、ホテルの様子を伝えることになるかしら。


軌道上のスイートルームにて　ジュディ・スマーク

6　発見—追跡

十二月十四日（月）一五：二三（06:23 GMT Monday 14 Dec）
飯田橋〈日本賓館〉

和海が傷ひとつない柔らかな革のソファに腰を埋めると、黒崎が向かいのソファを傾けて底に手を這わせた。

作りつけのバーカウンターからそれを見た関口が、笑いながら声をかける。

「神経質にならなくても大丈夫ですってば。ここは中国の当局も使うホテルなんですから。それより、飲み物は何にしますか？」

関口は緑色の自然石で作られた一枚物のカウンターの下へ頭を引っ込めた。背後の壁にはクリスタル・グラスのブランデーボトルが並んでいる。棚の材質も複雑な木目を浮かび上がらせている。

明利も柔らかなソファに腰まで埋め、珍しそうに部屋を見渡している。一人、関口だけが、この設《しつら》えに慣れた様子で動いていた。

「コーラでいいですか?」と声をかけた関口が、水滴の浮いたペットボトルをカウンターに置く。

〈フールズ・ランチャー〉から尾行をまくために都内を走り回ったタクシーで運ばれた先は、飯田橋にほど近い〈日本賓館〉というホテルだった。半地下の従業員用駐車場にひっそりと設けられたエレベーターの入り口へ車を横付けして、窓のないスイートルームまで連れられてきた。

着の身着のまま、という言葉の意味を和海は思い知った。会議室で使っていたノートパソコンは持ってくることができたが、文具を入れた鞄は置いてきたままだ。明利も、大荷物の入ったカートを置き去りにしている。

「何が大丈夫だよ。スパイ御用達ってことだろうが」苛立《いらだ》たしそうに、だが傷を付けないようにそっとソファを元に戻した黒崎が、カーペットに座り込む。

「だから大丈夫なんですよ。盗聴器はあるでしょうが、僕らみたいな素人が探して見つかるわけがありません」

関口は笑いながらコーラを四つのタンブラーに注ぎわけていく。

「黒崎さん、今は二人を北朝鮮の工作員から守ることが最優先です。ここは要するに、中国の当局も使うセーフハウスです。北の工作員が紛れ込めるわけがないじゃないですか」

関口の言うことはもっともらしく聞こえる。だが、日本にも諜報機関ぐらいあるのではないだろうか。和海がそう思ったとき、黒崎が先に指摘した。

「だからって、中国じゃなくたっていいじゃないか。お前、さっき国家安全保障局の同期に電話するとか言ってなかったか？」

タクシーの中で聞かされたのだが、関口はキャリア官僚なのだという。ＪＡＸＡへは今年から出向で赴任しているのだそうだ。

「その友人に連絡したら、ここを教えられたんですよ」

「なんてこった。日本のスパイが中国のセーフハウスを使えって指示するのかよ」

肩を落とした黒崎がテーブルの上に視線を留めた。灰皿だ。

関口の困ったような視線に、和海は明利とともに「どうぞ」と促した。床から立ち上がって胸ポケットに手を伸ばしかけた黒崎は、思い直したように息をついてソファに腰を下ろす。

「ありがとう。後で寝室にでも行くよ。吸えるとわかっただけで落ち着いた」

関口がコーラを銀色の盆に載せて、ソファセットのテーブルに持ってきた。

「ここらで一息つきましょう。落ち着いてから各所に連絡です。ＪＡＸＡの上の方には僕が連絡しておきます。あ、木村さんも沼田さんも、ホテルの無線ＬＡＮは使わないでくださいね」

無償《タダ》で情報を中国に流す必要はない。携帯会社の回線を使うように、と関口が続けた。北朝鮮の諜報活動がどこまで浸透しているかわからないが、日本の情報インフラは安全だろう、というのがその理由だ。明利が納得した様子で頷いている。関口のリスク評価は理にかなっていると考えていいだろう。

「黒崎さん、さっきもお願いしましたけど、できれば国外の宇宙関係機関に木村さんのレポートと現状を伝えていただけませんか？　二人を匿《かくま》ってくれそうなところを探してください」

「NASAとかでいいのか？　偉いさんにも連絡できるぞ」

「米国はいいですね。でも、ちょっと時間かかるかなぁ……」

NASAが荒事《あらごと》に向いた組織ではないということなのだろうか、関口が顎をかき、黒崎がスマートフォンを取り出して連絡先を睨む。

和海も数少ない当局とのやりとりを思い返していた。デブリ・カタログのデータを公開するときにメールを交わした国連の担当者は、下っ端だった。役には立たない。二行軌道要素を提供してもらうときにやりとりしたアメリカ戦略軍は……司令官が発信元だったが定型《テンプレ》の返事だった。自分のことなど憶えていないだろう。

そこまで考えて、もう一つの組織を思い出した。これも米軍だ。和海は連絡したことがないが、JAXAならコネクションがあるはずだ。

「北米航空宇宙防衛司令部《NORAD》はどうでしょう」

「あ、いるぞ。軌道監視室のリンツ大佐には連絡できる。PGPの鍵もやりとりしているから、暗号でメールを送れる。どうかな？」黒崎が関口に顔を向けた。

「いいじゃないですか。流石《さすが》、国際協力室の課長ですね」

黒崎が苦々しげに笑う。どちらが上司だか、とでも思っているのだろう。だが、前に進めてくれる関口の態度はありがたい。

〈フールズ・ランチャー〉を飛び出す瞬間から、関口の印象は一変した。にこやかな雰囲気は戻っているが、今はこの異様な状況を楽しむかのように仕切っている。確信を持っているように行動することで、同行者に不安を抱かせないように計らっているのだ。同年代のはずだが、和海は関口のそんな態度を尊敬しはじめていた。

関口がネクタイの結び目に人差し指を差し込んで、一息に抜き去った。

「さあ、休憩です。雑談でもしましょう。手を動かしてないと不安かもしれませんが、まだ終わってません。この先が持ちませんよ」

コーラの泡が弾けるグラスを持ち上げ、口に含む。味がわからない。冷たい液体に反応したのか、太腿から背筋へと寒気が走る。なぜ、こんな所にいるのだろう。関口の言葉によれば、〈フールズ・ランチャー〉にいた工作員は、メアリーに掛けた電話で自分を見つけ、写真を撮るつもりだったのだろうという。住所と携帯の番号も聞いていた。もしも黒崎たちが訪問していなければ、顔写真を撮られて——誘拐？

　和海は身体を震わせた。まだ午後四時にもなっていない。昼すぎに黒崎たちの訪問を受けたばかりだというのに、中国人のスパイが使う部屋にいる。関口の言葉通りだ。まだ、何も解決していない。

　いつの間にか床を見つめていた。顔を上げると、壁に掛かった時計の下に天女のようなレリーフが飾られていた。二人の天女の下半身は蛇のように細くなり、縄のように絡み合っている。片方の天女が直角定規を掲げ、もう片方は天秤《てんびん》をぶら下げている。本体は砂を固めたような焼き物でできているが、定規と天秤は金属で作られていた。

「あれ、なんですか？」

　シャツのボタンを緩めていた関口が、ちらりと見やって答えてくれた。

「伏義《フーシ》でしょうね。中国の初代皇帝……というか、神様です。天秤はおかしいな。本来はコンパスと物差しを持つんですよ」

　壁に近づいて天秤の皿に触れると、天女の手から捧げられた鎖が揺れ、もう一方の皿も動いた。揺れる天秤の腕木を見ていた和海はスペース・テザーを思い出した。二つの装置が紐《テザー》で結ばれた宇宙機《スペースクラフト》は軌道上で手を取り合って踊るように回り、推進剤を使わずに自由に動き回る。

おそらく北朝鮮がやっているのだろうが、〈サフィール３〉の近くを漂う膨大な数のスペース・テザーは、何のためのものだろう。衝突させたテザーは四散し、失われてしまう。示威行為か、それともテロの予行演習なのだろうか。

和海の胸に苦いものがこみ上げてきた。

くだらない。

ジャムシェドが考案したスペース・テザーには、もっと有用な使い方があるはずだ。研究施設も資金も乏しいはずのテヘランで、気球を上げるような効率の悪い方法まで使って研究を行ったという彼の構想が、テロまがいの道具のためであるはずがない。きっと、もっと大きな可能性があるはずだ。

和海は人差し指を立てて顔の前に持ち上げ、伏羲の片方が捧げる天秤棒の中央と重なるところで止めた。天秤の皿をテザーの両端にある装置に見立てて、頭の中で水平に回す。

オジーの観測データが正確ならば、スペース・テザーは一周、二秒という速度で自転している。半径一キロメートルならば、終端装置の速度は毎秒三キロになる。もしもテザーの長さが充分ならば、または回転がもっと速ければ、より高い軌道へ物体を放り投げることも可能かもしれない。回転速度を調整して、〈ワイバーン〉の軌道ホテルのような居住空間を結びつければ、擬似的な重力を部屋の中に生み出すことも可能だろう。

ジャムシェドと、そんな可能性について語り合えないだろうか。彼は何年もスペース・

テザーのことを考え続けてきたはずなのだ——。

「——彼、時差の計算でもやってるのかな？」

黒崎の声が突然聞こえてきた。没頭して、部屋で交わされている会話が耳に入ってきていなかったようだ。ソファの方を見ると、黒崎がこちらを指さして笑っている。

「時差？　ごめんなさい。休むつもりだったのにテザーのことを考えていました」

「お、やっとこっちの話が聞こえてきたな。お帰り」と黒崎が笑い、空いた席に招いた。

「今みたいに集中してるのを見ると、同僚を思い出すな。あいつも同じ顔で時差を計算した。衛星を飛ばしたりもしてたな」

明利が首を傾げた。

「もしかして蝶羽おじさんのこと？」

黒崎が明利の顔を見つめた。

「白石を知ってるのか？」

「叔父なんです。JAXAに入ったのは知ってましたけど」

「驚いたな。まさか、こんなところで白石の姪に会うなんて。ひょっとして、コンピューターやなんかは、彼に習ったのかな？」

明利が嬉しそうに「師匠なんですよ」と答えると、黒崎は納得したように頷いた。

「なるほど、それであのプラネタリウムか。白石の弟子らしい作り方だな」

明利と黒崎が「動くのが正義」と口を揃え、笑い合った。

「どんな方なんですか？」と和海が聞くと、黒崎は懐かしむように目を細めた。

「同期のエンジニアだったんだ。恐ろしく切れるやつだった。ハッカー・マインドは沼田さんが引き継いだのかな。火消しも大好きだった。そこは関口に似てるか……」

「なに言ってるんですか！　僕はトラブルなんてだいっ嫌いですよ」

フットレストに脚を放り上げていた関口が大げさな身振りで否定する。

「じゃあ、お茶ノ水に戻って書類仕事を片付けてくれ。何のトラブルもない」

「い・や・で・す」

「だろう？　そういうところが似てるんだよ」

スイートルームは笑いに包まれ、黒崎は話しはじめた。

技官としてＪＡＸＡに入った白石が配属されたのは、内閣が運営する情報収集衛星のプロジェクトだったという。四群で構成された偵察衛星から送り込まれてくる膨大な観測情報は、二百名程度しか要員のいない情報衛星センターでの分析が間に合っていなかった。衛星の設計から運用までを国内の企業に丸投げした官僚チームには、軌道上の物体に関する常識もなかった。日々積み上がる観測情報の分析と、技・官の橋渡しに、ＩＴにも詳しいということで抜擢されたのが白石だったのだ。

発注当初の仕様に拘《こだわ》るメーカーと、現実的でない業務を抱えた分析チーム、そして官僚の無知に振り回された白石は、ことあるごとに小さな諍《いさか》いを起こしていたという。そんな中、アマチュアの観測家が撮影した情報収集衛星を見せられた宇宙開発担当大臣が、JAXAへ、軌道を秘匿するよう命じたのだ。

「偵察衛星が北朝鮮に見つかったらどうするんだ！　というわけさ」

「バカですか……」

「と、面と向かって言ったわけだよ。白石は」

軍事衛星だろうと何だろうと、軌道上にあるそれなりに大きな物体を秘密にし続けることはできない。そんな常識もない政治家や官僚が、年に数千億円もの予算を投じて情報収集衛星を運用していることに和海は驚いた。

「笑っていいぞ、木村君。俺もたまたま居合わせたんだが、技官は皆、笑いを堪えていたよ」

任を解かれた白石は〝遊軍〟という名の窓際に追いやられ、JAXAのIT整備に携わることになった。スマートフォンの導入など、それなりに優れた仕事を残したという。

「突然セキュリティにのめり込んだと思ったら……そんなことになってたんですか。知りませんでした」明利がため息をついた。

「今や、JAXAの予算の三分の一はその情報収集衛星のために費やされている。まだ、増えるかな……とにかく日本の宇宙開発は決してバラ色じゃないんだよ。宇宙開発のプロジェクトは足が長い。十年かかってやっと実証試験にこぎつけるようなものも多いんだが、五年ごとに入れ替わる文科省の文官にはそれがわかってない」

「残念ながら、僕もその一人です」と関口が口を開く。「いくら詳しくなっても、あと四年で異動です。二十年ぐらい他の部署を巡って、立派な老害になればもどれるかもしれませんけどね」

黒崎は「お前はよくやってるよ」と言って続けた。「とにかく、白石は誰にも何も言わずに、ＪＡＸＡを辞めて中国に行った。肩入れしてた導電性テザーのプロジェクトが頓挫したのがきっかけだったかもしれんが……」

黒崎はすでに緩んでいるネクタイの結び目に指を差し込もうとして、宙をつかんだ人差し指を眺めた。

「疲れてるわ。歳かな……」と苦笑する。「実は、白石だけじゃないんだ。何人ものエンジニアが中国に引き抜かれている。宇宙ステーションの〈天宮２〉のおかげで、関連プロジェクトが花盛りだ。小さなチームでやってきた何でも屋《ジェネラリスト》の日本人エンジニアは魅力的なんだろう」

「米国に行く人はいないんですか？」

「言いたかないが、通用しない……いや、通用しないと自分たちで思ってる。プロジェクト・ワイバーンみたいな民間の企業はＮＡＳＡやロッキードから転職してきた連中で溢れているから、職人技が通用する世界には見えないんだろ。実際のところ、軌道ホテルみたいなぶっ飛んだプランを立案できる設計力が問われるんだ。ジャハンシャ氏のように導電性テザーを発展させて、スペース・テザーぐらいのことが構想できればいいんだろうが……」

和海は、壁の天秤に目をやった。確かに、スペース・テザーなら米国でも通用するだろう。

「だれが勧誘してるのか知らないが、今年に入ってから、もう二十人も中国に渡っちまったよ。使い捨てられるかもしれんってのに。そんなに、日本には未来が感じられないのかね……」

「まあ、悪いことばっかりじゃないですよ。行った皆さんは、楽しそうにやってるじゃないですか」

関口がコーラのグラスを回し、氷の音をたてる。

「……それが救いだな。白石もそうだといいんだが、どこでなにをしてるやら。中国の学会誌なんかにも目を通してるんだが——。すまん、ちょっとタバコに行ってくる」

黒崎が立ち上がり、二本の指を揃えて立ててみせた。

十二月十四日（月）〇一：一二（09:12 GMT Monday 14 Dec）

「チャンスを出し抜いた若いのは関口という新人だ――なんだ、腰掛け官僚じゃないか」

白石がテレビの画面を指さした。

「関口誠、今年入ってるのね。調べさせるわ」

「ほっとけよ、そんなもん。それより黒崎の居場所がわかったぞ。朴《パク》くんを送り込め」

白石が矢印キーを数度叩くと、大きな五叉路が表示された。飯田橋駅近くにあるホテルに矢印が重なっている。建物を確認したチャンスは首を振った。

「〈日本賓館〉じゃない。無理ね。中国の当局が使うセーフハウスよ」

チャンスは白石に説明した。従業員の半数は軍や諜報機関の人間だ。そんな場所へ工作員を差し向けるのは、余計なトラブルを招きかねない。〈雲〉とそれに続く〝大跳躍《グレート・リープ》〟は中国にも隠しているプロジェクトだ。こんなところで綻《ほころ》びを出すわけにはいかない。

「周囲に張り込ませておくしかないわね。それに、警戒しなければならないのは中国だけじゃないわ。米国が、宇宙条約とデブリに関するガイドラインについて、部分緩和を求める折衝をはじめようとしている――」

白石がチャンスの肩を摑んで、振り向かせた。

「チャンス、なんでそれを黙ってた。いつからだ、情報源《ソース》は、内容は？」

肩を摑む力が強まった。白石の視線はチャンスの目を揺るがずに見据えている。

「〈ウィキリークス〉に送られた外電《ケーブル》よ。匿名のたれ込み。首領のスピーチを追うようにはじまってるわ。部分緩和の折衝をはじめたい、というだけよ」

白石が天井を睨んだ。

「宇宙空間平和利用委員会《COPUOS》のガイドラインで部分緩和が可能なのは――第四ガイドライン。〝意図的破壊活動とその他の危険な活動の回避〟だな」

顔をチャンスに向けた白石が唇の端を持ち上げた。

「やったぞ。CIAが〈神の杖〉に引っかかりやがった。念のためだ。スミソニアンの航空宇宙博物館に誰か送ってくれ。対衛星兵器ASM135と火器管制装置が展示されていたはずだ。なければ、いつからないのか、展示されているのは模型か、それとも本物なのかを問い合わせてくれ。マニアっぽく聞けば親切に教えてくれるはずだ」

白石は八〇年代に開発、試験されていたASM135について簡単に説明した。〈神の杖〉のような軌道兵器を排除するのにもっとも適した兵器の一つだが、物体を破壊すればスペースデブリ低減ガイドラインに違反する。それで事前の調整を行おうとしているのではないか、という予測だった。

「もう一押ししてやれば、連中は慌ててASM135だか、その後継機だかをぶっ放すさ。恥をかかせてやる」

「一押し?」チャンスは首を傾げた。

「〈神の杖〉の射程に、〈ワイバーン〉の軌道ホテルを入れてやるのさ」

「……意味がわからないわ。〈神の杖〉はＸマンの妄想でしょう？」

「いいや、イラストの元になった図面は、実現こそしなかったが実際に考案されたものだ。その兵器の射程は検討することができる」

チャンスは肩をすくめた。

「無意味よ。米軍やＣＩＡが〈神の杖〉を信じると本気で思ってるの？　アマチュアの和海にすら見抜かれてるのよ」

「まだ半信半疑だろう。だから、もう一押しなのさ。〈神の杖〉のイラストは、マッハ22でタングステンの飛翔体《プロジェクタイル》を地上に投げ落とす米軍の軌道兵器がモデルだ。そんなものに銃口を向けられてみろ。必死で止める方法を考えるさ」

「そう、うまくいくかしら。和海の口を止めるほうが先よ。それに、ＣＩＡにはＮＡＳＡのプロ集団が進言するわ」

「技術屋の言葉じゃ、人は動かない」

「どうしてそう言い切れるのよ」

「政治屋がエンジニアの言葉に耳を傾けられるようなら、俺はまだ日本でロケットマンを続けてたさ。科学、技術、論理――。そんな冷たい言葉に生命を委《ゆだ》ねられるほど、人は賢くないんだよ。将軍と首領に伝えろ。恐怖を演出する。連中は、俺のプランを呑むさ」

チャンスは肩をすくめ、ため息をついた。

「わかった。少し寝たら？」

白石は飯田橋の地図が映るテレビに向かった。

「まだ寝るわけにはいかないな。日本はこれから夜が更けていく。そうだ、連中の動きが止まったら、ベッドに入ろうじゃないか」

「いいわね。東京で日が変わるまであと六時間……。コーヒーを買ってくるわ」

十二月十四日（月）一九：二〇（10:20 GMT Monday 14 Dec）
飯田橋〈日本賓館〉

和海はスイートルームに持ち込ませたホワイトボードに貼り出された大判の付箋を見つめていた。NORADの軌道監視室長、クロード・リンツ大佐へ送るメールの構成表だ。付箋には「挨拶」「保護依頼」「北朝鮮まわり」「スペース・テザー」など、メールに書く項目が書き込まれていて、関口の手によって並びが入れ替えられていた。

「和海さんの身辺保護依頼は僕が書きます。エンジニア向けの〈サフィール3〉周辺の物体解析とスペース・テザーの概要、和海さん、書けますか？」

「やれます」和海は頷いた。今日やったプレゼンテーションをまとめ直すだけだ。元もほとんどが英語なので、それほど時間もかからない。

和海の返事に頷いてホワイトボードのメモをふたつはがした関口は、明利に顔を向けた。

「翻訳エンジンの汚染について……明利さん、やれますか？」

「後で添削してくれるなら、書きますよ」と明利が返す。

お願いしますと言って顎に手を当てた関口が、箇条書きの並ぶホワイトボードを睨んだ。休憩の間に、関口は和海と明利の二人を名前で呼ぶことに決めたようだ。はじめて名前で呼びかけたときに黒崎は渋い顔をしたが「これから、みんな英語でメール書くんですから慣れとかなきゃ」と意味不明の理屈で煙に巻いていた。

明利が手をあげた。

「連絡する内容に、広告とシャドウウェアも入るかしら？」

「なんでしたっけ」関口が首を捻る。

「〈フルーズ・ランチャー〉で説明したかったんですが」

明利が左腕のキーボードを操作して、ホワイトボードに〈ギープル〉の〈神の杖〉記事を表示させると、猫が広告のバナーから躍り出てきた。

「この猫のWeb広告は、〈神の杖〉に関連したたくさんのWebサイトに表示されているんですけど、その条件を突きとめたんです」

明利がプロジェクターにもう一つの画面を表示させた。真っ白な地のページに、広告キーワードにならない一般単語だけで構成された英文が書いてある。ページのタイトルと見出しに〝Jamshed Jahanshah（ジャムシェド・ジャハンシャ）〟と記されていた。そして右肩の広告エリアには、見慣れた猫のバナーが表示されている。

「〈神の杖〉〈サフィール3〉、そして〝スペース・テザー〟に〝ジャムシェド・ジャハンシャ〟。いずれかの文字列を持つページに、広告が登場します」

和海は手を止めた。関口も動きを止めて、明利を凝視している。

「明利さん、つまり、この広告主は……」

「そう。〈キトン・マスター〉で広告を出している人は、スペース・テザーも、ジャムシェド・ジャハンシャも知ってるんです」

ようやく黒崎も目を見開いた。

「ジャハンシャの名前を知ってる？　一体……誰なんだ。いや、北朝鮮なんだろうが、何のためだ」

「キーワードに反応した人をあぶり出すためです」

明利が広告の上にポインターを置いて〝要素の詳細を表示〟というメニューを開いた。

「広告にプログラムが仕込まれているのに気づいたの。わかるかしら。画像データに、プログラムの断片が組み込まれてる」

和海もよく使っているWeb開発用の端末画面《コンソール》が立ち上がった。明利が画像の生データを全表示《ダンプ》させて最後のあたりまでスクロールさせると、画像の色情報に混じって、スクリプトのコードが読みとれる。

「もちろん、プログラムが動く状態では審査に通らない。だけど、この画像に含まれているのはコードの半分だけ。残りのプログラムは、別のバナー広告に仕込まれてるの」

　明利はもう一つの、目立たない広告を指さした。

「二つの広告が一つのＷｅｂに並んで表示されたとき、シャドウが動き出すんです」

「その、シャドウ……ですか。何をするプログラムなんですか？」

「広告を表示させたコンピューターのＩＰアドレス、ブラウザーの種類とか画面のサイズなんかを、アメリカのサーバーに送信してるところまではわかりました」

　関口が唸る。

「巧妙ですね。しかしシャドウウェアというのは初めて聞きました。どういう意味なんですか？」

「追跡、ですけど」と明利が答えると関口が首をひねった。和海も違和感を覚えた。この機能ならば、トレーサーという言い方のほうがふさわしい。

「そうか、知らないか」黒崎がこちらを見て、それから明利に顔を向けた。「白石が教えたのか？　その、シャドウウェア」

　明利が顔をこわばらせる。

「え？」

「古い言い方だよ。冷戦期のスパイ映画やなんかでたまに出てきた。白石とよくそんな映画の話をしたもんだ。明利さん、あたりだろう」

首を横に振ろうとした明利が、思い直したように頷いた。

「……はい、蝶羽おじさんが思いついたコンセプトです」

観念したかのように明利が説明する。セキュリティ・ホール探しにのめり込んでいた白石が、二つの広告を繋いでプログラムを動かす方法を思いついた。二人は検証用のプログラムを作って広告を配信する会社に報告したが「実行にかかる金額が現実的じゃない」ということで却下されていたという。実際のところ、経済、政治的に合理性がないという理由で放置されているセキュリティ・ホールは少なくない。和海の知る範囲でも、中国企業に買収されたスマートフォンやPCのメーカーがトロイの木馬を仕込んだ例がある。

「私もこの広告を見るまでは、実際にやる人がいるとは思ってませんでした」

「確かに、二つの広告を並べるのって凄いお金がかかりますよね」と関口。

多くのWebサイトが複数の広告を表示する枠を持っている。そんな習慣を利用してプログラムの断片を合体させ、個人情報を盗み出しているというのだ。

「データの送信先は？」

「IPアドレスはAT&Tがワシントン州で割り当てているものよ」

明利は、受信しているサーバーのメーカー、機種名、そしてシリアルナンバーを示すM

ACアドレスが中国製のモバイルルーターのものであることを告げた。データセンターにある仮想サーバーではなく、タブレットかノートパソコンで受信しているのだろう。

「報告する必要、ありですね」

関口がホワイトボードの連絡事項に〝シャドウウェア。送信先：ワシントン州〟と書き込んだ。

「NORADからCIAかFBIに連絡してもらいましょう」

AT&Tの接続記録はCIAやNSAが保有している。NORADから問い合わせてもらえれば、その時間にどのアンテナから接続したかなんてことはすぐにわかるだろう、と関口が続けた。

「あと、電話番号と音声があります」

明利が01125から始まる十四桁の数字をホワイトボードに映し出した。プロジェクターのスピーカーのプッという ノイズ音に続いて、耳に覚えのある歓声が聞こえてきた。続けてアナウンサーらしい人物の声。覆い被さるように微かな息づかい、そして女性の『Hello, Mary,（もしもし、メアリーさん）――Mary? Can you hear me?（メアリーさん、聞こえてる？）』という声が流れた。

関口が目をまん丸に見開いて明利を見つめた。

「――これ、どうやって？　国番号01に続く125は中国の携帯電話番号ですよ。ローミングカードだ」

「メアリーが使ってるサポ電用のコールトラッキングシステムは、私がセットアップしたんですよ。今の録音は、昨夜かかってきていた留守電です。関口さん、声に聞きおぼえはありますか?」

「はい、同じです。一度、様子を見るためにかけてきたんですね――もう一回再生してください。僕が聞いたときは背後の音がなかったんです」

再び流れる歓声――和海は思い出した。ジュディ・スマークの声だ。そしてアナウンサーは〈ロキ9〉の打ち上げ成功を祝うコメントを喋っている。テレビのついた部屋から電話をかけてきたのだ。

「テレビはKFFV・TVですね、明利さん」

「シアトルです」明利が即答した。「KFFVはローカルの独立系地上波、みたいですね。出力が弱いのかしら、他の都市では視聴しにくいってレビューが上がってます」

「凄いな。ここまでわかった」

関口がホワイトボードに〝工作員の潜伏先:シアトル〟と書き込んだ。

明利が立ち上がり、アフロからディスプレイを引き抜いてテーブルに置いた。光る文字が流れたままだ。

「私もシアトルに行きます。シャドウウェアが情報を送信している相手を、捕まえるんです」

　黒崎が身を乗り出した。

「ちょっと待て！　何考えてるんだ。そんなスパイまがいのことをさせるわけにいくか。それに——そうだ。パスポートだ。二人ともパスポートとか持ってるのか？」

「僕は持ってます」和海はポケットから取り出した。明利も赤い表紙の手帳を掲げる。

　関口も懐からパスポートを出して笑った。

「黒崎さん。今時、運転免許証代わりですよ。写真付きのＩＤは少ないですからね。それに、明利さんがシアトルに行くってのは、悪くないアイディアです」

「おい、関口——」

「どうせ和海さんには国外に逃げてもらうつもりでしょ。なら、エンジニアリングでサポートできる明利さんが同行するのは筋が通ってる。なにより彼女が行きたいと言ってる」

　明利がホワイトボードのシアトルという文字を指さした。

「私が行けば、やれることはたくさんあるんです。ＡＴ＆ＴのＩＰ供給ルールは現地に行かないとわかりません」

　黒崎が明利を見つめた。

「白石が関係してると思ってるのか？」

　低い声に明利が身体を震わせる。

「……違いますよ。私はシャドウウェアの宛先を──」

「仮にでいい。白石を見つけたとして、どうするんだ」

明利は唇を嚙み、顔を下に向けた。広告の件だけではない。入れ込んでいたというテザー推進システムの発展型、スペース・テザーも絡んでいるのだ。

重苦しい空気を、関口の拍手が破った。

「やっぱり、二人でシアトルに行ってもらいましょう。いい街ですよ、ちょっと寒いですが、コーヒーも、クラムチャウダーも旨いです。和海さんさえよければ、ですが」

「明利さんがいいなら、喜んで」

スペース・テザーの解析には明利の助けが必要だ。白石という人を探すならば、それも手伝いたい。スペース・テザーについて話し合えるかもしれないのだ。

「関口おまえ、自分が何言ってるのかわかってるのか？」

「黒崎さん、時間が惜しいんです。北朝鮮の狙いが全くわからないんですよ。演説の英訳ではＩＳＳを狙うようなことを言ってましたが、ロシアも絡んでくるＩＳＳに手を出すとは考えにくい。すでに冷え切ってる米国だけを相手にすればいい。〈ワイバーン〉の軌道ホテルが狙われる可能性は無視できません。何かするつもりならスマーク父娘が滞在している今週中に仕掛けてくるでしょう」

関口は続けた。防衛省、内閣、そして国外の関係機関への連絡はＪＡＸＡの黒崎や関口が担当すればいい。スペース・テザーを観測したり、解析したりするのにプロの手を借りることもできる。しかし、和海が持っている知見まで引き上げるのに時間をかけているあいだ、スペース・テザーは自由に軌道を飛び回るのだ。

黒崎は腕を組み、目を閉じて聞いていた。

「関係者は実行力を持っているところへ絞りましょう。ＮＯＲＡＤは最適です。それに、外国に逃げてしまえば、北朝鮮からの追跡を一度リセットできます。明利さんが同行するなら和海さんのネットワーク利用を安全にコントロールできる。まっさらな環境なら正直、どこでも構わないんですよ。シアトル、いいじゃないですか。まさか追っている連中も自分の拠点に来るなんて思いもしないはずです」

目を開いた黒崎が、和海と明利、そして関口を順番に見つめた。

「わかったよ。責任……とはいっても、とりようがないけどな。お前の案に乗ることにする。シアトルだな」

「よし、決まりだ。僕はまず便と、必要なものを調達してきます。皆さんはドキュメントお願いしますね」

関口はソファにかけてあった上着を羽織り、部屋を飛び出していった。

十二月十四日（月）〇六：五八（13:58 GMT Monday 14 Dec）
ピーターソン空軍基地

「クロサキか。珍しいな」

ジャスミンが振り分けてくれたメールの一覧に目を通していたクロード・リンツは、珍しい差出人に目を留めた。黒崎はJAXAの連絡相手《カウンターパート》だ。NORADの縮小に伴って国際的な業務が減ったために数年は連絡を取っていないが、誠実な仕事ぶりは記憶に残っている。

メールの題名は〝Emergency:Unusual Safir 3 orbit was caused by North Korea（緊急：サフィール3の異常軌道は北朝鮮によるもの）〟とあり、本文はPGPで暗号化されていた。軍の規程に従ってPGPの鍵を交わしたのだが、通常の連絡に用いた記憶はない。よほど重要な案件なのだろう。

リンツは、メールを別ウインドウとして新たに表示し直した。添付ファイルが三つ。黒崎のメールは日本人にしては珍しく、挨拶が短い――。スペース・テザー？ イラン人の科学者？ 北朝鮮の工作員――。

「なんてことだ……」

日本人のエンジニアが独力で〈サフィール3〉の異常を解析し、イラン人の科学者の助けを得て軌道上に浮かぶ万単位の宇宙機《スペースクラフト》をあぶり出したというのだ。そして、北朝鮮の妨害工作も進行しているという。

添付されているレポートは見事だった。これを書いたエンジニアは、相当に優秀だ。要点をまとめるコツ、そしてなによりも未知の宇宙機であるスペース・テザーの挙動を、身体で体感できるほどの理解に至っている。

リンツはメールの最後に書かれた一文を読み、ため息をついた。なぜ、日本人は一番大切なことを冒頭でなく、最後に書くのだろう。

〝北朝鮮に追われているキーパーソンを二人、シアトルに送ります。リンツ司令のお力で匿っていただけないでしょうか〟

腕のスピードマスターをちらりと眺める。東京は今、午後十一時だ。返信したとして、読んでもらえるだろうか。いいや、まずは護衛をたてなければならない。

リンツは開いたドアの向こうに声を張り上げた。

「ジャスミン！　ダレルを呼んでくれ」

「あら？　見えてないかしら。来てるわよ」

「どうしました？」

オレンジ色のデイパックを担いだダレル・フリーマンが、ドアの脇からひょいと顔を出した。

そうだった。彼は今、ＣＩＡのお守りをするためにリンツの部屋に出勤しているのだ。

こんなに早く出てくる必要はないが、朝の早い二人に嫌みを言われたためだろう。

「ダレル、CIAのお守りはハロルドに代わってもらう」

「え?」

「〈サフィール3〉の謎を解いた日本人がシアトルに来る。保護するんだ」

いぶかしんでいたダレルの顔が満面の笑みに変わるまで、数秒を要した。

ダレルの目の前に用紙が重ねられていく。出張申請、航空券、ホテルの予約表、そしてクレジットカードの利用申請書。リンツの補佐官、ジャスミンは次から次へと積み上げていく。

リンツがクレジットカードをデスクに置いた。四桁の数字を書いたポストイットが貼り付けられている。濃い青のグラデーションに黄色の羽と白い星がプリントされた〈CHASE《チェイス》〉の空軍会員用マスターカードだ。

「出費はそれほどないと思いますが……」

「ゲストは着の身着のままでやってくるんだ。日用品からコンピューターから、全部置いて逃げ出してる。シアトルは寒いぞ。上着も買ってやらなきゃならんだろう」

ジャスミンが新たなペーパーフォルダーをダレルの前に置いた。見覚えのある旅行代理店のレシートだ。

「車は〈エアフォース・トラベルゾーン〉で借りておいたわ。シェビーのワゴンよ。連邦《フエデラル》の施設ならどこで乗り捨てても構わない。ホテルはニードル裏の〈ウェスターン・ディズ〉に三部屋並びで押さえてある。日本から来る二人とあなたの部屋、そして作業をするオペレーションセンター用に一部屋よ」

「二人？」

「クロサキからのメールによると、〈サフィール3〉の検証を行っているカズミ・キムラに、アカリ・ヌマタという女性エンジニアが同行するそうだ。クリスとブルースには私から話を伝えておく」

「わかりました」

「充分に気をつけろ。米国で北朝鮮の工作員が大手を振って活動できるとは思わないが、危ないと思ったら、二人を連れて逃げろ」

ダレルは積み重ねられる用紙にサインし続けながら、胸の内で快哉《かいさい》を叫んでいた。

すごいぞ。

衝突で〈サフィール3〉が動いているなんて全く思いつかなかった。それどころじゃない。スペース・テザーだって？　テザー推進システムのことは知っていたが、実際にそんなものが飛び交っているのを解析できるだなんて、最高じゃないか。

十二月十四日（月）〇七：二二（14:22 GMT Monday 14 Dec）

ピーターソン空軍基地　ゲストハウス

短く整えた口髭からラテの泡を拭ったブルースはスマートフォンに目を飛ばして、向かいの席でサラダにとりかかったクリスに言った。

「ねぇクリスさん、制服着てる奴はみんな脳みそが筋肉でできてるんですかね」

ＣＩＡの監視システムが手に入れた〈エアフォース・トラベルゾーン〉の予約表には、ＮＯＲＡＤの名義で借りたシェビーのワゴンとホテルの名前がばっちりと記載されている。昨日から、ダレルに関連した通信は全て傍受・監視の対象になっているのだ。

日本からリンツに宛てて送られたメールは感心なことにＰＧＰで暗号化されていたが、空軍がＣＩＡに提供しているリンツの秘密鍵で復号され、平文が送られてきている。

強固な暗号を使った黒崎というＪＡＸＡ職員の心遣いは無駄になったが、結果的に、ずさんなリンツのオペレーションをあぶり出してくれた。監視が役に立ったわけだ。おかげでブルースとクリスは、日本からやってくる木村和海、沼田明利という二人の民間人を守ることができる。

「スパイに追われてる民間人を確保するのに、軍人でございますってレンタカーを借りる神経がよくわからないですよ。ホテルも別々の部屋だし。狙われたらどうするんだ。まったく」

リンツが自分の権限でダレルの任務を変更し、機密を握ったゲストをエスコートさせるのはいいとしよう。だが、そうやって送り出した部下を〈エアフォース・トラベルゾーン〉なんて軍の関係者しか使わないような旅行代理店のレンタカーに押し込むのは、想像力が足らなさすぎる。ブルースも陸軍にいた頃に借りたことがあるが、横っ腹にでかでかと白い星が染め抜かれたオリーブドラブのランドクルーザーが出てきたときには閉口したものだ。

「彼らには工作員に狙われてるってことの深刻さがよくわかってないのよ。仕方ないわ」

クリスがクラッカーを取り上げて手の中で砕き、味けのないサラダにふりかける。

「この日本人、いつのまにか凄い情報のハブになってるのね。JAXAはともかく、イランの学者先生まで呼び込んでる。昨日ダレルが言ってたこと、憶えてる？」

「どれですか」

「瞬間的に加速するって話よ。キムラくんがカニンガムの観測データから掘り出したデータにも同じ現象が記録されている。北朝鮮との関わりばかり追っていて、カニンガムの行動そのものを見落としてたわね」

「仕方ありませんよ」

ブルースは肩をすくめた。本部《マクレーン》で行っている調査は、オジー・カニンガムをスパイ、あるいは操り人形《マリオネット》と見立てて、彼の通信の中に北朝鮮の影を探すというものだ。通信を全て傍受できるとはいっても、正しい探し方をしなければ大きく道を踏み外す。まさか公開されている観測データにヒントがあるとは思ってもいなかった。

「キムラくんのスペース・テザー仮説、どう思う？　私はこちらの線を追おうと思うんだけど」

「いいと思いますよ。〈神の杖〉が陽動なら、いろんなことの辻褄が合います。しかし、見事にやられましたね」

ブルースはNASAの担当者とのやりとりを思い出していた。「あの〈神の杖〉ってのはなんだ」と聞かれれば、宇宙工学のプロたちは対地軌道兵器そのものがナンセンスであると説明せざるを得ない。北朝鮮しか持っていない情報を元に描いたイラストレーション、それに目をくらまされた自分たち自身が、相手の思考をねじ曲げていたのだ。

「北朝鮮の作戦指導者、そうとうなやり手ですよ。ヌマタって女性が摑んだITがらみの欺瞞《ぎまん》でもわかりますが、今まで相手にしたことのないタイプです」

ブルースはラテのマグカップを鼻の下に持ち上げ、湯気を髭に当てた。ヌマタというエンジニアが発見したという翻訳コーパスの汚染は、確かに関係者の意思決定を曇らせている。北の首領が行った演説を英語字幕で読むと必ず登場する〝鉄槌〟というキーワードは、具体的な兵器を示唆しているように思わせるのだ。いくら原文にそのニュアンスがなかったことを知っていても、言葉の与えた先入観が〈神の杖〉というカニンガムのレポートを補強してしまう。

「広告を使ったシャドウウェアって手法もすごい。北の、電網戦線の活動がこんなにインテリジェントな方法で行われるのは初めてかもしれません」

グーグルやアマゾンといった民間企業が提供するサービスは全世界を覆い、情報の流通を変えた。二万人もの職員に百六十万人とも言われる契約者《コントラクター》を擁するCIAですら、地図を見るときにはグーグルを使うのだ。そのようなサービスを汚染してミスリードを誘う情報戦を仕掛けられるほど、北朝鮮の諜報戦力が高まっているとは思わなかった。

「〈ホウセンカ〉は止めさせたほうがいいかしら」

「無理ですね。今日にも部隊編成が始まります」

米軍の組織は優秀だ。NORADの実証試験チームを書面の上で異動させるだけとはいえ、二日で作戦指令を待つだけの状態になったのは喜ぶべきことだ。だが、それも目標が正しければ、の話だ。

「放っておくことにするわ。北朝鮮がどこまでASM140のことを掴んでるのか知らないけど、米国が〈神の杖〉を信じたままだってポーズをとるのは悪くない」

「〈サフィール3〉の二段目が目障りだってことに変わりはありませんしね」

クリスはそうね、と笑った。

「じゃあ、私はシアトルに行くわ」

「ダレルのフォロー、よろしくお願いします」

素人に保護をやらせるわけにはいかない。クリスがテーブルクロスからクラッカーのクズを払い落とし、眼鏡を取り上げた。

「ブルースはロサンゼルスのイラストレーターを押さえてもらえるかしら。〈神の杖〉が陽動でも、図面を貰った彼は何らかの形で接触してるはずよ」

「ジョセ・ファレスですね。わかりました。俺は民間機で動きますよ。乗ってきたガルフストリームはそっちで使ってください」

プライベート・ジェットの快適さは魅力だが、民間の航空会社でも今から飛べば太平洋《パシフィック》標準時《・タイム》の十時には到着できる。現地のオペレーターと一緒に踏み込んで、どこから〈神の杖〉の元になった機密書類を手に入れたのか、たっぷりと聞かせてもらおう。

十二月十四日（月）二三：四五（14:45 GMT Monday 14 Dec）
飯田橋〈日本賓館〉

真新しい小型のスーツケースを二つ、そして〈フールズ・ランチャー〉に置いてきてしまった和海と明利の荷物をカートに積んだ関口が、ドアを背で押して入ってきた。

「お待たせしました。お二人の荷物は、渡辺さんにお願いして飯田橋まで持ってきてもらいましたよ」

迎えに立とうとした和海だが、「休んでおけよ」と言って荷物を取りに立った黒崎の言葉に甘えることにした。

和海は、一つだけ残してしまった懸念を伝えることにした。

「リンツ司令に送ったメールで、ジャハンシャさんとの連絡をとる件を忘れてました」

「しまった」と言った関口が天井を見上げ、顎に手をやった。彼も忘れていたのだろう。

「論文も途中までしか受け取っていませんし、もうすぐ〈ワイバーン〉は展開を終えた軌道ホテルとアンドッキングします。解析を急ぐために、彼の力を借りたいんです。ＮＯＲＡＤの方へ連絡しておいていただけますか？」

「木村君、それは難しいと思うぞ」

黒崎がすぐに反応した。イランと米国は、数年前に国交を回復したばかりだ。大使館もなければ、表立ってスタッフが動けるような自由もない、というのだ。

「ＣＩＡあたりの諜報機関が、ジャハンシャさんと繋ぐ重要さをわかってくれれば目もあるが――無理かな。時間がない」

「ジャハンシャさんとの連絡は、こっちでなんとかします」

関口の言葉に黒崎が眉をひそめる。

「おい、安請け合いするなよ」

「ツテがあるんですよ。黒崎さんにも少しお手伝いしていただく必要がありますが、その時はよろしくお願いします」

インターネットが封鎖されたイランにいる人物との連絡など、ＪＡＸＡでどうにかなるような話ではないはずだ。関口の同期がいるという国家安全保障局と調整してくれる、ということなのだろう。

「おまえ、本当に大丈夫なんだろうな」

「まかせてください――っと、こっちだったか」

関口はスーツケースから綺麗にラッピングされた細長い箱を取り出した。立ち上がった関口は、そのまま明利の方へ箱を差し出した。オレンジ色のリボンが揺れる。

「明利さん、本当は喜んでもらえるプレゼントを渡したかったんですが……」

怪訝な顔で受け取った明利が包み紙を剝がし、関口の顔を見上げた。

関口は唇を引き絞り、明利に頭を下げる。

和海はようやく、プレゼントの正体を知った。バリカンだ。確かに明利の頭は目立ちすぎる。

「ごめんなさい。別の方法が思いつかなかったんです」

「いいえ……ありがとうございます。これで、安心して和海さんと一緒に動けます」

明利がホワイトボードに目をやった。ＪＬ２９３の出発時刻は〝〇一：三八〟と書かれている。二時間後だ。

「間に合うかしら」

「大丈夫です。どうぞ、バスルームを使ってください」

明利が空いた方の手をアフロの中に突っ込み、かき回す。

「気に入ってたんだけどな……」

「スーツケースに、帽子と……ウィッグも入ってます。気に入らなければ、向こうの空港で買い直してください」

空気に耐えきれなくなったのか、黒崎が顔を逸らし、もごもごと呟いてからスマートフォンを取り出した。

「俺はハイヤーを呼ぶよ。ビジネスクラスでも二十分前にはゲートをくぐっとかないと間に合わないからな――なんだよ」

関口が黒崎に向かって「いらない」と人差し指を振っていた。

「明利さん、お詫びに最高の夜景をプレゼントします」

バスルームの前まで進んでいた明利が振り返る。

関口が真横を指さした。

「隣の後楽園ビルにヘリを呼びました。羽田まで十五分でいけます――。ごめんなさい」

明利が微笑みを返した。

「かっこよくなって出てくるわ。待っててね」

＊

全身を写しだすバスルームの鏡に、バスローブに身を包んだ明利の姿があった。右手には、たったいま関口から渡されたバリカンが握られている。明利の脳裏には黒崎の言葉がいつまでも響いていた。

『白石が関係してると思ってるのか？』

あの時は叔父の関与を否定したが、見つけるものすべてがそこを指し示している。広告に仕込んだシャドウウェアだけではなかった。翻訳エンジンを汚染する手法も、国家が全ての通信を傍受しているような国で匿名性を保つために、ローミングのＳＩＭを入れ替える方法も叔父から聞かされたことがある。

「蝶羽おじさん……」

二回りも年上だというのに、友達のように接し、プログラムを教えてくれた白石は、明利にとって理想のエンジニアだった。涸れることのないアイディアを語り続ける彼の考え方を真似し、彼の好む技術を身につけることに明け暮れた。

白石と明利は、インターネットとクラウド・サービスに覆われた世界に生まれた綻びを見つけては、メーカーやプロバイダーへの報告を繰り返していた。彼が見つけたセキュリティ・ホールには前提条件に巨額の資金が必要だったり、国家ぐるみの工作が必要だったりするものも多く、メーカーやプロバイダーからは却下されることもよくあった。それでも、「確かにこんなこと、普通はしないよなぁ」と明るく笑いあっていた。

白石は一度も、知り得た技術を悪用しようとはしなかった。明利にも強い節度を求めた彼が、エンジニアの倫理を教えてくれた彼が、セキュリティ・ホールをあのような形で悪用するはずがない。

広告も、翻訳エンジンの汚染も、ＳＩＭの入れ替えも——あんな程度のことなら、誰が思いつく。叔父であるはずがない。シアトルに行くのは——。

「北朝鮮の工作員をあぶり出すため」

そうつぶやいた明利は、振動する櫛刃を側頭部にあてた。

チリチリに丸まったオレンジ色の髪の毛が顔の前を飛び散っていった。

プロジェクト・ワイバーン（15:00 GMT Monday 14 Dec）

「ＧＭＴ一四：三九、軌道ホテルは〈ワイバーン〉との切り離しに成功して、単独の宇宙《スペース》船《シップ》になった。その瞬間のことを書きたかったんだけど、本当に静かで、何にも気づかないうちに地上のスタッフから「切り離し終了」のアナウンスが届いたの。味気ないったらないわね。ゴトン、ぐらい音が欲しいところよ。ほんと。

これから私たちは旅程通りに五日間の軌道滞在を楽しんだ後、ＩＳＳに乗り移って、地球へはソユーズで帰る予定。

私たちをここまで運んできた〈ワイバーン〉は、万が一に備えて軌道ホテルと邂逅《ランデブー》しやすい軌道に留まる。そして私たちがソユーズでISSを出たら、ISSにドッキングして新たな帰還船になるのよ。乗り心地抜群の〈ワイバーン〉が使える宇宙飛行士たちが羨ましいったらないわ。

軌道ホテルの大きな円形窓から、帰還船になる〈ワイバーン〉の船体が見える。

写真では絶対に感動が伝わらないのが、この窓。五フィートの円なんて小さいと思ってるでしょ。そんなことないんだから。このサイズの窓をロニーが思いついたとき、全ての、本当に全ての設計者が反対したんだそうよ。私だって、その会議に出てたら反対したわ。

軌道ホテルが飛ぶLEOって呼ばれる低軌道には、数千もの宇宙ゴミが秒速六〜八キロメートルで飛び回っている。そして、この軌道ホテルも秒速七キロで動いてるの。もしも正面衝突しちゃったら秒速十三キロなんていう信じられない速度で、ネジや太陽電池パネルとぶつかることになるのよ。ざっとライフル弾の十三倍になるわ。そんな速度で飛んでくる金属の塊を受け止めなければならないの。

何枚か重ねた金属の殻なら、小さな塊を防げるけれど、ガラスやアクリルみたいな透明な材質ではそこまでの強度が出しにくいのよね。でも、ロニーは譲らなかった。そして、設計者のみんなも期待に応えたの。あきれるほどたくさんの仕掛けがこの窓には詰まってるわ。重水の隔壁、火薬で作動するシャッター、そして人の目では見えないように慎重に織り込まれたカーボンナノチューブ《CNT》。
　そうやってできた窓から見る地球は、本当に素敵よ。
　今、私は窓の枠にサンダルの底を貼り付けて、立ったままでこの文章を書いてるんだけど……本当に地球がいとおしくなってくる。ちょうど、夜の大西洋の真上かしら。メキシコ湾に浮かぶ雲の中に、人間が作り出せるどんな輝きよりも鋭くて大きな光、稲妻が走っているのが見えるわ。

　ここで、サプライズ・リリースを一つ。プロジェクト・ワイバーンは、国家元首に軌道ホテルの滞在旅行を無償で提供するわ。何年かの順番待ちになるかもしれないけれど、応募、待ってるわよ。指導者のあなたたちが預かっている国を、三百五十キロメートルの高さからぜひ見てほしい。

支配者の気分をちょっとだけ　ジュディ・スマーク

第二部　スペース・テザー

7　戦争

十二月十五日（火）〇一：一七（16:17 GMT Monday 14 Dec）
羽田空港国際線ターミナル

和海と明利の姿がボディスキャナーに隠れるのを確認した黒崎は、振っていた手で顔をなで下ろした。十二時間後、二人はシアトルに到着する。クロード・リンツ大佐の部下、ダレル・フリーマン軍曹が空港までエスコートに来る予定だ。手首から漂う加齢臭が、今日の緊張を物語る。〈フールズ・ランチャー〉を訪れてからまだ十二時間しか経っていない。

背後を窺っていた関口が、柵によりかかってずり落ちるようにしゃがみ込む。

「行きましたか？」

「ああ。追ってきてるような奴はいるか」

「二人に注目していた人間はいません。大丈夫だと思います」

「関口、お疲れさん。今日はよくやったよ。明日が怖いが……」

明日のことを考えると気が遠くなる。自分でもまだ整理できていないスペース・テザーや北朝鮮の謀略を上司に報告し、関口が立て替えている費用の説明をしなければならない。和海と明利に渡したスーツケースや着替えぐらいならいいが、〈日本賓館〉のスイートルームや羽田までヘリをチャーターした費用は接待交際費の範囲を完全に超える。

「黒崎さんこそ、今日はお疲れ様でした。まだ続きますけど、よろしくお願いします。戻りましょう。飯田橋なら電車がまだ動いてます」

黒崎は頷《うなず》いた。オリンピックのおかげで深夜も電車が走ってはいる。だが、自宅に戻るには中野からタクシーだ。家へ連絡するためにスマートフォンを取り出そうとすると、関口が手を振って止めた。

「JAXA支給のスマホには電源を入れないでください」

後楽園ビルからヘリに乗り込む前に、関口が全員のスマートフォンを切らせていたのを思い出した。計器への影響を心配していたのかと思ったが、違ったのだろうか。

「ホテルに戻ったら、電源を入れましょう」

「何言ってんだ。俺は家に帰るよ」

「ホテルで仮眠とったら、すぐに動きますよ。明日のトルコ便は十二時発です。僕らはエコノミーですから九時には成田に着いてないと」

「おいちょっと待て、トルコ？」

「ええ、日本からテヘランへの直行便なんてものはないので、イスタンブール経由で入ります。十七時間……タフな旅程ですよ」

柵に手をかけて立ち上がった関口が、頭を下げた。

「ごめんなさい。伝える余裕がありませんでした。テヘランに行きます」

黒崎は「テヘラン……」とつぶやいて、関口の顔を見つめた。

「ええ。ジャハンシャさんに会います。和海さんと約束しましたからね」

衛星携帯電話とネットワーク接続環境も持って行き、シアトルと対話できるようにもするのだという。「JAXAからは初めての海外出張になりますね」と言った関口は大きな伸びをした。

「お前……そんな出張が、通ると思ってるのか？」

「こういう時こそ、威光をちらつかせないでどうするんですか」関口は笑った。

キャリア官僚である関口は、何年か経てば文科省で出世街道を邁進《まいしん》する。JAXAを統括する部門へ就く可能性もあるのだ。

「出張申請のハンコはついてきましたよ。黒崎さんの分も——あれ？　必要なときは俺のハンコ使っていいって仰《おつしや》いましたよね。黒崎さんのパスポートもデスクの中から持ってきました」

「バ……あれは、そういう意味じゃねぇよ。だいたい──」

「黒崎さん、勝手に決めてしまったのは、本当に悪いと思ってます。でも、僕たちが動くのが一番なんです。コンセプトを作り上げたジャハンシャさんが和海さんと語り合えれば、考察はより深まります。なにより、和海さんがそれを望んでいます」

「……いや、そりゃそうなんだろうけどな。なにも俺たちが行く必要はないだろう」

「いえ。僕たちも身を隠す必要があるんです」

「なんだって？」

関口が声を落として顔を近づけてきた。

「僕たちも、北朝鮮に捕捉されてしまいました」

関口が電源の入っていないスマートフォンを取り出した。

「出張のハンコを貰うために御茶ノ水に行ってたんですが、ＩＴチームでちょっとした騒ぎになっていました。ＭＤＭ《エムディーエム》の不正使用が検出されたんです」

「エムディー……なに？」

「モバイル・デバイス・マネジメント、モバイル機器管理システムですよ」

関口のその言葉で、業務に使うスマートフォンやタブレットを一元管理するシステムが導入されていたことを思い出した。紛失や盗難があったときに、ＩＴ部門が情報を全て消し去ったりできるはずだ。アプリの起動回数や電話の宛先、そしてデバイスの現在位置も知ることができる。運用はシステムインテグレーターから出向させているメーカーのスタッフが当たっている。関口は彼らに話を聞いたのだろう。

「僕と黒崎さんのスマホの位置を確認した記録《ログ》が残っていました。ちょうど〈日本賓館〉にいた時間です」

言葉を切った関口は周囲を見渡して、声をさらに落とした。

「MDMを操作していたのは、白石さんのアカウントでした。パスワードも変えてなかった。嫌気が差して辞めた職員のアカウントがまだ有効だったんです。パスワードも変えてなかった。人事部とIT部門には、この件が終わったらきつく言っておかなければなりませんね」

「白石の？」アカウントが残っていたのか。

「白石さんがやったかどうか確定してませんよ」

顔が陰ったことに気づいた関口がフォローしてくれる。これではどちらが年上だかわからない。

「こちらが気づいたことをわからせたくないので放っておきましたが、JAXAのインフラは、この騒ぎが収まるまで使えません。今日の出張申請も紙で提出してきました。いずれはシステムに入力されますが、時間稼ぎにはなりますからね」

関口の機転には頭が下がる。

「それで……。ヘリに乗る前にスマホの電源を切らせたのか」

「ええ。この時間に羽田にいたことがわかれば、二人が国外に脱出したこと確定ですからね」

「すまん、気が回ってなかった」

「いいんですよ、それより僕たちの件です」と関口は言って、ロビーを見渡した。「公安か国家安全保障局にでも駆け込めば、北朝鮮の工作員からは匿《かくま》ってくれるかもしれません――でも、それでいいんですか？　面談、調書、取り調べの連続です。何日もそれで消えます。シアトルに行った和海さんたちを放っておくことになってしまいます」

関口は何かを摑むように持ちあげた手を、そのまま黒崎の肩においた。

「黒崎さん、明日の朝まで〈日本賓館〉に隠れてトルコへ飛べば、ＮＯＲＡＤも、下手するとＣＩＡでも自由に動けない国に、僕たちは入れる。そして、スペース・テザーという宇宙機を思いついた人物を、チームに引き込むことができるんです」

指が肩に食い込んでくる。彼は、本気だ。

「――痛いよ、関口」

「……ごめんなさい」関口は手を放して、一歩後じさった。「黒崎さんが行かなくても、僕は行きます。残るなら、このままタクシーで霞が関に行って国家安全保障局へ保護を求めてください。話はつけておきます」

関口は震える手でスーツの前を合わせ、黒崎を見つめた。

シアトルに向かった和海と明利は、異国の地で初めて会う人たちを相手に仮説の解明に取り組み、潜伏する工作員に迫ろうとしている。関口もテヘランに向かう。三人は、まだ本当かどうかもわからないスペース・テザーという仮説を信じて、困難に飛び込もうとしている。

肩に残る痛みは、徐々に痺れに変わりかけていた。だが、震える手から伝わってきた熱が胸に何かを灯したのを黒崎は感じていた。

「わかった。ホテルに戻ろう。成田にもヘリで行けるといいんだがな」

真っ白な歯が関口の薄い唇から覗いた。

「冗談きついですね。経費削減ですよ。バスで行きます」

十二月十四日（月）一〇：二二（17:22 GMT Monday 14 Dec）
コロラドスプリングス　ピーターソン空軍基地

スターーツ・フェルナンデス少佐の長い腕が伸び、ロッカーに掛けられたオレンジ色の不細工な服を指さした。

「なぁリッキー、どうしても着てくれないのか？」

ベンチに跨《またが》ったリッキー・マギリス大尉は、ぎりぎり無礼に見えないように注意して肩をすくめてみせた。先週末、スターーツの部下であるダレル・フリーマン軍曹からこの話を聞かされたときは、冗談だと思っていた。それが、もう三度目だ。

「もう、観念しなさいよ。伝説のテスト・パイロットみたいでかっこいいじゃない」

ロッカーの前でやりとりを見守っていたマドゥ・アボット少尉が笑う。凄腕のF22《ラプター》乗りだが、このインド系女性にはパイロットの機微ってやつがわかってない。

「アボット少尉、ちょっと黙っていてくれ」

スターツが釘を刺すと、マドゥは肩をすくめて、足にかけた体重を入れ替えた。スターツの訪問が正式な命令を伴っていないとわかった瞬間からこの調子だ。パイロットとしては優秀だが、生命がやりとりされる実戦でどれだけ組織の絆が重要なのかわかっていない。背中を任せる相棒《バディ》としては心許ない。

「なあ、リッキー」スターツがさりげなく右胸を突き出した。空軍のパイロットであることを示す銀色の翼が蛍光灯で鈍く輝く。「俺も飛行機乗りだ。圧倒的なパワーを感じられるイーグル・ドライビングに与圧服が邪魔なのもわかる。だが――」

リッキーはあわてて否定する。

「少佐、そうじゃないんですよ。その服って、爆撃機のクルーが着てたんでしょう？　パイロット・スーツじゃない」

スターツの目が見開かれ、それから「なんだ、勘違いしてたのか」と笑った。

「このスーツは〝ストリーク・イーグル〟で使ったやつだ」

「……上昇記録の？」

スターツがマドゥにちらりと視線を送って鼻を鳴らした。あんなお子様にはわからないさと言わんばかり。その通りだ。イーグルを愛するパイロットなら〝ストリーク・イーグル〟と聞いた瞬間に拳を握りしめる。

全ての兵装とレーダー、火器管制装置、そして塗装までをも引っぺがした素っ裸のイーグルは、一九七五年の二月、高度十万フィートまで二百七秒で到達してみせた。当時の世界記録だ。ハンガーに掛かる古くさいオレンジ色のツナギは、その記録を担った記念すべきトロフィーだったのだ。

立ち上がったスターツが与圧服の前で振り返った。

「ほとんどの部品《パーツ》は作り直してある。スミス少佐が記録を作ってから四十五年も経ってるからな」

スターツの骨張った指が、与圧服の部品をなぞっていく。倉庫の奥に眠っていたストリーク・イーグル用の高高度与圧服は経年変化でぼろぼろになっていたが、それを作り直したのだという。設計をやり直す時間はなかったが、ゴム引きだった内張りはゴアテックスで張り替え、ジュラルミン製のヘルメットは3Dスキャナでデータ化して3Dプリンターで型を作り、ポリカーボネートで作り直している。オリジナルよりも軽く、快適になっている。

「ヘルメットに透明な素材を使ってるから、元のものより見晴らしがいいぞ。考えようによっては、最高のイーグル体験《エクスペリエンス》かもしれん」

話を聞いていたリッキーに、あるアイディアが頭をもたげた。

「……ＡＳＭ１４０の発射は、高度五万フィート以上でしたかね」

「その通り。よく勉強しているな」

スターツがにんまりと笑う。誘導、成功ってところか。

「七万フィート。そこまで発射を引っ張ってもいいですよね」

スターツが眉をひそめる。

やるぞ、俺はやってやる。

「イーグルの作戦高度記録に挑ませてください。通常装備のＦ15Ｃなら記録になるはずだ。いいでしょう？」

スターツの顔に共犯者の笑みが浮かんだ。

「面白そうだな」

「ついてけないわ」黙っていたマドゥが髪をほどいて頭を振った。

「なあ、一緒にやらないか。Ｆ22も作戦高度記録になるぞ」

「興味ない。私はＡＳＭの切り離し《リリース》を撮影したら、そのへんで待ってるわよ」

「リリースって言うな。〝発射《シュート》〟だ」

　スターツが肩を揺すってマドゥとの間を通り過ぎた。

「正式には〝打ち上げ《ローンチ》〟になる予定だ。NORADからの申し送り事項に、七万フィートの件を強く伝えておくよ」

「ありがとうございます」

　ロッカールームの出口で、スターツが思い出したように振り返った。

「リンツ大佐からの伝言があった。五万フィートでも立派に成層圏だ。日中でも、星が見えるかもしれんってことだ。楽しみにしておけ」

「了解」

　リッキーは拳と掌《てのひら》を打ち合わせてマドゥに笑いかけた。面白くなってきたじゃないか。

十二月十四日（月）一九：四二（03:42 GMT Tuesday 15 Dec）
シアトル　高速道路5号線

　真っ白に雪化粧された丘を越えると、真っ赤に並ぶブレーキランプの列が和海の目に飛び込んできた。渋滞を知らせる前に、ハンドルを握るダレル・フリーマン軍曹は手際よく車を減速させていく。左側の白い菱形マークが塗られたレーンは空いているが、そこを走る車はほとんどない。なにかの優先道路なのだろう。

　タコマ国際空港で和海たちを出迎えてくれたダレルは、浅黒い肌の小柄な男性だった。

年下に見えなくもない若々しい顔立ちの青年だが、背筋をぴんと伸ばし、手際よく物事を進めていく。そんなダレルの動作に、和海は馴染みのない組織――〝軍隊〟を感じていた。

和海は言葉を探し、英語をひねり出す。

「渋滞、だね」

ダレルがハンドルを人差し指で叩く。

「ああ参ったね。この調子だと四十分ぐらいかかるかな」

車列を眺めていた和海の目に、着陸態勢に入った銀色の旅客機が飛び込んできた。首を巡らせると左手には滑走路が延びている。

「タコマ空港って、広いんだね」

「まさか。あれはボーイング・フィールドだ」

後部座席に座る明利がヘッドレストを叩いた。

「グーグルだと、キング・カウンティ国際空港と書いてある」

決して滑らかではないが、初対面のダレルにも物怖《ものお》じせずに話しかけている。見習うべきだろう。

「キング・カウンティだったか。なるほど、正式な空港名がついてるんだね。アカリさん、ありがとう」

後部座席へ目を向ける。明利の顔は、関口が用意してくれたシアトルマリナーズのキャップの鍔《つば》に隠れていた。基板のような掌サイズのコンピューター〈ラズベリー〉を膝に乗せた明利が、空港で買ったSIMを差し込むところだった。

和海も自分の財布に収まっているSIMのことを思い出した。空港に到着した明利が購入したものだ。窓口のスタッフに呆れられながら十枚購入した明利は和海に三枚渡し、毎日入れ替えるように求めた。北朝鮮の工作員が米国で通信を傍受できるとも思えないが、リスクを減らそうとしているのだ。従うほうがいい。

ジェット機のエンジン音が再び聞こえた。銀色の旅客機が今度は離陸していくところだった。

「あれは国内線？　航空会社のマークが、見えないみたいだけど」

チラリと横を見たダレルが、納得したようにハンドルを叩いた。

「塗装が終わってないだけだよ。ボーイング社の旅客機製造工場が、引き渡し前の塗装とフライトチェックをやってるんだ。だから、ボーイング・フィールド。ところで、二人はアメリカは初めて？」

「うん。初めて」と和海が答えると、明利も「初めて」と続けた。

和海は苦い気持ちで笑顔を作った。スムーズに英語が出てこないために、ついダレルの言葉を繰り返してしまう。これではオウムだ。

「調査が終わったら、シアトルを案内してあげるよ。空港の奥にある航空博物館《ミュージアム・オブ・フライト》のコレクションは凄いらしいぞ。コンコルドも展示されてる。カズミならオービターのシミュレーターがきっと気に入るよ」

「オービター……、スペースシャトルだね。ありがとう」

どういたしまして、と言ったダレルが再びハンドルを叩いた。ボーイング・フィールドの滑走路は慌ただしい動きで、銀色の旅客機を飛び立たせた。和海は改めてダレルの顔を見つめた。気安く言葉を交わしているこの男性は、軌道上の物体を四十年も監視し続けてきた伝統ある部隊、北米航空宇宙防衛司令部《NORAD》の隊員なのだ。

航空宇宙開発の本場、アメリカに来た。その空気を胸一杯に吸い込もうとした和海は、強い芳香剤の香りにむせてしまう。

「大丈夫かい？　ホテルに行く前に、ちょっとショッピングセンターに寄っていきたいんだ。カズミたちが解析に使うオペレーションセンターを作らなきゃいけないし、僕もほとんど手ぶらでシアトルに来てしまったからね。――おっと」ダレルが額をぴしゃりと叩く。「三人乗ってるんだった。忘れてたよ。カープール・レーンが使えるんじゃないか。二人以上乗ってるときは優先道路が使えるんだよ」

菱形のマークが塗られたレーンを指さしたダレルが、きびきびとした動きで後方を確認してハンドルを切った。ウインドウに積もりかけていた粉雪がふわりと動く。

「いつも一人だから忘れてた。チームって、いいな」

「いいね、チーム」

つい同じ単語を繰り返してしまった和海は、頭の中で他の表現を探した。同僚《コリーグ》、友達《フレンド》、相棒《バディ》――。ヘッドレストが叩かれる。振り返ると、キャップの鍔を〈ラズベリー〉でもちあげた明利が笑っていた。

「チーム、いいね」


カートを押す和海を従えて天井の高いショッピングセンターの通路を抜けていったダレルは、ラックから六フィートのアルミニウム材を取り出して、強度を確かめるかのようにたわめてから振り返った。

「大丈夫。桁はこれでいこう。カズミ、一ダース出すから手伝って」

液晶ディスプレイを机の前に並べる枠《グリッド》の土台にするのだという。人が寝転がれそうなほど大きなカートは、これまでにダレルが放り込んだ電動工具やボルト、それにVESA規格の液晶ディスプレイアームなどでいっぱいになっている。ちらりとパッケージを見ただけでカートにものを放り込むダレルの買い方に和海は半ば呆れていた。規格さえ合っていればいい、ということのようだ。

「入る？　車に、それ」

口をつく英語はまだ自然ではないが、ダレルと連れだって巨大なコストコの店舗を歩き回っているうちに、まず口に出すことはできるようになってきた。

「ギリギリかな。大丈夫だと思う」

アルミニウム材を取り出した和海は、ふと天井を仰いだ。長さが十メートルはありそうなアンテナがぶらさがっていた。アマチュア無線にでも使うのだろう。

「何でも、自分で作っちゃうんだね。アメリカの人たち」

ダレルが連れてきたショッピングセンターは、漠然と想像していた日本のカメラ量販店とは全く異なる倉庫のような巨大モールだった。コンピューターの周辺機器は商品の種類こそ少ないものの、ハードディスクや有線マウスのような日本では目にしなくなったものもきちんと揃えている。自動車コーナーには車体からエンジン、そして整備用のクレーンまで。ＤＩＹに至っては、チェーンソーから丸太、ユニットバス、家庭用発電機……驚くべきことに、ヘリコプターのブレードや家庭用の核シェルターまで販売されている。

「驚くよね。僕も初めて見たときはそうだった。テレビや携帯電話の基地局、水道みたいな都市インフラから離れて住んでる人も多いし、そもそも自分で何とかするのが美徳らしいんだな」

「アメリカ生まれ、じゃないの？」

ダレルが真っ白な歯を見せて笑う。

「インドネシアから来てるんだ。留学して、そのまま空軍に入ったんだよ。永住権も欲しいし、宇宙関係のキャリアを積みたくてね」

「ごめん。何も考えてなかった」

和海は〈日本賓館〉で黒崎が口にしたことを思い出した。アメリカでは通用しないと中国に渡っていくエンジニアたちの話だ。ダレルは頼るツテもスキルも、キャリアもなしにインドネシアから米国に飛び込んでいる。

「生まれは関係ないよ、と言いたいけど……やっぱりここで育った人たちは違う気がするな。僕もそんなにたくさんの人と会っているわけじゃないけど、やっぱり違う」

「宇宙の仕事、難しいの？　故郷で」

ダレルが顔をくしゃっとつぶし、太い眉を繋げた。笑ったような、悔しいような表情。

「ないわけじゃあないけどね。子供の頃、ロケットの打ち上げがあるたびに口を開けて見てたよ。光の尾を引いて真っ直ぐに空を上っていくのを見て決めたんだ。宇宙に行く！」

和海は記憶を探る。インドネシアならジャワ島のパームンブーグ射場だ。確か、数回の実験のあと、ろくに打ち上げは行われていなかった。

ダレルは「和海なら知ってるかもな」と前置きして、子供の頃に見たものは五十キロメートルも上がらない気象観測用のロケットだったことを教えてくれた。

「それを知ったときの失望ったらなかったね。五十キロなんてほんのすぐそこだ。風船だってそれぐらいは上がるじゃないか。カズミは？　ロケットを見たことあるの？」

首を振る。「日本の射場は、南の端にあるんだ」と口にしたが、答えになっていないことに気がついた。

「北半球ならどこの国だってそうさ。タネガシマとウチノウラだね。そういえば、先月も宇宙ステーション補給機《HTV》を上げてたな。有人にも転用できる一気圧の宇宙船《スペースシップ》だ。凄いじゃないか。ジャワ島に日本ぐらい宇宙の仕事があれば、二度も兵隊になる必要はなかったかもね」

ダレルがVサインのように指を立てて笑った。一度目の従軍は祖国で徴兵された二年間だという。中国の太平洋進出が噂されるようになってから、東南アジアのいくつかの国は徴兵制を復活させた。インドネシアもその一つなんだ、とダレルは説明してくれた。

「徴兵を終えてアメリカに来たんだけど、コネがなくてさ。もう一回軍隊に入ることにしたんだよ」

話しながらもダレルはボルトやネジなどをカートに放り込んでいく。

「和海は従軍経験ないんだろ？　長髪だし、ちょっと背中が丸まってるよね。軍隊に行くと、僕みたいになるんだ。髪の毛を気にするのも面倒になっちゃうんだよね」

和海はショックを受けた。猫背か。胸を張ってみる。

「肩が……」言葉に詰まる。〝凝《こ》る〟って英語にあっただろうか。「固まるね」

「ごめん、気にしちゃった？　注意して見れば、ってことだよ——」言葉を切ったダレルが通路の先に視線を向けた。「あれ、アカリだよな」

ダレルの視線を追う。レジの前で巨大なカートに張りついた小さな人影があった。カーキ色のカーゴパンツに坊主頭——。帽子はどこかで落としてしまったのだろうか。カートいっぱいに機材が積み上げられている。

明利が財布からクレジットカードを取り出すのを見て、ダレルが叫んだ。

「アカリ！　待って」

小走りに駆けていく。和海もカートを押して後に続く。

「どう見ても、それは君の日用品じゃないだろう。僕が買うよ」

「そう？　助かる。カードの限度額を超えそうで、どうしようか迷ってたの」

ダレルが明利のカートを代わりに押し「まとめて買うから」と和海を手招きする。

「ちょっと凄い量だね。〈ラズベリー〉、こんなに売ってたんだ。ＬＡＮケーブルも。でも、そのレジャーシートとニクロム線」

ダレルがカートの中身をレジのカウンターに並べていく。明利がカートに積んでいた商品の量は異様だった。ドラムに巻かれたケーブルが三本に、ＬＡＮやＵＳＢのコネクター。静電気防止袋がずらりと並び、周辺機器がダース単位で収められた段ボールが続く。あまりの量に驚いたレジのスタッフが助けを呼び、三人がかりで商品を流しはじめる。ダレルに近い場所でバーコードをスキャンしていた黒人の男性が、呆れたような口調で話しかけてきた。

「凄いな。何をおっぱじめるつもりなんだい――おい、それ展示品だろ」

レジの手が止まった。カウンターにその物体を置いたダレルも肩をすくめる。CANN《キャノ》ONDALE《ンデール》とプリントされた黄色いフレームにゴツいタイヤ――。マウンテンバイクだ。

レジを通り抜け、いつの間にかマリナーズのキャップを被っていた明利が振り返った。鍔に指先をあてて唇の端をあげている。化粧をしていないその唇から、物騒な単語が絞り出された。

「I start a war（戦争を始めるのよ）」

プロジェクト・ワイバーン (04:00 GMT Tuesday 15 Dec)

目を閉じているときに、光を見たことがある？ 地表から三百五十キロメートルの高さ、真空の軌道上にいる私は、そんな不思議な体験をしたわ。

部屋の明かりを落としてからベッドに潜り込んで、毛布ごとマジックテープのストラップを締めると、あっという間に睡魔が襲ってきた。はしゃぎすぎなのかもしれないけどね。

そして、目を閉じたときにそれが起きたの。

瞼《まぶた》の裏に、純粋な〝光〟が輝いた。

ああ、こんなふうに書いちゃうと、上の部分だけ引用されてニュースネットワークに流れちゃうんだろうな。

そこのスピリチュアルなお姉さん、これはエランの導きじゃないし天使でもない。もちろん、エリア51の遺体を取り返しに来た宇宙人が私の意識に介入したわけでもないわ。

光の正体は宇宙線。銀河の星々やブラックホール、太陽から絶えず放射されている宇宙線の一つが、〈ワイバーン〉軌道ホテルの隔壁と私の瞼を通り抜けて、網膜に当たった。それを〝光〟として感じたわけ。

別の言葉で言うと、被曝。宇宙線の正体は、ガンマ線の可能性が高いわね。

打ち上げからもうすぐ丸二日が経とうとしてるけれど、この間に私が浴びた宇宙放射線は二マイクロシーベルト。地上のおよそ百五十倍ほどの宇宙放射線に晒《さら》されているってわけ。私も、X線写真の技師たちみたいにホールカウンターバッジを付けてるのよ。

正直に書くわね。ああ、年齢は正直に書きたくないわ……だけど、これも科学。二十八歳の私が〈ワイバーン〉軌道ホテルに一週間滞在すると、ガンで死ぬリスクは〇・〇二パーセントぐらい上昇することになっている。

もちろん、このホテルは万全の宇宙線対策が施されているわよ。何回か書いたけど、外壁と内壁の間には放射線を止めるための水が満たされているし、細かな金属メッシュには微弱な電気も通されている。国際宇宙ステーション《ISS》よりも安全なぐらい。もしもホテルの外に出れば、数百倍の放射線に晒されてしまうことになるわ。

地上でこの放射線が問題にならないのは、大気と磁気が守ってくれているからなの。磁気は目に見えないけれど、大気はこのホテルからはっきりとわかる。

太陽に照らされた、窓に収まらないほど大きい地球の輪郭に、爪の厚さほどの青い膜が載っているのよ。この青い、薄い輝きが地上の生命を守ってくれているの。

そして、その神秘的な力の何分の一かの加護を科学と技術の力で手に入れて、私はここにいる。もっと、もっと先にだって行けるわよ。

と、ここまで書いたところでロニーから「寝ろ！」とのご指示が出たわ。またね。

巨人の繭《まゆ》に包まれて　ジュディ・スマーク

8　チーム

十二月十四日（月）二一：〇九（05:09 GMT Tuesday 15 Dec）
シアトル〈ウェスターン・デイズ〉

大荷物を積んだシェビーが都市鉄道の高架をくぐると、正面にどこか見覚えのある塔がライトアップされているのが見えた。後部座席の明利が興奮した声をあげる。

「Windows8だ！」

和海も思い出した。大学生の頃に使っていたPCの壁紙に描かれていた、あの塔だ。壁紙では海辺に立っているかのように描かれていたが、ここは海岸からだいぶ離れている。

「正解。スペース・ニードルっていうんだよ。あの足下にホテルがある。ちょっと安いホテルなんで申し訳ないんだけど」

粉雪が舞う真っ黒な空に、ライトアップされたスペース・ニードルが近づいてくる。和海は米国に来たことを改めて実感していた。

ダレルは予告通りにスペース・ニードルの足下で右にハンドルを切り、〈ウェスターン・デイズ〉と書かれたゲートをくぐってロータリーに車を入れる。粉雪が塗《まぶ》された緑色の葉を揺らしてシェビーが進んでいくと、ロビーから二人のスタッフが飛び出してきた。青いジャケットに白いベルトを斜めがけした制服のベルボーイと、白いジャケットに身を包んだ大柄な黒人だ。

「おかしいな。最恵待遇受けるなんて」ダレルが首を傾げる。

制服のベルボーイが運転席側にまわり、車の後方を向いて姿勢を正した。和海の座る助手席にまわりこんだジャケットの黒人は、走ったせいで乱れた赤いポケットチーフを整えてから深く頭を下げ、大きな声を出した。

「〈ウェスターン・デイズ〉へようこそいらっしゃいませ。デ、デイビッド様にチャン様ご夫、妻。当ホテルを代表してお迎えに上がりました」

「私たちは、それではありません」

慌てて口に出した英語は、和海自身にも不自然に感じられた。これでは聞こえても通じない。首と手を否定の意味で振ると、頭を上げた男性は太い唇を大きく動かして、かろうじて車内に聞こえる程度の声で告げる。

「知っていいます」男性は車の荷台に目をやった。「おやおや、これはまた大荷物ですね──

——なんと、自転車まで。全て我々の手でお運びいたします。どうぞ、そのままお入りください」

　男性が口笛を吹いて右腕をあげると、ホテルから新たに数名のスタッフが飛び出して入り口の回転ドアまで繋がる列を作った。皆、緊張した顔つきでロータリーの外側、ホテル脇の通りを真剣に見つめている。

　ダレルがため息を漏らしてドアのロックを解除した。

「もうバレちゃったのか……かなわないな」

「どうしたの？」

「さっさと中に入ろう。ホテルのスタッフにあんまり迷惑をかけたくない」

　ロックが解除されたことを知った男性がドアを開いて、道路から和海を隠す位置に立った。そのままスタッフが作った列の後ろに連れていく。ジャケットの男性は、続けてダレルと明利を降ろし、ホテルの入り口へ三人を押しやった。

　男性がダレルと和海に囁《ささや》いた。

「〈ウェスターン・デイズ〉へようこそ。先刻到着した女性《マム》から三名さまの警護を手厚くするようご指示いただきました。ホテル内ではどうぞごゆっくりお過ごしください」

　男性は優しく、だが強さを感じる腕で明利、和海、そしてダレルの順に回転ドアに放り込んだ。ゆっくりと回るドアを抜けた和海は、心地よい熱気と微かなバラの香りに満たされたロビーに吐き出された。

帽子を脱いだ明利は、刈りたての坊主頭に手をあてても物珍しそうに室内を見渡していた。

見応えのある空間だ。〈日本賓館〉のようなきらびやかさはないが、間接照明が各所に灯るロビーにはベッドのようなサイズの低いソファが並び、壁では真鍮の柵に囲われた暖炉が炎をあげている。ロビーの四隅に設置された宇宙船のようなデザインの巨大なスピーカーが、弦楽器の音色を流していた。

回転ドアからダレルが出てくると、奥のソファに腰掛けていたスーツ姿の婦人が立ち上がった。一筋の乱れもない銀髪が炎を反射して、美しいオレンジ色のハイライトを映し出す。

ダレルが「やっぱり……」とつぶやく。

「遅かったわね、ダレル。お迎えご苦労様」

歩み寄ってきた婦人は、右手を差し出してきた。

「キムラさんにヌマタさんね。十二時間のフライト、ご苦労様。疲れてない？　私はクリス・ファーガソン。クリスと呼んでくれると嬉しいわ」

婦人は、和海の手を、外見に似合わない強い力で握りしめた。

「ようこそ、合衆国へ」

七階まで直通のエレベーターを降りた和海は、フロアに部屋がひとつしかないことに気づいた。ドアを押し開けたダレルが室内をちらりと見て口笛を吹く。それから「レディファーストで」と明利を誘ったが、彼女が戸惑っている間にクリスが入っていった。続けて部屋の中を覗き込んだ明利が、ぎこちない英語でつぶやいた。

「また、スイートルーム、なのか」

独り言ならば日本語でもいいはずなのだが、彼女は可能な限り英語で通すつもりのようだ。

「シートが、足りない。こんなに広いと聞いてれば、もっと買ってきたのに」

「銀色のあれ？　何に使うの？」

「ダ、ダ、ダ、ダークルームよ。後で教える」

「わかった」

ロビーと同じ設《しつら》えの、だが一回り以上大きな空間に圧倒される。円形の折上《コーブ》がある天井からはシャンデリアが吊り下がっている。二つの大きなテラス窓に挟まれた暖炉には本物の火が入っていた。カーペットの毛足もソファやテーブルの脚を飲み込もうとするかのように長い。同じスイートルームとは言いながら、洗練と落ち着きのバランスは〈日本賓館〉を遥かに超えていた。

先に入っていたクリスは、まだ脚のビニールが剝がされていない新品のテーブルの前に立っていた。十名ぐらいは余裕で会議できる楕円《オーバル》テーブルだ。その周囲にはカタログでしか見たことのない高級ビジネスチェアが六脚置かれている。テーブルの向こうには、これも新品であることが一目でわかる巨大なホワイトボードと、粘着テープが碁盤の目のように貼り付けられたガラスのパーティションが並び、その上部には五つのデジタル時計が世界各地の時間を赤く輝かせている。パーティションには、〈ギープル〉の〈神の杖〉記事が貼り付けられていた。

「ここが、私たちのオペレーションセンターよ。コンピューターはまだ置いてないけど、ダレルもいろいろ用意してきたんでしょ？」

「ええ、資材は買ってあります」

「私の席はあそこよ。有線で繋いでもらえるかしら」

クリスは、入り口近くの、室内を一望できる位置に置かれた大きなデスクを指さした。

〝ボスの席〟を絵に描いたような重厚なデスクには、ノートパソコンが開かれていた。

「カズミさんとアカリさんの寝室は、左手の二部屋。どちらも消毒は終わってるわ。安心して使っていいわよ」

クリスが指さした方には、二枚の扉があった。ＣＩＡだというクリスの〝disinfected（消毒済み）〟は、盗聴器の有無を確認したという意味だろう。

「私がいて良かったわね、アカリさん。ダレルの上司は、あなたがカズミさんと一緒の寝室を使うと思っていたのよ」

「え？　違ったんですか」

　驚いたダレルに明利が反応した。

「私たちは、業務上のパートナーよ」

「はい、いや、違う」

　ＹｅｓとＮｏの使い方にまごついた和海に、クリスが心地よい笑い声をたてた。

「カズミさん、英語の間違いは気にしなくていいわ。アカリさんのように喋っていれば、すぐに慣れる。日本風の遠慮は、アメリカでは悪徳よ」

　背筋を伸ばしたクリスがホワイトボードに向かって歩んでいった。

「ホテルのセキュリティが荷物を確認するまで、しばらく時間がかかるわ。その間、ちょっとお話をさせていただけないかしら」

　和海は、クリスがいつの間にか水性マーカーを握っていることに気づいた。ダレルのきびきびした動きにも驚かされたが、彼女の手際の良さは全く異質のものだ。強いていうならば〈日本賓館〉での関口に似ているだろうか。

　和海は乱れ一つない銀髪の下で煌《きら》めく、グレイの瞳を見つめた。

　――この人は、本物のＣＩＡなんだ。

＊

ホワイトボードの前を一往復したクリスは、じっと見つめているダレル、和海、そして明利を意識しながら、ゆっくりとペンのキャップを外した。それから、日本人の二人にもはっきりと読めるように大きく、ゆったりと〝MISSION（使命）〟と書き、その下に勢いよく線を引いて、三人を振り返った。

鉄則。場を支配するときに、背中を向けたまま声を発してはならない。クリスは身体を正面に向けたままでも背にしたホワイトボードに文字を書くことができるが、手品じみた技術を使うのは今ではないことを心得ていた。驚きでは一度しか興味を惹《ひ》くことができない。三人は状況の変化に戸惑っている。今は、強い意志で掌握《グリップ》するべき時だ。

「私たちのミッションを、明確にしなければならないわ」

「はい、マム」

ダレルが両脚を肩幅に拡げ、後ろ手を組んだ。彼はクリスの配下として動くことを決めたのだろう。だが、軍隊式はNGだ。民間人の和海と明利に、そしてクリス自身にとっても窮屈すぎる。

「座って。楽にしていいのよ」

二人の日本人の扱いは注意しなければならない。手荒い真似で従わせようとすれば、外国に来たばかりの二人は亀のように頭を引っ込めてしまうだろう。

黒崎というＪＡＸＡの職員が出したメールから、二人が集めた情報が極めて質の高いものであることはわかっていた。特にエンジニアの明利が暴き出した、北朝鮮の関与を決定づけられる翻訳エンジンの汚染と、シャドウウェアという広告ハッキングの手法は驚きだ。彼女にＣＩＡの〝手〟を与えれば、正攻法で進む本部のチームとは異なる考察ができる。

未知数なのは和海だ。オジーのブログに掲載されていた観測データでいち早くスペース・テザーの存在を暴き、テヘランのジャムシェド・ジャハンシャから論文まで受け取った。そこまでの動きも、そして黒崎のメールに添付されていたレポートも見事だった。

だが、ここから先はわからない。幸運に恵まれたアマチュアは要らないのだ。未知の宇《スペ》宙機《ースクラフト》、スペース・テザーの正体を暴くのに、どれだけ和海は役に立つだろう。

「カズミさん。私は、あなたのスペース・テザー仮説に賭けることにした」

ダレルが息を呑み、和海はゆっくりと頷いた。

「ありがとうございます」

ほんの数時間前に入国したばかり、しかも渡航経験のない和海のためにクリスはゆっくりと、そしてプレッシャーを感じさせないように言葉を選んだ。

「礼はいいわ。それより、私はここにスペース・テザーを追うチームを立ち上げる。それをＣＩＡの本部に報告しなければならない。アマチュアのあなたが言うことを、合衆国という組織に信じてもらう必要があるのよ」

和海の眉がひそめられた。

「報告書を書く必要があるのでしょうか」

「それは私の仕事」と、クリスは首を振った。「それよりも、あなたの仮説で私を納得させて。賭けると言ったけれど、他にまともな考察がないだけなのよ」

ダレルが立ち上がろうとするのを手で制したクリスは、和海の黒い瞳を見つめた。

「カズミさん、あなたの口から聞きたいの」

明利とダレルに目をやった和海は、深呼吸してから立ち上がった。

「アカリ、プロジェクターを出して」

和海がホワイトボードに歩み、クリスからペンを受け取った。

場所を明け渡したクリスは席につく。その姿を目で追っていた和海に、テーブルの上から光が浴びせられた。明利がテーブルに置いた小型のプロジェクターだ。いつの間にか眼鏡型のディスプレイと、特殊部隊用のキーボードを左腕に装着した明利が、プレゼンテーション資料を映しだしている。

「僕の手元にある材料は多くありません。カニンガム氏の観測データだけが、事実《ファクト》です。その他、これから語ることは全て検証が必要です。その検証をみなさんに手伝っていただきたいんです」

和海の身体にスペース・テザーの模式図が重なる。

「テヘランの宇宙工学者、ジャムシェド・ジャハンシャさんが考案したスペース・テザーは、今までに誰も見たことのない宇宙機《スペースクラフト》です」

平易な英語、しかし堂々とした態度で和海が説明をはじめた。まだ、誰も見たことのないはずの宇宙機、スペース・テザーを手に取ったことがあるかのように説明する姿に、クリスは胸をなで下ろした。これならダレルと同等、いや、それ以上に解析の頭脳として役立ってくれるに違いない。

十二月十四日（月）二一：五〇（05:50 GMT Tuesday 15 Dec）
シアトル　三十七番埠頭倉庫

白石がベッドに身を投げて真っ白な息を吹き上げた。眼鏡を外し、眉間《みけん》を指でもみほぐしている。

「終わったぞ」

「提案が通って良かったわね」

「言ってみるもんだな。さすがは独裁国家だ。判断が早い」

三十七番埠頭倉庫の管理室。テレビには数字の列が並んでいた。チャンスにその意味は読み取れないが、〈神の杖〉と思われている〈サフィール３〉の二段目を軌道ホテルに近づける作戦と、北朝鮮の軍官から打診された〝実力行使〟のセッティングが終わったのだ。

白石が指をずらしてテレビに目をやった。

「十時間かかったか――チャンス、想定問答集は作っといてくれたか？」

「ええ、大丈夫よ。どうせ壊れたテープレコーダーみたいな対応だし」

「ヨンナム国連大使様に演技指導もしとくといい。いつもみたいに不貞腐《ふてくさ》れた顔で言うんだぞって」

白石が、チャンスの胸に手を伸ばしてきた。一仕事終えたため、気分も晴れやかなのだろう。

チャンスは手を振り払った。

「日本はどうなってるの？　カズミたちのほうよ」

白石が、テレビの端に浮かんだ小さな地図を指さした。

「心配するな、ずっと見てるよ。黒崎と、関口って奴のスマートフォンはずっと〈日本賓館〉にある。電話も、メールも出してない。怖くてホテルに縮こまってるんだろう」

白石は身体を起こし、眼鏡をかけた。

「黒崎の奴はもっと骨があるかと思ってたんだがな」

とうの昔に退職した白石自身のアカウントでJAXAのモバイル機器管理システム《MDM》へアクセスしているというのに、まだ、ばれた気配はないということだった。なんと杜撰《ずさん》なことだろう。

「広告も確認しておいたが、スペース・テザーについては、他の宇宙屋はまだ気づいてないな。アフロは？」

チャンスは肩をすくめてみせる。和海と一緒に居たアフロヘアの人物の正体は摑めていない。三人の工作員を貼り付けて〈フールズ・ランチャー〉付近を確認させてはいるが、それらしい人物の姿は見られない。和海と一緒に〈日本賓館〉にいるのだろう。

「そうか」

白石が煙草を入れているポケットに手を差し込んだ。

「だめよ」

「せっかく一仕事終わったんだぜ――」

「もともと禁煙よ。それに、今日から火気厳禁。引っ越しは木曜日よ」

白石が大きなため息をつき、部屋の壁をのたうつ配管を指さした。

「もうガソリンが入ってるのか？」

「まさか。防火水槽のタンクに入れただけよ。明日、火災報知器に手を入れるわ」

ようやく市内に準備していたセーフハウスの〝消毒〟が終わったところだ。五年もの間、白石が住み続けた倉庫の一室を木曜日には引き払うことができる。身の回り品だけを持って出たあとで倉庫全体を焼き払う予定だった。

「一階の倉庫には、サウンド・テクニカから返品されてきた〈Dファイ〉の在庫を積んでおいた。まとめて燃やすわよ」

「ちょっと見てみたいな。あのケーブル、あたためるとバラの香りがするんだぜ」

「ふざけないで。シアトルからも離れたいぐらいなのよ」

白石がサーモスに手を伸ばした。

「こんなに旨いコーヒーが飲める街は離れたくないね。どうだ、おまえも一杯飲まないか。一緒にテザーが撮影した地球でも眺めようじゃないか」

テザーが、撮影？

「どういうこと？」

「スペース・テザーのカメラで撮ってるんだ」

「……聞いてないわよ」

「怒るなよ、不可抗力だったのさ」

真っ白な湯気をたててコーヒーを注ぐ白石がウインクしてみせる。

「テザーのセンサーにはスマートフォンの基板を流用してる——というか、スマートフォンそのものだ。高性能のバッテリー、省電力で動作する強力なCPUにGPS、ジャイロセンサーにコンパスとラジオ。最近は原子時計まで入ってる。ジャハンシャの論文にもスマートフォンを使えってあったからな、コンセプトをいただいたのさ」

白石は、もっとも、アナログな博士じゃあ考えるだけで実現はしなかっただろうが、と付け加えて、唇の端をあげた。

「当然、スマートフォンにはカメラもついてる。使わない手はないだろう」

白石の筋張った指がタブレットを撫でる。

「ついさっき、撮影した映像を繋ぐプログラムが上がってきた。世界最大のカメラで撮影された軌道映像だ。見ろよ」

チャンスは息を呑んだ。テレビに、真っ黒な宇宙空間を背景にした地球が映し出されている。アフリカ大陸の上空だろうか。大きな渓谷に斜めから差し込む太陽の光が、鋭い陰影を描く。右の端に見える海岸線の奥には、インド洋から湧き上がる積乱雲が並んでいた。よく見ると、影が動いている。これは――。

「ライブだ。綺麗だな」

「こんな……映像を――」

「凄いだろう、俺の想像も超えてたよ」

画面を凝視する白石が、熱に浮かされたように話す。スペース・テザーの終端装置に搭載されたカメラで撮影された映像が、座標や姿勢などの測定情報《テレメトリー》とともに地上へ送信され続けているのだという。それぞれのカメラは粗い映像しか送ってこないが、幅二十キロメートル、長さ三百キロメートルの範囲に広がった、四万ものテザー群から送られてくるデータを合成して空間に色を置いていくことで、精細な3Dモデルができあがる。映像をつなぎ合わせるプログラムは、構成単位ごとに分割して世界中のフリーランサーに発注したという。

「全部で千ドルもかかってないぜ。ポケットマネーで作れるんだ」白石はタブレットを撫でて、画面の中の地球を回してみせた。「中央の点が見えるか？　まだ粗いが、あれが〈ワイバーン〉軌道ホテルだ」

「ちょっと待って。映像をテザーから送ってるってこと？　機器情報《テレメトリー》の他に、そんな大きなデータを軌道上から送るなんて……暴露したらどうするの」

「いいじゃないか」

タブレットを膝に乗せた白石は、左手で右腕を掴んでいた。ロケットの法則《ルール》を百年も前に定めたツィオルコフスキーの公式。コートの上から力一杯握りしめている。

「俺は見たかったんだよ。地球が」

聞いたことのない口調に白石の顔を覗き込む。目を輝かせて地球の映像に見入るその顔からは、いつもの人を小馬鹿にしたような冷笑が消えていた。

「素晴らしい眺めじゃないか」

十二月十五日（火）〇一：五六（08:56 GMT Tuesday 15 Dec）

コロラドスプリングス〈バッファロー・カフェ〉

「〝成層圏《ストラトスフィア》〟に乾杯！」

リッキー・マギリスは慣れない言葉を叫んでインディアン・ペール・エールのジョッキを傾けた。バーの裏手で醸造している地ビールだというが、刺すような苦みは格別だ。〈ホウセンカ〉でリッキーの僚機となる観測機のF22パイロット《ラプター》、マドゥ・アボット少尉も、カウンターの横でテキーラのショットグラスを干している。

北方軍への異動祝いにやってきた〈バッファロー・カフェ〉は、深夜だというのに賑わいに包まれていた。

「昼間に星だってよ。すごいな」

「大気の状態が良ければ、成層圏まで上がらなくても見えるわよ」

素面《しらふ》と変わらない生意気さで、マドゥは再びテキーラを飲み干した。飲みつぶしてやろうと思ったのだが、どうやら望みは薄そうだ。

「細かいこと言うなって。それより二人揃っての異動と、新記録達成の前祝いだ」

スターツ・フェルナンデス少佐に託した作戦行動中の高度記録挑戦は、北方軍にもしっかり話が通っていた。新たな上司となったダニエル・ワーボイ大佐は、異動の報告に行ったリッキーに、開口一番「七万フィート超え、やるんだって？　がんばれよ」と声をかけてくれたのだ。

記録に挑むのはリッキーだけでないこともわかった。マドゥもF22《ラプター》で作戦中の高度記録に挑む。もはや調達の終わったF22で成層圏を上昇すれば、しばらくは破られない記録になるだろう。マドゥはワーボイの訓示を聞きながら、面倒そうに肩をすくめていた。

「記録はお一人でどうぞ。私は観測するだけよ」

「ちょっとは喜べよ。名前が残るんだぞ」

退役が進んでいるF15《イーグル》が今後新たな記録を生むことはない。軍の記録はもちろん、イーグルを愛するファンのWebサイト、そしてウィキペディアにも載ることだろう。リッキー・マギリス大尉の名前は、二十世紀最強の戦闘機とともに永遠に残る。自然と口元が緩む。

「なぁ、マドゥ。イーグルの撃墜比《キルレシオ》を知ってるか。百対ゼロだ。ラプターはどうだったかな？」

「中東で暗剣《アンジアン》を何機も落としてるわよ。知らなかった？」

「あほう！　無人機と一緒にするな。暗剣《アンジアン》なんてのは農民を殺すための道具じゃないか。そうじゃない。俺が言ってるのは、こっちを殺そうとしてるパイロットが乗った戦闘機——

——おい、何見てるんだよ」

マドゥがカウンターの奥に怒鳴った。

「酔っ払い、チャンネル変えないで！」

「どうした？」

「出番よ。相手が動いたわ」

マドゥの視線を追って、カウンターの上のテレビに目を向ける。

そこには、数日間メディアに登場し続けている真っ白な部屋と、足を床につけずに浮かぶ二人の人物が映し出されていた。スマーク父娘だ。右上には〝Live（生放送）〟のアイコン、そしてスタジオと思われる映像が右下の角に映し出されている。

画面下のテロップを読んだリッキーは、拳を握りしめた。テロ国家め、そうきたか。

〝〈神の杖〉か？　謎の軌道兵器、〈ワイバーン〉軌道ホテルを射程に！〟

まさか〈神の杖〉の動きを基地の外で知ることになるとは思わなかった。

番組は、軌道上で〝的〟になったスマーク父娘へのインタビューがはじまるところだった。見逃すわけにはいかない。

『――アマチュア観測家からの情報ではありますが、お二人が滞在している軌道ホテルに、謎の物体が接近しているという報告が入っています。ご存知でしたか？』

ロニーが肩をすくめ『知らなかったな。詳しく教えてくれないか』と促す。ナレーターによれば、〈神の杖〉と見られている物体が軌道ホテルとの邂逅《かいこう》軌道に乗ろうとしているという。局のナレーターの話を、ロニーとジュディは興味深そうに頷きながら聞いていた。

頷く動作で全身が揺れているのが、とても新鮮だ。

しかし、アマチュアの報告というのは嘆かわしい。ＮＯＲＡＤは何をしてやがる。

『そちらに接近しつつある物体が、〈神の杖〉という軌道兵器であるとの噂も広まっています。この状況をどうお考えですか？』

ロニーは頬を覆う無精髭をひと撫でして、くるりとした目をいたずらっ子のように輝かせた。こいつ、怖くないのだろうか。

リッキーは手を握り込み、スツールの上で尻をずらした。悪夢が蘇る。一九九九年、コソボの上空を飛行しているときにコックピットで鳴り続けた警報音。戦術電子戦システム《TEWS》のスコープが自機に重なるほど近い位置に電波源を表示し、ガンの照準を受けたと警告した。殺される！　はじめて殺意の〝的〟になったリッキーはパイロット・スーツの中に恐怖を漏らしてしまった。結局、その〝殺意〟はＴＥＷＳの誤動作が演出した幻だったのだが、仮に本物のＭｉｇ29にロックオンされたとしても、百パーセント死ぬことが決まっていたわけではなかった。

今テレビに映っているロニーたちは、それよりも遥かに悪い状況にいる。

なぜ、そんな顔で笑っていられるのだ。

『言いたいことがないわけじゃあないが、せっかく同行してる広報から話してもらうとしよう。ジュディ、任せた』

ウインクしたロニーは、床だか壁だかに固定しているジュディの背中をそっと押し、その反動で画面の脇にふわりと動いた。彼らは重力の支配が及ばない場所にいる。ロニーがとりついた壁の外に大気はない。小さな孔が開くだけで、彼らの命は消し飛んでしまうはずだ。それを知らないはずはない。

　揺らされたジュディは姿勢を整え、カメラに近づいた。唇が一瞬震えた気がしたが、険しさの中に余裕のある表情をつくってみせている。一緒に暮らしたのは十歳ぐらいまでと聞いていたが、この父にしてこの娘ありということだ。

　喧噪に包まれていたバーが静まりかえっている。全ての客がカウンターに集まり、ジュディの言葉を待っていた。グラスを置いてテレビへ身体を向ける。

『私たちは未確認の情報に惑わされることはありません。プロジェクト・ワイバーンは、私たちの軌道滞在を予定どおり進めていきます。明後日は国際宇宙ステーション《ISS》とランデブー、そしてドッキングする予定です』

「いいぞ！」

　抑制の利いたジュディの声に、カウンターの客は口々に賞賛の声をあげた。画面の中のジュディが息を吸い込み、次の言葉を出そうとする。

『カーット！』

　画面の隅でロニーが両腕を交えた。

『ジュディ、自分の言葉で語れ！　せっかくの生放送だ。腹の底から言わなきゃ伝わらんことがあるだろう』

打ち合わせにはなかった言動だろう。目を丸くしたジュディは、ロニーに『パパ、冗談はやめてよね』と手を振ってからカメラに向き直った。表情から硬さが消え、目が輝いている。そんな娘に頷いたロニーの姿を見たとき、ふいに気づいた。

ロニーは、軌道上にいるのが普通の父娘だということを俺たちに伝えようとしているのだ。

ジュディは両手を胸の前で拡げ、再び息を吸い込んだ。そこには、広報としてではなく、父の信頼を受けて立つ一人の人物が浮かんでいた。

『この壁の一フィート先は、真空の宇宙空間よ。ちょっとでも孔が開けば、私たちは無事ではいられない。正体のわからない物体が近づいてくるのは、正直、怖い……でも、言わせてもらうわ』

店内が再び静寂に包まれ、すぐそこで話しているかのようなジュディの声だけが流れていた。

ジュディはゆっくりと人差し指をカメラに向ける。

『どこの誰がやっていることか知らないけれど、こんな下らないことはやめて名乗り出なさい。あのクズ鉄をさっさと軌道から降ろしなさい。ここで事故を起こせば、あなた方は人類全てを敵に回すのよ』

足下からジュディの身体が輝きはじめた。右からの強い光が部屋に差し込んでいる。のぼっていく光はすぐに彼女の全身を照らし出す。ホテルの窓から差し込む太陽の光だ。真横からの強い光に目を細めることもなく、ジュディはカメラに手を差しのべた。

『私たちが、そんなチンケな脅しで志《こころざし》を曲げると思った？　すぐに軌道を降りると思った？　宇宙は、民間人が手を出しちゃいけない場所でした、ごめんなさいって、泣いて謝ると思った？　そんなわけないじゃない！　宇宙に恐怖をばらまくなんて、私が許さない』

リッキーは、カウンターに置いた拳を渾身の力で握りしめていた。熱がこみ上げる。出撃指令を受けるときとは根本的に異なる、腹の底から湧き上がる熱だ。

ジュディが震える中指を立てて、カメラに向かって押し出した。

『私たちに文句があるなら、今すぐかかってきなさい！』

カウンターが歓声に包まれ、グラスが高々と掲げられた。リッキーも席を立ち、ジョッキを手にとって喧噪の中に飛び込んでいく。そうだ、許されることではない。

俺がそいつを取り除いてやる。ジュディにロニー、待ってろよ。

十二月十五日（火）〇一：一四（09:14 GMT Tuesday 15 Dec）
〈ウェスターン・デイズ〉

深夜のスイートルームに四名の拍手が満ちた。

クリスはジュディ・スマークの胆力に感心していた。

ただでさえ生命維持が綱渡りになる真空の軌道上で〝的〟になったとき、あれだけの啖《たん》呵《か》を切れる人物が一体どれぐらいいることだろう。きっと、この生放送を見ている多くの人々も同じように感動しているはずだ。

「たいしたものね。でも、あれはカラ元気よ。みんなはわかってるでしょうけど」

クリスの指摘に、和海と明利、そしてダレルが頷いた。

和海のスペース・テザー仮説が実証されれば、彼らはいずれ〈神の杖〉が囮《おとり》だと知ることになる。実体のある兵器が妄想だったと知った後にやってくるのが安堵であればいい。しかし、このチームはそうでないという確信を持っている。

「クリスさん、まさか〈ホウセンカ〉は――」

「ダレル、その件は後にして」

今日、〈サフィール3〉の二段目が軌道ホテルとの邂逅軌道に乗ったため〈ホウセンカ〉は動きはじめてしまう。チームの仮説と真っ向から対立する作戦が実行されようとしていることを知れば、チームのモチベーションにも影響するだろう。

このチームはそんなことに関わってはならない。〈神の杖〉と呼ばれている〈サフィール3〉を軌道上で蹴飛ばして、ランデブーの位置まで持っていったスペース・テザーの群体が、次に行うことを解き明かすのだ。

「カズミさん、もしもスペース・テザーが直接軌道ホテルを襲ったら、どういうことになるかしら」

「……ズタズタに切り裂かれます」

ライフル弾の何倍もの速度で動いている終端装置は、軌道ホテルの外殻を簡単に突き抜けるとのことだった。

「軌道ホテルだけではなく、ＩＳＳや〈天宮2〉でも同じことになります」

「止めるには……、どこから手を付けるといいのかしら」

クリスはホワイトボードを指さした。三時間にわたるミーティングを経て、いくつものタスクが書き出されている。〝スペース・テザーの実体観測〟や〝ジャハンシャ博士の論文を検討〟〝スペース・テザーの能力を検討〟などの和海が挙げた項目の他に、明利がミッションとして挙げた〝テロリストの正体を探る〟までが書き出されている。

「僕が決めていいんですか？」

問いかけた和海の肩をダレルが叩いた。

「まず、言いなよ。それから決めればいいじゃないか。せっかくボスをやってくれる人もいるんだしさ」と言って親指でクリスを指す。

クリスは思わず苦笑する。軍人として節度があるとはいえない態度だが、雰囲気は上々だ。

笑い声を立てた和海がホワイトボードの一角を指さした。

「わかりました。なら、観測から始めるべきです」

ダレルが頷いた。

「カズミに賛成。ただ、NORADのレーダーで観測できてないんだよ」

「カニンガムさんのところで観測できていたじゃない」

ダレルが身を乗り出す。

「そう。それがわからないんだ。どうして彼は観測できたんだろう。言っとくけど、NORADのレーダー網はデブリ観測にも使ってる、しっかりしたものだよ」

「そうか……」

「オジー・カニンガムの機材がわかればいいの？」クリスは自分用のデスクへ顎をしゃくった。「アカリさん、私のパソコンをプロジェクターに映してもらえない？」

立ち上がった明利が掌サイズの基板をクリスのノートパソコンに繋ぐと、ホワイトボードに画面が映し出された。確か〈ラズベリー〉という名の単機能コンピューター・キットだ。明利は大量に買い込んだ〈ラズベリー〉のいくつかを、会議の間にディスプレイ中継器として設定し終えていた。どこで身につけたのだろうか、驚異的なエンジニアリング能力だ。

「正式な契約書は結んでないけど、この作戦で知ったことは非開示でお願いするわね。もし漏らしたら、最長で二十五年の懲役よ」

クリスは、業者とオジーのメールから抜き出したディスヌ島の観測機材一覧を表示させた。明利が「ＰＲＩＳＭ《プリズム》？」と呟《つぶや》くのを聞きとめて「あれは、ほんの一部よ」とウインクを返す。オジーのメールを読むために、エドワード・スノウデンがリークした情報収集計画のＰＲＩＳＭは確かに使われているはずだ。だが、ＣＩＡとＮＳＡが作り上げた国民監視網の全貌はクリスにもわからない。

リストに目をやったダレルが椅子を蹴って立ち上がった。

「ＳＡＭＰＳＯＮ《サンプソン》５！　電波望遠鏡なんかじゃない、これ、軍用の防空レーダーですよ」

「カニンガムはメーカーの大株主なのよ。試験に使われたものを引き取ったみたいね」

「個人で持つようなものじゃありません。だいたい、使い方はちゃんとわかってるんだろうな。下手すると人を焼き殺せるぐらいの出力がありますよ」

オジーが所有するディスヌ島には、〈サンプソン５〉多用途アクティブ・フェイズド・アレイ・レーダーが平面展開されている。イージス艦や地上レーダーサイトに搭載するような機器で軌道上の物体を追跡しているのだ。

クリスの説明を聞いたダレルが「趣味かよ……。信じられん」と頭を抱える。

「レーダーの操作は、ヨハンソン・アシュレイという男性が担当しているわ。カニンガムには〝フライデー〟って呼ばれてるけど、彼もアマチュアよ」

「カニンガムさん、閾値《スレッシュホールド》を指定してないんだ」

「なんの？」

「サイズだよ。NORADのデブリ監視レーダーは、ノイズ低減してるでしょ」

「……そうか！　確かに。低軌道《LEO》で十センチ長以下の物は検出しないように設定されてる。〈サンプソン5〉の限界性能なら、二千キロ先で二センチメートルの物体でも追跡《トラック》できる。ゴミだらけになるから、普通はそんな運用しないけど」

「NORADのレーダーで、ノイズ低減をオフにできる？」

和海の質問にダレルは首を振った。

「すぐには無理だ。航空管制や防空網の運営に支障が出る」

出番だ。クリスはさりげなさを装って手を上げた。

「じゃ、カニンガムさんのレーダーを使わせてもらいましょう」

「できるの？」

「彼に頼むのよ。いつから観測してもらえばいいかしら」

「ありがたい。けど、ノイズが含まれてる観測データは処理に時間がかかる——」

明利が手を上げた。

「私に任せて。カニンガムのデータなら、もうリアルタイムで処理できるわ。並列処理が必要になると思ったから〈ラズベリー〉の上位モデル、ＦＰＧＡ版もたくさん買ってきてある。何万個あってもトラックできる」

「いいぞ」とつぶやいたダレルが席に戻り、自分のデスクトップを呼び出した。すでに明利がＮＯＲＡＤとの仮想《V》プライベート《P》ネットワーク《N》を接続していた。クリスはチームが有機的に動き出した手応えを感じていた。

「観測日時は――何か言った？」

数字を入力しようとしたダレルが手を止めて、和海の方を見つめた。

和海は人差し指を身体の正面に差し出し、揺らしていた。瞼を半分落とし、薄く開かれた唇からは日本語のつぶやきが漏れだす。クリスもその不思議な行動から目が離せなくなった。

「軌道ホテルは……軌道傾斜角を三十四度にするには……前、違う。テザーにそんな推力はない……」

怪訝《けげん》な顔に気づいた明利が「計算してるんですよ」と囁いた。

和海が目を見開いて、ダレルのディスプレイに指を当てた。

「明日の、現地時間二十時、ＧＭＴで一六：〇〇から、カニンガムさんの島の上空を〈サフィール3〉が通過する。スペース・テザーも周囲にいるはずだ」

ダレルは和海を見つめ、「何て言った？」という言葉を押し出した。

「〈サフィール3〉は西北西から、軌道ホテルを追うように上ってくる。そこで観測させてもらおう」

「ちょっと、確認していい？」

ダレルが地球儀を右クリックして時刻を入力すると、斜め上からインド洋を横切るように、二本の重なり合った線が地球を巡った。

「……合ってる、ぴったりだ。軌道ホテルは、確かに明日の午後、インド洋を通る」

「よかった」和海が椅子にもたれる。

その様子を見ていたダレルが、椅子を回してこちらを見つめた。

「クリスさん、僕をカズミのサポートにつけてください。彼は、軌道上の物体を頭の中で飛ばすことができるようです。他に、このようなことができる人を知りません。正体不明の宇宙機《スペースクラフト》を追うならば、カズミの能力が必要です。私は、彼が能力を最大限に活かせるように動きます」

「わかったわ、ダレル。カズミのサポートに入って」

真っ白な歯を見せたダレルが和海の肩を叩き、手を摑んだ。

「カズミ、これからは大まかなところだけ計算してくれればいい。検算や技術的な検討は僕がやる。任せてくれ」

幸運に恵まれた。頭の中で軌道計算みたいなことができる能力にも驚かされたが、それ以上に、今日会ったばかりのダレルを信頼させた和海の人格は得がたいものだ。

和海とダレルが手を組んでいる姿を見ていた明利が、クリスに言った。

「CIAの力は凄いのね。個人の望遠鏡を借りられるだなんて」

「説得はカズミさんたちにお願いするわ。ゴネられたら私が出るけど」

「なるほど。では、私の〝観測〟も手伝っていただけませんか」

「なあに？」

思わず子供に向かうような声を出したことを後悔した。坊主頭がボーイッシュで英語がぎこちないせいだ。外見に惑わされてはいけない。彼女は一人前のエンジニアだ。

明利がキーボードを操作すると、クリスのノートパソコンに電話番号とIPアドレス、そしてネットワークカードのMACアドレスがメッセージで送り込まれてきた。

「私が東京で取得した、テロリストが使った電話番号とその他の情報よ。中華電信のローミングSIMカード、そして〈フーウェン〉のポータブル無線LANを使っていることがわかった。SIMは使い捨てている、と推測してるの」

眼鏡型ディスプレイの奥で、明利の目が鋭く輝いていた。

明利は、非合法工作員の生態を見抜いている。AT&Tなどの携帯電話会社と契約して使う端末やSIMは追跡対象になりやすい。それを回避するために、外国の携帯電話会社が売っているローミングカードを定期的に破棄しながら使うのは合理的だ。

「この信号が発信された、地理学的なデータが欲しい。CIAならわかるのではないかしら」

「知って、どうするの？」

「戦争を行う」

「戦争？」

「ごめんなさい。言葉――単語が足りなかった。ウォー・ドライビングをしたい。そして街に蜜壺《ハニーポット》を仕掛ける。シアトルは広すぎる。あたりが欲しいのよ」

クリスは明利の作戦に舌を巻いた。

ウォー・ドライビング。街を巡り、無線LANのネットワークを探るハッキング手法だ。ポータブル無線LANに事前設定《プリセット》されたネットワーク名を探し出す。自転車を買った理由もわかった。街を走り回るためだったのだ。電話が使われた位置を中心にネットワークを探せば確かに効率がいい。

「カズミはスペース・テザーを探すのでしょう。私は、テロリストをあぶり出すわ」

二つ目の幸運。明利も、想像していた以上の掘り出し物だ。明日ロスからやってくるブルースを明利のサポートにつけよう。

「わかった。ＣＩＡの本部に探させる。アカリさん、存分にやって」

和海と明利、この二人に請負のＷｅｂ屋をさせているだなんて――日本はどうかしている。

プロジェクト・ワイバーン (10:00 GMT Tuesday 15 Dec)

今日は三日ぶりのシャワーよ。このホテルでは、なんとお湯のシャワーが使えるの。何千もの〝史上初〟に彩られている〈ワイバーン〉軌道ホテルだけど、私の一番のお気に入りが、このお湯のシャワーよ。

自由落下空間（無重力って言っていいかしら？）で、水はとても不思議な物体になる。シャワーヘッドからゆっくりと出した水は表面張力でヘッドにまとわりつくのよ。勢いよく出したら、水滴はシャワールームに浮かび続ける。そんなところに入ったら溺死しちゃう。

そこでプロジェクト・ワイバーンのエンジニアが考えた方法が、じゃじゃーん、〝シャワーポット〟。ドラム缶みたいなポットに入って、頭を出す。そして中に噴き出すお湯で身体を洗うの。終わったら高圧のエアーで水を吹き飛ばして、ドライヤーで乾かしちゃう。

三日ぶりのシャワーは最高だった。頭を洗う〝シャンプーポット〟は明日のお楽しみ。

とにかく、〈ワイバーン〉軌道ホテルの滞在は、とても自然よ。他の宇宙ステーションで業務に就いている宇宙飛行士たちのことを考えると、とても贅沢な環境ね。

そう、贅沢なの。それはわかってるわ。

医療でも、農業でも、温暖化対策でもいい。私がここに来るために使ったお金で、今困っている人をどれだけ救えるかしら。滞在中の快適さしか提供しないシャワーポットの開発費には二十万ドルかかってる（あら？ ずいぶん安いわね……）し、シャワーにかかるコストが一回当たり四百五十ドルって聞いたら、私だって疑問に思うわ。それでも「宇宙で普通に過ごせるはずだ。その可能性を見せたい」というビジョンに心が動いたから、十五年も口を利いたことのなかったロニーとの二人旅に私は挑んだ。

アポロで、シャトルで飢餓は救えていない？ 直接には、そうかもしれない。

だけど、私たちが地球のことを考えるときにいつも見ているポートレイト〝地球の出〟は、月に向かうアポロ8号から撮影した写真なのよ。核兵器を喉元に突きつけ合っていた冷戦の時代、真っ黒な空間に浮かぶ頼りない地球の姿は、私たちを一つにまとめる力があった。

〝地球の出〟を撮影したのは軍人だった。特殊な訓練を何年も受けた宇宙飛行士だけが、虚空に浮かぶ地球の美しさを発信できた。もしも、もっとたくさんの人が地球を見るようになったら、どれだけみんなのことを考えられるようになるでしょう。

みんな、宇宙においでよ！

書いて、すっきりしたわ。ちょっとだけ後悔してるのは、テレビの中継でやっちゃったF＊＊Kサイン。

打ち上げの時のよだれゾンビの記憶が薄れてきたかと思ったのに、ついさっき〝ジュディ・スマーク〟で画像検索したら、中指を立てている写真ばっかり。ロニーは喜んでプロジェクト・ワイバーンのトップページに貼り付ける指示を出してたわ。ほんと、勘弁して欲しいわね。

記事を書く皆さん、このブログから公式のプレスキットがダウンロードできるわよ。そっちを使ってくれると嬉しいな。

本当はお上品なジュディ・スマーク

（下巻へ続く）

用語解説

藤井太洋・早川書房編集部＝編

ＧＭＴ　19p

経度０であるイギリスのグリニッジ天文台における平均太陽時を標準とする標準時（Greenwich Mean Time)。現在、多くの国際機関では協定世界時（ＵＴＣ）を用いている。

セムナン宇宙センター　20p

イラン北部セムナン（Semnan）州の砂漠地帯にある宇宙センター。イラン共和国初の国産衛星「Omid（希望)」の打ち上げ拠点であり、地下管制室やロケット発射台などが設置されている。

アポジ・モーター　20p

静止衛星を軌道に投入する際に使う最終段の推進装置。楕円を描く静止トランスファ軌道から静止軌道へ軌道変換する際に、遠地点（アポジ）で利用するためこの名で呼ばれる。別名アポジキックモーター。

宇宙ゴミ（デブリ）　20p
なんらかの意味がある活動を行うことなく地球の衛星軌道上〔低・中・高軌道〕を周回している人工物体。天然岩石や鉱物・金属などで構成された宇宙塵（微小な隕石）は「流星物質（メテオロイド）」と呼ばれ、宇宙ゴミとは区別されている。

待機（パーキング）軌道　20p
宇宙待機軌道（Parking orbit）。人工衛星などを打ち上げる際に一時的に用いる軌道。待機軌道を用いない直接噴射と比較して、慣性で地球を周回しながら最終的な軌道投入が行えるため、打ち上げ地点と日時の制約が緩い。観測と通信の容易な低高度の円軌道が選ばれる。

アメリカ戦略軍（USSTRATCOM）　20p
（United States Strategic Command）。一九九二年、冷戦終結後の世界情勢に対応するため、空・海軍に分散していた核攻撃能力を統合指揮するために発足した。二〇〇二年にアメリカ宇宙軍を統合し、二〇一〇年にはサイバー軍が実働を開始した。

二行軌道要素（TLE）　22p
（Two-line elements）。人工衛星のケプラー軌道要素を表すフォーマットの一つ。八十桁パンチカードで二行になるよう設計されたためこの名を持つ。適切なアルゴリズムを用いてTLEを処理すれば、人工衛星の位置が得られる。設計は古いが精度は十分にあるため、現在でもNASAやNORADなどの宇宙機関で利用されている。

宇宙統合機能構成部隊（JFCC SPACE）　22p

(Joint Functional Component Command for Space)。アメリカ戦略軍指揮下で、軍事用人工衛星の管理と運用を統合して行う組織。二〇〇六年設立。中心となるのはアメリカ空軍・空軍宇宙軍団第14空軍。これに、陸・海軍の組織を加えて編成されている。弾道ミサイルの早期警戒も担当する。

統合宇宙作戦センター（JSpOC）　22p

(Joint Space Operations Center)。人工衛星運用や宇宙監視を担当している。

国際宇宙ステーション（ISS）　22p

(International Space Station)。アメリカ合衆国、ロシア、日本、カナダ及び欧州宇宙機関（ESA）が協力して運用している宇宙ステーション。地上から約四百㎞上空の熱圏を秒速約七・七㎞（時速約二万七七〇〇㎞）で地球の赤道に対して五一・六度の傾斜角で飛行し、地球を約九十分で一周、一日で約十六周する。

離心率　23p

円錐曲線（円・楕円・放物線・双曲線）の特徴を示す数値。円の場合は0、0から1の間の場合は楕円、放物線が1、1以上の場合は双曲線となる。本作では軌道離心率（orbital eccentricity）のことを示す。

軌道傾斜角　23p
（inclination）。ある天体（主星）の周りを軌道運動する天体について、その軌道面と黄道面との差となる角度を指す。人工衛星の場合には主星である地球の赤道面を基準面とし、人工衛星の軌道面との差を用いるのが普通である。

ビッグディール　24p
（big deal）。deal は「取引」であり企業の大規模事業交換を指す。企業買収などの案件を扱う場合に使われる。大型案件を「ビッグディール」「メガディール」と呼ぶ。

出口（エグジット）　25p
出口戦略（exit strategy）。ベトナム戦争における軍事撤退を示す語から転じて、経営用語としては、市場もしくは企業の経営・所有からの撤退時に経済的損失を最小限にする戦略を指す。投資や起業の分野では、投下した資本を最大限に回収することも出口戦略と呼ぶ。

ケープ・カナベラル　31p

(Cape Canaveral)。アメリカ合衆国フロリダ州中央部、ブレバード郡にある大西洋上の砂州。NASAのケネディ宇宙センター（KSC）がある。アメリカ本土の中では赤道に近く、自転速度を利用した打ち上げが可能であるため、アポロ計画、スペースシャトルなどの有人飛行のためのロケットは全てKSCから発射されている。

アドセンス収入　33p

インターネットを使った広告代理業であるアフィリエイトのうち、自分のメディアに貼り付けてクリックしてもらうだけで収入が発生するクリック報酬、あるいは表示型のアフィリエイトによって得られた収入を指す。

コンプライアンス　34p

企業コンプライアンス（corporation compliance）。企業が法律や内規などのごく基本的なルールに従って活動すること、またはそのルール。企業が法律に従うことという法令遵守に限らない、社会的規範や企業倫理（モラル）を守ることも含まれる。

PCIのレベル1　34p

二〇〇四年にJCB・アメリカン・エキスプレス・ディスカバー・マスターカード・VISAの国際ペイメントブランド五社が共同で策定した、クレジット業界におけるグローバルセキュリティ基準。レベル1

は年間六百万米国ドル以上の決済を実施する事業者へ与えられる認証基準。

コーディング　34p

プログラミング言語を用いて、コンピューター・ソフトウェアの設計図にあたるソースコード、またはスクリプトを作成すること。設計の意味を含む「プログラミング」よりも、具体的なコードを書く作業を示すことが多い。

ピーターソン空軍基地　35p

(Peterson Air Force Base)。コロラド州コロラドスプリングスにあるアメリカ空軍基地。大戦中の一九四二年に爆撃機B24の訓練基地として開設された。終戦とともに休港となる期間も増えたが一九五一年には軍民共用空港として再開され、二〇〇六年には、近隣のシャイアン・マウンテンからNORADなどが移転している。

北米航空宇宙防衛司令部（NORAD）　35p

(North American Aerospace Defense Command)。北アメリカ（アメリカ合衆国とカナダ）の航空や宇宙に関し、観測または危険の早期発見を目的として設置された。通称ノーラッド（NORAD）。二十四時間体制で人工衛星の状況や地球上の核ミサイルや戦略爆撃機などの動向を監視する。総合指揮監督はアメリカ合衆国大統領とカナダ首相が共同で行っている。司令部は現在、ピーターソン空軍基地内にある。

F22（ラプター）　36p

アメリカ空軍のF15C／D制空戦闘機の後継機として、ロッキード・マーティン社とボーイング社が共同開発した、レーダーや赤外線探知装置等からの隠密性が極めて高いステルス戦闘機。一九九七年に初飛行、二〇〇五年に正式運用が開始された。愛称は猛禽類の意味のラプター（Raptor）。

ソユーズ　38p

ソビエト連邦が開発した一～三人乗り有人宇宙船。登場から四十年以上が経つ宇宙船だが、アメリカ合衆国のスペースシャトルが退役したため、二〇一六年現在は国際宇宙ステーションへの往復、および緊急脱出・帰還用宇宙船として唯一の手段となっている。

シャイアン・マウンテン　39p

シャイアン・マウンテン空軍基地（Cheyenne Mountain Air Force Station）を地下に擁していた花崗岩からなる山。コロラド州コロラドスプリングス近郊にあり、NORADの地下司令部が所在した。

F15（イーグル）　40p

アメリカ合衆国のマクダネル・ダグラス社（現ボーイング社）の開発した制空戦闘機。制式機の受領は一九七二年（正式編成は一九七六年）、愛称はイーグル（Eagle）。第四世代ジェット戦闘機に分類される。

Ｆ４とともに、冷戦下のアメリカ空軍とマクダネル・ダグラス社を代表する戦闘機。

戦略防衛構想（SDI）　41ｐ

（Strategic Defence Initiative）。一九八〇年代にアメリカ合衆国大統領、ロナルド・レーガンによって宣言された戦略ミサイル防衛構想。衛星軌道上に配備したミサイル衛星やX線レーザー衛星によって大陸間弾道弾を撃墜する予定だったが、多額の費用がかかることから冷戦の終結とともに放棄された。

宇宙空間平和利用委員会（COPUOS）　41ｐ

（Committee on the Peaceful Uses of Outer Space）。世界初の人工衛星、スプートニクが打ち上げられた直後の一九五八年に発足した、国際連合の委員会。宇宙空間における探査・利用の自由と、大量破壊兵器を宇宙空間に配備することを禁ずる平和利用の原則を含む「宇宙条約」などを監督している。

テポドン　42ｐ

朝鮮民主主義人民共和国（北朝鮮）が開発した弾道ミサイル。準中距離弾道ミサイル（ＭＲＢＭ）「テポドン１号」と、大陸間弾道ミサイル（ＩＣＢＭ）「テポドン２号」の二種類がある。イランのロケット開発との技術供与関係があるとされる。

ＩＣＢＭ　44ｐ

大陸間弾道ミサイル（Inter Continental Ballistic Missile）、または大陸間弾道弾。陸上、もしくは海中の潜水艦などから発射される。アメリカ合衆国と旧ソビエト連邦が開始した戦略兵器制限交渉（ＳＡＬＴ）では、五千五百キロメートル以上の射程を持つ弾道ミサイルと定義された。

低軌道　46ｐ

(low orbit)。地球表面からの高度三百五十㎞から千四百㎞の軌道を指す。Low Earth Orbit の頭文字をとってＬＥＯと略すこともある。中軌道は千四百㎞から三万六千㎞、静止軌道は三万六千㎞前後である。地球低軌道衛星は、約二万七四〇〇㎞／時（約八㎞／秒）で飛行し、一回の周回に約一・五時間を要する（高度約三百五十㎞の例）。

アーロンチェア　47ｐ

アメリカのハーマンミラー社が販売している多機能デスクチェア。高価であるが３Ｄ‐ＣＡＤを用いて設計された有機的な造形は人間工学（エルゴノミクス）に基づいた椅子とされ、一般的な体格である九十九パーセントの成人であれば、男女を問わず快適なデスクワーク環境を実現することができる。

タブロイド　54ｐ

新聞の判型の一つ。日本ではブランケット判の半裁である二百七十三×四百六ミリをタブロイド判と称する。大衆紙に多く用いられる判型であったことから、扇情的な報道スタイルをとるメディアをタブロイドと称することもある。

パス　55p
道筋。本作では人工衛星が飛翔する三次元的な軌道、あるいは人工衛星の軌道を地上から見たときに、空を通る道筋を示す。

ジョブマッチングサイト　59p
業務の受発注を、インターネット上で不特定多数の事業者あるいはアマチュアとやりとりするためのサービス。

CIA　64p
アメリカ中央情報局（Central Intelligence Agency）。対外諜報活動を行うアメリカ合衆国の情報機関。主としてアメリカ合衆国の外交政策・国防政策の決定に必要な諜報・謀略活動（ヒューミント）を行う。

アカウント　65p
コンピューターやネットワークのサービスを利用するための権限。または、権限を付与された利用者のこと。

SIM　65p

携帯電話の電話番号を識別するための固有識別番号が記述されたICカード。一般的なGSMやW-CDMA方式で使用されている。携帯電話やスマートフォンが複数の携帯電話接続事業者のSIM利用に対応していれば、SIMを入れ替えることで通信会社も変更することができる。

国際ローミング　66p

ローミングとは、携帯電話やインターネットサービスの接続事業者が提携することによって、利用者が契約している接続事業者の提供するサービスエリアの外でも、提携事業者を通じて接続できるようにする仕組み。国をまたいだローミングが国際ローミング。

バレンシアガ　66p

(BALENCIAGA)。一九一八年、クリストバル・バレンシアガがスペインのサンセバスチャンにオートクチュールの店を開いたのが始まり。婦人・紳士既製服、靴、アクセサリー、アイウェア、香水の分野で人気・定評がある。本社はフランス、パリ。二〇一六年現在、ケリンググループ傘下。

NSA　66p

国家安全保障局（National Security Agency)。アメリカ国防総省の諜報機関。中央情報局（CIA）がヒューミント（Humint; human intelligence）と呼ばれるスパイなどの人間を使った諜報活動を担当し、NS

Aはシギント（Sigint; signal intelligence）と呼ばれる電子機器を使った情報収集活動とその分析、集積、報告を担当する。

スペースシャトル　69p

（Space Shuttle）。アメリカ航空宇宙局（NASA）が一九八一年から二〇一一年にかけて一三五回打ち上げた、再使用型有人宇宙往還機。数々の人工衛星や宇宙探査機の打ち上げ、宇宙空間における科学実験、国際宇宙ステーションの建設に貢献した。

沿岸警備隊（コーストガード）　71p

アメリカ沿岸警備隊（United States Coast Guard、USCG）。国土安全保障省に所属。アメリカにおける陸軍・海軍・空軍・海兵隊に次ぐ五番目の軍隊（準軍事組織）。武装組織でありながら法の強制執行権を有し、捜索救難、海洋汚染の調査から沿岸整備、監視まで幅広い任務にあたる。

非接触ID（RFID）　72p

（Radio Frequency Identification）。電波を用いることで接触することなく物の判別、管理を行う仕組み。交通カードなど、日常的な用途も増えてきている。

シド・ミード　72p

(Syd Mead)。アメリカの工業デザイナー。フォード社でカーデザインを行った後、一九七〇年に自身の名を冠した「シド・ミード社」を起業。リドリー・スコット監督の映画『ブレードランナー』でビジュアル・フューチャリストとしての活動を開始。以後『トロン』、〈エイリアン〉シリーズ、『ショート・サーキット』などの作品でコンセプトアーティストを務める。

暗号鍵　74p
暗号化されたデータを、同じ暗号システムを用いている他者と異なる結果にするために利用する固有のデータ。現代のデジタル暗号では同じ形式の暗号化手法を用いることが多いため、鍵が他者に渡ることで秘匿したい文書の内容が漏洩してしまうなどの結果をもたらす。

ニュートン　81p
(newton、記号：N)。国際単位系における力の単位。一ニュートンは、一キログラムの質量をもつ物体に一メートル毎秒毎秒の加速度を生じさせる力と定義されている。

エネルギア　81p
旧ソビエト連邦の大型ロケット。ソビエトの再使用型宇宙往還機であるブランを軌道へ投入する仕様で開発され無人機で成功しているが、大幅な予算超過のため計画は終了した。打ち上げ能力は低軌道へ百トン、静止軌道へ最大二十トン、月周回軌道へ最大三十二トン。

ブラックベリー　83p
(BlackBerry)。カナダのリサーチ・イン・モーション社が一九九九年に発表した最初期のスマートフォン。ハードウェアキーボードが特徴。現在でも多くの企業や政府機関で利用されている。

JAXA　84p
国立研究開発法人宇宙航空研究開発機構（Japan Aerospace eXploration Agency、JAXA）。日本の航空宇宙開発政策を担う研究・開発機関。二〇〇三年十月一日、文部科学省宇宙科学研究所（ISAS）・独立行政法人航空宇宙技術研究所（NAL）・特殊法人日本宇宙開発事業団（NASDA）が統合されて発足した。

cURL（シーユーアルエル）　103p
UNIX系OSでデータを転送するために用いる、文字列のコマンドで利用するプログラム。

〈ラズベリー〉　104p
本作では〈ラズベリー〉と省略しているが、正式には「ラズベリーパイ（Raspberry Pi）」。同名の財団によって開発されたシングルボードコンピューター。CPU、GPU、ビデオ出力、ネットワーク入出力端子、USBなどを備えた基板型のコンピューター。

Linux　104p
WindowsやMac用OSと並び、世界中のサーバーで利用されているコンピューターの基本ソフトウェア（OS）。自由に開発に参加することができるのが特徴。

ガルフストリーム　108p
メキシコ湾流（Gulf Stream）。北大西洋の亜熱帯循環の西端に形成される、黒潮と並ぶ世界最大の海流。単に湾流とも記される。

シェールガス　109p
(shale gas)。頁岩（シェール）層から採取される天然ガス。従来のガス田とは違う採掘困難だった場所から生産されることから、非在来型天然ガス資源と呼ばれる。技術進歩の結果、近年生産量が飛躍的に増加し、シェールガスブーム、シェールガス革命などと呼ばれるようになった。シェールガス開発により世界の今後のエネルギー供給量が大きく拡大すると予想される。

球座標　115p
原点からの距離、ある軸からの角度、別の軸からの角度の三要素で位置を表現する座標系。

〈ユニティ〉　116p

ユニティ・テクノロジーズが開発している、ＰＣ用Ｗｅｂブラウザー、各種スマートフォン、タブレットで動作する３Ｄゲームを開発するための統合開発環境。開発者同士がプログラムのパーツや３Ｄデザイン、サウンドなどを売買するマーケットもあり、活況を呈している。

モーションセンサー　116ｐ
動作を検出するためのセンサー。スマートフォンでは利用者が縦横どちらに構えているかを判断するために使われるなど、多くの電子デバイスに搭載されている。

ＳＩＧ９　137ｐ
スイスのＳＩＧ社及びドイツのザウエル＆ゾーン社が開発した九㎜弾を使用する自動拳銃SIG SAUER P220。一九八二年に、新中央工業（現：ミネベア）がライセンス生産する形で、自衛隊の制式拳銃としても調達されている。

ハッカソン　156ｐ
（hackathon）。ハックデイ、ハックフェスト、コードフェストなどとも称する。ソフトウェア開発分野で、プログラマー、グラフィックデザイナー、ユーザーインターフェイス設計者らが短期間に集中して共同開発作業を行うイベント。データ分析の手法や目的を競うデータ・ハッカソン、企画を行うアイディアソンなども派生している。

ケブラー繊維　166p
(Kevlar)。芳香族ポリアミド系樹脂。ケブラー繊維は同じ重さの鋼鉄と比して約五倍の強度を持ち、耐摩耗性にも優れ、ボディアーマーや防刃ベスト、作業用の手袋にも用いられる。また、船舶や航空機、自転車などでは繊維強化プラスチックの補強材として用いられる。デュポン社の登録商標である。

ホイップルバンパー　166p
宇宙ステーションのデブリ対策として、装甲は宇宙船の外側に薄い金属板（アルミなど）を置き、内側はケブラー繊維などを利用した多層断熱材構造になっている。デブリはまず金属板に衝突し、金属板には穴が開くがデブリも粉砕されたり消滅するので、内壁に与えるダメージを軽減できる。国際ステーションの日本製モジュール「きぼう」にも装備されている。

劣化ウラン弾　167p
(Depleted uranium ammunition)。ウラン235の含有率が天然ウランよりも低い劣化ウランを弾体に用いた弾丸。比重が鉄の二・五倍、鉛の一・七倍と大きいため、同じサイズの弾丸でより大きな運動エネルギーを得られることから、対戦車用の砲弾として用いられる。

ローレンツ力　172p
(Lorentz force)。電磁場中で運動する荷電粒子が受ける力。フレミング左手の法則で向きを確認できる。

レールガン　172p

（Railgun）。物体を電磁誘導で加速して撃ち出す装置全般を指す。電位差のある二本の電気伝導体製のレールの間に、導電性の飛翔体を挟み、電流とレールの電流に発生する磁場の相互作用によって加速して発射する。

電子銃　175p

（Electron-gun）。個体中の電子を空間に放出する装置。熱電子放出型はブラウン管などに広く用いられ、電界放射型は高分解能電子顕微鏡や電子線描画装置などに用いられている。

スクリプト　179p

コンピュータープログラムの動作内容を、台本（スクリプト）のように簡単に記述するために用いる簡易的なプログラミング言語。ＰＨＰやＲｕｂｙ、Ｐｙｔｈｏｎなどの軽量言語やＷｅｂブラウザー上で動作するJavaScriptがこれに相当する。

ミウラ折り　181p

一九七〇年に東京大学宇宙航空研究所（現・ＩＳＡＳ／ＪＡＸＡ）の三浦公亮（東京大学名誉教授）が考案した折り畳み方。人工衛星のパネルの展開方法を研究する過程で生み出され、地図の畳み方や飲料缶などにも使われている。紙の対角線の部分を押したり引いたりするだけで即座に簡単に展開・収納ができる。

イカロス　181p
（IKAROS）。JAXAの宇宙科学研究所（ISAS）と月・惑星探査プログラムグループ（JSPEC）が開発したソーラー電力セイル実証機。宇宙空間における大型膜面の展張、ソーラー電子セイルからの集電、光子セイルによる加速と航行の技術実証を二〇一〇年に成功させた。

ドッキング・ベイ　187p
宇宙空間で、宇宙機同士が結合（dokking）するための連結部分を指す。

TEKKEN（テッケン）　198p
『鉄拳シリーズ』。バンダイナムコエンターテインメント（旧・ナムコ）が開発・販売を手掛ける3Dタイプ対戦型格闘ゲームシリーズ。海外でも「TEKKEN」の名で高い人気があり、全世界でのシリーズ累計出荷本数は四千万本以上に達するなど、バンダイナムコエンターテインメントのゲームシリーズにおいて最高の販売本数を誇っている。

PHP　201p
Webサービスを提供するために用いられているスクリプト言語のひとつ。HTML言語に埋め込んで実行することができる簡便さから、数多くのＷｅｂサービスを提供するために用いられている。

ＸＳＳ脆弱性　201ｐ

クロスサイトスクリプティング（Cross Sites Scripting）の略称。Ｗｅｂサービスの提供者が対策していない不正な入力を行うことによって、そのＷｅｂサービスを不正に利用する手法。他のＷｅｂサービスから実行することもできることからサイト横断型（クロスサイト）スクリプティングと呼ばれるようになった。

本書は二〇一四年二月に早川書房から単行本として刊行
された作品を改稿の上、二分冊で文庫化したものです。

Gene Mapper -full build-

藤井太洋

拡張現実技術が社会に浸透し遺伝子設計された蒸留作物が食卓の主役である近未来。遺伝子デザイナーの林田は、Ｌ＆Ｂ社の黒川から、自分が遺伝子設計をした稲が遺伝子崩壊した可能性があるとの連絡を受け、原因究明にあたる。ハッカーのキタムラの協力を得た林田は、黒川と共に稲の謎を追うためホーチミンを目指すが――電子書籍の個人出版がベストセラーとなった話題作の増補改稿完全版。

華竜の宮（上・下）

上田早夕里

海底隆起で多くの陸地が水没した25世紀。陸上民はわずかな土地と海上都市で高度な情報社会を維持し、海上民は〈魚舟〉と呼ばれる生物船を駆り生活していた。青澄誠司は日本の外交官としてさまざまな組織と共存するために交渉を重ねてきたが、この星が近い将来再度もたらす過酷な試練は、彼の理念とあらゆる生命の運命を根底から脅かす——。第32回日本ＳＦ大賞受賞作。

解説／渡邊利道

ハヤカワ文庫

著者略歴　1971年奄美大島生，作家　2012年，電子書籍個人出版「Gene Mapper」を発表　著書『Gene Mapper -full build-』（早川書房刊），『アンダーグラウンド・マーケット』『ビッグデータ・コネクト』他多数

HM=Hayakawa Mystery
SF=Science Fiction
JA=Japanese Author
NV=Novel
NF=Nonfiction
FT=Fantasy

オービタル・クラウド
〔上〕

〈JA1228〉

二〇一六年五月十五日　発行
二〇一六年六月十日　三刷

（定価はカバーに表示してあります）

著者　藤《ふじ》井《い》太《たい》洋《よう》
発行者　早川浩
印刷者　草刈龍平
発行所　株式会社早川書房
郵便番号　一〇一‐〇〇四六
東京都千代田区神田多町二ノ二
電話　〇三‐三二五二‐三一一一（大代表）
振替　〇〇一六〇‐三‐四七七九九
http://www.hayakawa-online.co.jp

乱丁・落丁本は小社制作部宛お送り下さい。
送料小社負担にてお取りかえいたします。

印刷・中央精版印刷株式会社　製本・株式会社フォーネット社

ISBN978-4-15-031228-2 C0193

本書は活字が大きく読みやすい〈トールサイズ〉です。